谨以此书献给我的珞珈岁月，
感谢我的导师昌切教授，
感谢我的父母、姐姐和我的先生申亚东，
感谢所有关心支持我的师友！

本书获得国家社科基金项目（"中国当代文学在德国的译介与研究"，11CZW068）和湖南师范大学一流学科建设项目资助

谢 淼 著

德国汉学视野下
中国当代文学的译介与研究

The Translation and Study of Chinese Contemporary
Literature from the Perspective of German Sinology

南京大学出版社

图书在版编目(CIP)数据

德国汉学视野下中国当代文学的译介与研究 / 谢淼
著. -- 南京：南京大学出版社，2016.12
　　ISBN 978 - 7 - 305 - 17973 - 0

　　Ⅰ. ①德… Ⅱ. ①谢… Ⅲ. ①中国文学－当代文学－
德语－文学翻译－研究 Ⅳ. ①H335.9②I206.7

中国版本图书馆 CIP 数据核字(2016)第 298318 号

出版发行　南京大学出版社
社　　址　南京市汉口路 22 号　　　　　邮　编　210093
出 版 人　金鑫荣
书　　名 **德国汉学视野下中国当代文学的译介与研究**
著　者 谢　淼
责任编辑 卢文婷　田　雁　　　　　编辑热线　025 - 83592148

照　　排　南京南琳图文制作有限公司
印　　刷　江苏凤凰通达印刷有限公司
开　　本　787×960　1/16　印张 15.5　字数 230 千
版　　次　2016 年 12 月第 1 版　2016 年 12 月第 1 次印刷
ISBN 978 - 7 - 305 - 17973 - 0
定　　价　52.00 元

网址：http://www.njupco.com
官方微博：http://weibo.com/njupco
官方微信号：njupress
销售咨询热线：(025) 83594756

跨文化对话的两种路径

（代序）

昌　切

　　《德国汉学视野下中国当代文学的译介与研究》，是谢淼经过多年积累思索，精心研制打磨出来的一部学术专著，或许也是国内外第一部比较全面地论述德国为何和如何接受中国当代文学的学术专著。其中对于德国汉学视野出色的论述可谓别开生面，格外引人注目。在谢淼看来，德国汉学自有其理解中国的特殊路径，这就是从歌德到顾彬在与中国进行跨文化对话中一以贯之的取异求同的路径。取异求同而不是取同求（辨）异，这是德国汉学有别于美国汉学的关键所在。顾彬教授曾经在他的一篇文章①中对此有过精彩的辨析，我也曾经在为卜松山教授退休所写的纪念文字②中谈到过这种区别。在跨文化对话的德国路径中研究中国当代文学的跨文化传播，而不是平铺直叙地罗列各种传播的表面事相，这使得谢淼的研究抵达了一个较深的层次。在谢淼的这部学术专著即将面世之际，我想就着她的看法，谈谈我对于理解的认识，并在此基础上谈谈跨文化对话中在德、美两国形成的正相反对、恰成对照的两种路径。

---

① 顾彬："略谈波恩学派"，《读书》，2006 年第 12 期。
② 昌切："研究中国的别一种取径——卜松山的汉学理路"，《湖北大学学报》，2011 年第 5 期。

一

　　跨文化对话离不开理解,但理解并不只是存在于跨文化对话之中,它涉及人类一切认知活动,涵盖人类一切认知领域。理解来自于认知,没有认知就没有理解可言。认知是人类的一种本能,犹如作为生命之源的大地、阳光、空气和水,是维系人类生存不可或缺的先决条件之一。理解何以可能,说到底,是"认识何以可能"(康德)的问题。这个哲学命题贯穿在人类所有的知识门类之中,而人类所有知识门类中的理解问题,如理解不理解,正解还是曲解,说到底,是认知与实际、名与实、词与物是否相符同一的问题。正因为理解维系着人类的生存,遍及人类一切认知领域,所以始终是一个困扰人类的问题,吸引了无数智者持续不断地去索解它的奥秘,留下了大量灿烂可观的思想成果。

　　理解既神秘莫测又随处可见,就像家庭琐事一样普通平常。我们在日常生活中不是经常可以听到这样的话吗?"你又不是我,你怎么知道我心里想的是什么?""你又不是我们家里的人,你怎么可能知道我们家里的事情?"这样的话换成肯定句式表达就是:"只有我知道我心里想的是什么","只有我们家里的人知道我们家里的事情"。按照这个逻辑推下去肯定是不会有尽头的,结果肯定会令人感到恐怖乃至绝望。只有窃贼理解窃物者的动机,只有经历死亡的人理解濒临死亡者的心理,只有男人理解男人,只有女人理解女人,只有大人理解大人,只有小孩理解小孩,只有今人理解今人,只有古人理解古人,只有德国人理解德国,只有中国人理解中国……总之一句话,只有自己理解自己。顾彬经常从中国大陆的学者那里听出这样的意思:你一个老外,你又不熟悉我们中国的内情,怎么可能真正地理解我们中国!你理解中国,对中国说三道四,不过是雾里看花,水中望月,隔靴搔痒,偏离了正轨。为此顾彬专门写过一篇文章加以辩驳,题目就叫《"只有中国人理解中国"?》》①。

"只有XX理解XX"？这岂不正是道家经典《庄子》里面的问题！《庄子·秋水》所载庄子与惠子那段非常有趣也非常有名的对话，来回论辩的就是这个问题。不吝辞费，抄录如下："庄子与惠子游于濠梁之上。庄子曰：'儵鱼出游从容，是鱼之乐也？'惠子曰：'子非鱼，安知鱼之乐？'庄子曰：'子非我，安知我不知鱼之乐？'惠子曰：'我非子，固不知子矣；子固非鱼也，子之不知鱼之乐，全矣。'庄子曰：'请循其本。子曰"汝安知鱼乐"云者，既已知吾知之而问我。我知之濠上也。'"这段对话看起来似乎有两个问题，一个是人能否理解人，一个是人能否理解物，实则是一个问题，即认知主体能否理解认知客体(人能否理解自身以外的人或物)。若"循其本"，在惠子那里，是我既然不是你庄子，当然不知你，你既然不是鱼，当然不知鱼；而在庄子那里，是你惠子既然知道我"知鱼乐"还要来问我，你这是明知故问。对于庄子机智的反诘，郭庆藩的疏解是："惠子云子非鱼安知鱼乐者，足明惠子非庄子，而知庄子之不知鱼也。且子既非我而知我，知我而问我，亦何妨我非鱼而知鱼，知鱼而叹鱼？夫物性不同，水陆殊致，而达其理者体其情，(足)[是]以濠上之彷徨，知鱼之适乐；鉴照群品，岂入水哉！"②郭庆藩显然是站在他所理解的庄子一边说话，且比庄子说得透彻：世间万事万物无不有自己的性质，人皆能达理体情(通情达理)知之。然而，达理体情只是主观上的揣摩和推测，所知究竟与实际是否一致，还是无法给出确定的答案。郭庆藩的疏解合乎常识，但仅适用于经验层次。

倘若追究人类认知的根底，理解至今仍然是人类未能彻底破解的一大悬案。理解离不开语言，而语言本身就有它不可逾越的边界，也就是说，有它无从知晓和进入的盲区。我们释名或给任何一种事物下定义，定则是找到相关的参照物，然后在与参照物的差异或种差中确定它的本质属性，同义反复在此是完全无效的绝对禁忌。然而，人类出于本能偏要追索万物的本

---

① 顾彬："'只有中国人理解中国'？"，《读书》，2007年第7期。
② 郭庆藩：《庄子集释》(第三册)，北京：中华书局，1961年。

源,最终势必会追索到"一"(原子、精神、物质等)。"一"无依傍,无物可参,如何下定义?所以在哲学中有"绝对同一"、"绝对精神"或"绝对理念"之类便宜变通的说法。"绝对"是人类用语言设定的认知极限,不可追问,即使追问与追问不下去,可以追问的,只能是经验层次的东西。属于经验层次的东西总是有限度的,与"绝对"根本就沾不上边。索绪尔认为人类给任一事物命名都是随意和约定俗成的,同一种事物,在这种语言中是一种音形,在那种语言中却是另一种音形。即使在同一种语言如汉语中,同名异实或同实异名的现象也并不少见,此地的爷爷可指彼地的孙子,彼地专指男性的叔叔、哥哥,在此地可一并指称男女。名实相符取决于名所处的语境,永远是相对的。无论何种语言符号,其能指与所指的关联都是游移滑动而不是凝固静止的。"言不尽意","言有尽而意无穷","意在言外",说的就是语言的有限性。语言的有限性决定了人类认知或理解的相对性。

也只有在相对的意义上,在经验的层次,我们才能够理解"鉴照群品,岂入水哉"的确切含义。既然庄子不入水能够体会鱼的快乐,那么顺理成章,作家不去做窃贼就能够描写窃贼窃物的动机,不曾经历死亡的人就能够体察濒死者的心理,男人就能够知晓女人,大人就能够懂得小孩,今人就能够揣摩古人的心思,德国人就能够理解中国,中国人就能够理解德国……"只有 XX 理解 XX"也就转换成了"XX 如何理解 XX"的问题。前后的"XX"都是可变的,后者随前者变化。理解因人而异,不是绝对而是相对的。外国人理解中国如此,中国人理解中国也不例外。我们没有任何理由自以为是,以熟悉内情、真理在握自居,以我们所理解的中国来判定外国人所理解的中国的虚幻性。外国人可以把"iron and steel"说成"铁钢",中国人不也可以把"milk way"说成"牛奶路"!顾彬所理解的中国不合中国人的口味,一如中国人所理解的中国不合顾彬的口味。双方各持己"鉴",无论如何是"照"不出同一个中国来的。何况即使是中国人,落实到具体的个体,与外国人理解中国一样,也不是自己理解自己,同样是以己度人方物,所见不同,所解当然也就不一致。可见空间距离的远近,所属国族的分别,与能否理解、理解不理解中国并没有必然的联系。"只有中国人理解中国"? 严格地说,这是一个似是而非、实实在在的假问题。拿顾彬是不熟悉中国内情的老外说事,自以为只有自己所理解的中国才是唯一真实的中国,这是坐井观天、夜郎自大的做派。顾彬是局外人、旁观者不假,但是,他很清楚自己是什么样的人,处在什么样的位置,持有什么样的"鉴","照"出了什么样的中国。这个中国既不是中国人所理解的中国,也不是美国人或其他什么国家的人所理解的中国,仅仅是他作为一个德国人所理解的中国。

中国人理解中国,实际上与德国人、美国人或其他什么国家的人并不存在实质区别,同样是一种达理体情的主观推测。中国人以自家人自居,自内而内所理解的中国,未必就比外国人自外而内所理解的中国来得真实。所有熟悉棋道的人都明白"旁观者清,当局者迷"的道理。这与东坡居士的诗句"不识庐山真面目,只缘身在此山中"是一个意思。难怪顾彬会放胆说出他要比中国人更能理解中国的"大话"。既然说顾彬是不知中国内情的外国人就不可能真切无误地理解中国,那么顺理成章,说出这种大话来的中国人不是古人也就压根儿不可能真切无误地理解古人。外国人自外而内不过是取了与中国人自内而内进入中国不同的视角,采取了不同的文化立场和理论方法,如此而已。顾彬与责难他的中国人所理解的中国不一样,这实在是再正常不过的一件事情。且不说在德国人顾彬的眼里,也不说在美国人或其他什么国家的人的眼里,哪怕是在同属一个文化共同体的中国人的眼里,中国的模样照样是千姿百态。是什么人说什么话,在什么山头唱什么歌,道理就是这么简单。"仁者见仁,智者见智。""一千个人就有一千个哈姆雷特。"

在人文领域对于中国的理解,不管发生在同类还是异类的文化语境中,都是一种对话关系。这种对话关系必然是交互性的,离不开来回试探和反复推测,故而对话所得的结果也就只具有相对的意义。德国哲学家约瑟夫·西蒙把跨文化对话比作一种相互"角力"的"双人游戏"。① 其实,"类(同)文化对话"也是这样一种"双人游戏"。理解是全人类共同面对的难题,根本

---

① 顾彬:"'只有中国人理解中国'?",《读书》,2007 年第 7 期。

就没有什么中外之分、国族之别。理解中国,对于这个世界上的任何人来说都是平等的,包括中国人在内的所有人所做的,全都是同一种性质的"双人游戏"。如果非要说有什么区别的话,那么这种区别也仅仅在于如何对话或对话所取的路径。如何或循着怎样一种路径理解中国,不仅在中国人与德国人之间存在很大的差异,而且在德国人与美国人或其他什么国家的人之间也存在很大的差异。任何一个中国人都没有权力要求所有外国人都照着自己的模子去理解中国,去描绘中国的形象。与中国"角力"较劲,中国人有中国人的路径,德国人有德国人的路径,美国人有美国人的路径……即如前所说,各有其视角、文化立场和理论方法。与中国"角力",胜出者永远是挑起战端的一方。因此,德国的波恩学派与美国的一些汉学家同为获胜者,但因所取的路径截然不同,所获的胜果便大异其趣。

二

就我所知,德国的波恩学派与美国一些汉学家理解中国,的确如顾彬所说,在取径上有着非常明显的差异。这种路径选择上的差异,也的确如前文所说,是德国汉学取异求同与美国汉学取同求(辨)异的差异。谢淼用"德国汉学视野"这样一个概念来指认德国译介和研究中国当代文学的背景,她的专著专列一章讨论德国汉学特殊的取径,揭示其解释学的理论背景,梳理从歌德到顾彬与中国进行跨文化对话"和而不同"的传统,显然是有意为之,意在借此与美国汉学区别开来。我完全赞同谢淼的看法,特别欣赏她对德国汉学传统所做的富有启示意义的梳理工作。

多年前在德国访学,便曾写过一篇有关卜松山中国研究的专论。① 这个专论的专注点就在卜松山进入中国的路径。他在《普遍性与相对性之间——与中国进行跨文化对话》一文中提出了跨文化对话的四项原则,即历史反思和敏感性、认识对方的传统、寻找共同价值、文化的开放性和虚心学

---

① 昌切:"文化间际对话——卜松山眼中的'他者'",《大家》,1999 年第 3 期。

习的精神。在我看来,这四项原则都是面向德国人说的。需要对自身历史保持敏感和进行反思的是德国人,需要以开放的心态虚心学习别种文化的还是德国人。德国人认识对方的传统是取异,寻找共同价值是求同。取异求同,动机在为我所需,目的在为我所用。据此与中国进行跨文化对话,他更看重如何助益进补自身,而不大关心中国人有着怎样的现实需求。后来,与他同在特里尔大学汉学系任教的刘慧儒博士对他做专访,问他如何看待我的看法,他给出的回答是肯定的:"许多人的确如此,这也无可厚非。中国人研究西方又何尝不是这样。人的行为都有其动机和出发点,进行跨文化对话也一样。就我所从事的文化比较和价值比较研究来说,着眼点也更多是西方的现实问题。然而,西方也好,中国也好,人们信奉的是构成他们各自意义视界的人文关怀,他们不应该也不可能撇开这一取向而一厢情愿地认同别的文化。跨文化对话有一种镜子效应。把陌生文化当作一面镜子,可以更客观地认识自己,看到自己的不足。当一种文化借鉴另一种文化改进自己时,也更容易为另一种文化所理解、所接受。"①

卜松山的回答简单明了,传达的正是波恩学派的要旨。以自我为出发点,关注西方的现实问题,在自有的意义视界中认识中国,在中国文化这面镜子前审视自己,以期弥补自身的不足,这个做法与顾彬可以说是如出一辙。顾彬坦率地说过,如果他在中国只能找到与欧洲一样的东西,他不可能对中国发生兴趣。也就是说,他之所以对中国发生兴趣,是因为中国有着与欧洲不一样的东西。他说:"一个古老的神学和哲学观点指出:我们只有在与一个真正的他者接触时,才能正确地认识自身。从这个角度来看,普遍主义指出的是一种在自身重复他者的道路:人们在中国只能发现人们在欧洲已经认识到的东西。"②在他的眼里,相对欧洲来说中国是一个他者,但绝对不是也不可能是欧洲的翻版,用普遍主义对付中国是行不通的。这种无视一切差异的普遍主义,在卜松山那里叫作绝对普遍主义。绝对普遍主义的

①　刘慧儒:"'把陌生文化当作一面镜子'——访德国汉学家卜松山教授",《哲学动态》,2001年第5期。
②　顾彬:"略谈波恩学派",《读书》,2006年第12期。

要害就在于把西方价值凌驾于一切之上,用西方价值衡量世间的一切。与顾彬一样,卜松山一直对这种绝对普遍主义保持必要的警惕,热爱并善待中国,在中国寻找欧洲匮乏的美好的东西,反对居高临下把西方价值强加给中国的霸道行径。谢森说得不错,卜松山本来就属于波恩学派。

说句实话,在读到谢森的专著以前,我从来没有留意过顾彬与歌德、与那些善于撷取中国文化精华的德国人有什么精神联系。是谢森出色的梳理工作使我联想到莱布尼茨和布莱希特,联想到他们为何和如何善待中国的原因和方式。谢森从歌德提出的"世界文学"中抽绎出"异"、"同"两个概念,认为二者相辅相成,"同"强调人类文化的共性,"异"强调世界各民族文化的个性;只有在"同"中取"异",在"异"中求"同",才有可能做到优势互补,真正形成歌德意义上的"世界文学"。借用谢森所引德国学者 Katharina Mommsen 的话说,歌德意义上的"世界文学"并不是抹去各民族文化个性的整齐划一的文学,他所期待的只是世界各民族之间相互关心,相互理解,"即使不能相亲相爱,也至少得学会相互容忍"。相互容忍,取异求同,以期共存共荣,共同朝向人类文化更高远的境界。冯雪峰在 1940 年代中期写过几篇谈论中外文化交往的文章。他在谈到"民族文化"与"世界文化"的关系时说:"一个民族在生活上所走的路,越是'人类性'的,'世界性'的,则这民族也自然越在远大的发展的路上,因为所谓发展就是向着人类生活之最高的完成走去的意思。"[①]在他的心目中,只有向着"世界文化"这个崇高的目标前进的"民族文化",才是有望成为对人类做出巨大贡献的创造性的文化。从这个意义上讲,所谓民族文化,越是世界的,就越是民族的。歌德怎么也不会料到,多少年后在他曾经倾注过热情的遥远的东方,会出现一个他的知音。可想而知,一个坐井观天、夜郎自大和闭门造车的民族,是不可能创造出享誉世界的辉煌民族文化来的。

歌德在德国从来就不缺少同道,如先他出现的发明"二进制"的莱布尼茨,后他而来的创造"间离法"的布莱希特。莱布尼茨用《周易》中的"八卦"

---

① 冯雪峰:"民族文化",《冯雪峰论文集》(上),北京:人民文学出版社,1981 年。

比附、印证"二进制",把中国的"天"、"理"直接等同于西方基督教的上帝,这是看向中西文化共性的求同;比较中欧文化,赞扬康熙皇帝高贵的人格和大清王朝开明的政治,称颂中国人无分高低贵贱一律以礼相待的优良的道德品质……借以反衬欧洲文化的痼疾弊端,这是看向中西文化个性的取异。从今天的眼光看来,从未踏上中国的土地且不识汉字的莱布尼茨对于中国的理解多根据他人的传言,难免多出荒诞不经之论。但是,从跨文化对话的角度来看,这很好理解,无关紧要。莱布尼茨以"同情的理解"的眼光看中国,把中国纳入欧洲人的"意义视界",要求他像我们中国人一样理解中国,完全是不现实的,没有这个道理。重要的是莱布尼茨求同以自证,取异以完善自我的做法。布莱希特跟他的做法没什么两样。他从梅兰芳那里发现中国戏曲这种有意与现实拉开距离、以超现实的程式化的表演营造陌生化效果的艺术形式,这正好可以用来验证他创造的"间离效果"的戏剧理论。作为流亡者和一战悲剧的亲历者,与莱布尼茨不同,布莱希特对于欧洲过度作为所造成的混乱不堪的社会现实深感失望,所以他更倾心于主张顺乎自然和清静无为的道家学说。《庄子》中有关歪材曲材无用而能得享天年的寓意,被他异常巧妙地化入自己的作品《大胆妈妈和她的孩子们》和《四川好人》之中。《史记》中有关老子在出关途中应关令尹喜求著书,以五千言"言道德之意"的记载,先是在他的文章《礼貌的中国人》中得到转述和推崇,后又经他改写成以《老子出关著〈道德经〉的传说》为题的诗篇问世。这首诗无疑是自况。老子为避衰世骑牛出关,在流亡的途中仍然不忘著书警世,这毋宁说是他本人际遇和心境的真实写照。上善若水,水虽柔弱无骨,但依形就势流动不息,就能击穿坚硬的石头,这种寓意的诗句既是对老子哲学思想的认同,也是对他自己心志的嘉勉。

没有问题,为我所需,以德国人的"前理解结构"看待中国,把中国纳入德国人的意义视界,取异求同,为我所用,这的确是德国人在与中国进行对话中相沿成习、一脉相承的一个传统。2016年卜松山来武汉大学讲学,在所做的报告《谁是谁?》中比较分析了鲁迅与德国著名作家恩岑斯贝格对待庄子正相反对的两种态度。《庄子·至乐》载有庄子与髑髅讨论生死意义的一则寓言。鲁迅在小说《起死》中"重写"这则寓言，以戏谑调侃的笔调把庄子描绘成一个贪生怕死、愚昧无知的势利小人。恩岑斯贝格借用《起死》的情节创作广播剧《死者与哲学家》，却以子之矛攻子之盾，有意识地翻转《起死》的主题，把庄子"还原"成一个通晓生死、彻悟人生意义的哲学家，以此表达他对庄子的敬意。他们从不同的视角进入同一个对象，从中各取所需，处理方式判然有别，主题旨趣针锋相对。对待这则寓言，在鲁迅那里是戏仿，在恩岑斯贝格那里则是对戏仿的戏仿。谁知道恩岑斯贝格的二度创作是不是更接近这则寓言的原旨！难道一个思想锐利的中国作家对于本国寓言的理解尚不及一个德国作家？这不是我关心的问题。我关心的是面对同一个对象为什么会出现如此不同的处理方式。我注意到，在这场报告的末尾，卜松山顺便提到并附上了布莱希特那首推崇老子哲学思想的诗。他认为，恩岑斯贝格和布莱希特青睐老庄的态度，体现了从东到西跨文化对话视野的转换。他说的不错。写《起死》时的鲁迅，仍然是一个反传统的斗士，他所面对的现实，他的文化诉求，他进入庄子的视角，与远在异邦的德国人恩岑斯贝格和布莱希特大不一样。视野随时地转移，对同一对象的理解居然会存在如此大的差异，究竟谁是谁非，真的是无从谈起。

<h1 style="text-align:center">三</h1>

理解是相对的，谈不上谁是谁非。理解也是普遍的，超越了国界族限，同样谈不上谁是谁非。在这个世界上，任何一个外国人都有权利在自有的视野中与中国对话，中国人并不享有解释中国独揽真知的特权。就理解中国的路径而言，与上面提到的那些德国人相比，美国的一些汉学家的做法似乎更接近我们中国人，他们与中国对话的方式更容易被我们中国人所接受。这就是说，仅从理解中国的方式看，那些德国人距离我们中国人要比那些美国汉学家遥远得多，横亘在他们之间的，是一道无法跨越的鸿沟。实例所在多有，没有必要多说。那些美国汉学家与其说是在平等地与中国对话，不如说是把被顾彬和卜松山忌用的普遍主义硬性塞进中国，于同中求（辨）异，探

寻中国去异趋同的现代变迁,从而使中国丧失了自我阐释的"主权",成为紧随西方重走西方路、拾人牙慧的一个他者。不好断定这个模式与基督教的传统有着怎样的关联,但可以肯定的是,在基督教的观念中只存在一个上帝及其子民,这个世界只是一个全人类共有的无差别世界。我想,绝对主义不会是无源之水,不可能与这种观念毫无牵扯。

在20世纪美国的中国研究领域,影响最大的当数费正清学派。费正清学派研究中国的模式是公认的冲击—反应模式(impact-response model)。这个模式的理论来源是巴甫洛夫定律即条件反射学说,和由华生承前创立的刺激—反应理论(S-R theory)。有外来的刺激就会有内部的反应,外来的刺激是因,内部的反应是果。按这种因果关系,据费正清学派的"前理解结构",晚清以来中国所发生的任何一种变化都是中国回应西方冲击的结果。西方与中国分居冲击—反应模式的两端,分别代表现代与传统。现代与传统是时间,也是价值概念,现代的赋值是文明和先进,传统的赋值是野蛮和落后。时间的先后决定价值的大小和归宿。因此,中国从传统走向现代,也就是从野蛮走向文明,从落后走向先进。这种西方化的历史走向和价值转换所遵循的,据说是人类历史发展的必然规律。这种线性的时间观无视并抹掉了空间的差异,致使在中国出现的价值转换成为去中国化向西方靠拢的一个历史过程。这个历史过程,对于西方来说意味着同质化,对于中国来说意味着他者化。大量的事实证明,我们中国人解释中国社会的现代转型,运用的正是费正清的冲击—反应模式。也正是在这个意义上,我说我们中国人距离莱布尼茨等德国人更远,距离那些美国汉学家更近。

柯亨是美国的中国研究转向的一个标志性人物,他的代表作是《在中国发现历史——中国中心观在美国的兴起》。他是费正清的学生,却从费正清学派中抽身而出,把研究的重点转移到中国本土。他有意放弃传统—现代模式(tradition-modernity model),明确反对把西方视为中国朝宗的对象,反对把19、20世纪中国的社会变迁视为一个持续西方化的过程。然而,他在中国历史中发掘后来发生变化的内在因素,理论资源仍然来自西方,西方仍然是他考察中国无从回避的参照系。他相信,19、20世纪中国社会的变化,其源头可以一直追溯到18世纪甚至更早,中国自身就蕴含着自我更新的原动力,并不完全是面对西方冲击的被动回应。这里的问题是什么变化和怎么变化,是面向还是背向西方的变化,有没有面对西方冲击的回应。离开西方的视野,拿走西方的尺子,真不知道他该怎样谈论中国的变化。中国的变化怎么可能是完全撇开西方的自身的变化。因此,只要一谈到中国的变化,他就不得不回到西方冲击的话题上来,不得不继续沿用过去惯用的帝国主义之类的概念。所谓在中国发现中国,充其量只是于同(西)中求异(中)、于异中取同的另一种方式,并没有完全脱离费正清学派研究中国的路径。

沿用冲击—反应模式,套用现成的西方理论,是美国研究中国现代文学十分鲜明的两大特点。这两大特点有交叉又交互为用,在从夏志清以来几代美籍华裔学者的身上表现得相当突出。王德威在《重读夏志清教授〈中国现代小说史〉》中说:"这也是个唯西方'现代'精神马首是瞻的年代;非西方的学者难免要以西方文学现代性的特质,作为放诸四海而皆准的标的。夏选择小说作为研究的重点,因为他相信小说代表中国文学现代最丰富、最细致的面向。"①该文随后指出,夏著主要袭用当时流行的新批评并兼用其他西方理论研究中国现代文学。以"现代性"探寻中国文学的现代走向,以西方理论解析评骘现代文学作品,这种对中国现代文学进行同质化处理的方式一直延续至今。李欧梵受托撰写《剑桥中华民国史》的文学部分,运用的就是这种方式。他在晚清文学中寻觅现代性,发现晚清小说已经留有西方浪漫主义的烙印,浸透着极其浓郁的"颓废"的艺术气息,由此推断中国现代文学的源头不在"五四"而在晚清。王德威紧随其后呼应"晚清说",更深入地探讨了晚清文学现代性的来龙去脉。针对过往中国大陆现代文学研究者对这种现代性视若无睹,把晚清小说视同旧文学、封建文学加以贬抑排斥的事实,他给出"被压抑的现代性"的判断,发出"没有晚清,何来'五四'"的质问。压抑来自哪里? 他的回答是:来自中国大陆现代文学研究者在启蒙和

---

① 夏志清:《中国现代小说史》,刘绍铭等译,香港:香港中文大学出版社,2001年。

革命的两大框架中阐扬的新文学,因为只有这种被他们看作与晚清文言文学相敌对的白话文学,才称得上正宗的"现代"的文学。① 此后,"被压抑的现代性"在中国大陆流行开来,被众多的追随者反复套用,几乎成了"陈词滥调"。近一二十年,新进一代中国旅美学者更喜欢运用后结构主义时代五花八门的西方理论研究中国现代文学,弄出来不少新知新见。但是,从他们研究的基本套路来看,实在看不出有什么新意。无论运用何种时髦的西方理论,他们都是从西方的视角进入、在西方的视野下考察中国现代文学;中国现代文学在他们笔下无论呈现出何种样态,都只是作为验证西方理论普适性的案例存在。这里仅示一例。有人拿欧洲的民族国家生成史附会中国现代史,断定中国现代史是类似于欧洲的民族国家建构史的重演,进而断定应运而生的中国现代文学是民族国家文学。民族国家是一个货真价实的典型的欧洲概念,法、德、意诸国都曾经历过一个满足民族共同体诉求的民族国家形成的过程。把这个从欧洲史中抽象出来的概念搬过来叙说中国的现代史,是说不过去的。中国自秦至清一直是一个民族国家,晚清以来遭受西方入侵,民族文化随民主国家建构日趋他化是不争的事实,民族与国家的紧张关系持续至今都无法缓解。中国现代文学自始就有去民族化的倾向,这与建构民主国家相适应,却与建构民族国家背道而驰。鲁迅等人那些激烈反传统的作品,就是铁铸的明证。这个说法在中国大陆广有市场,响应的人很多,民族国家想象、民族国家建构和民族国家寓言之类的表述充斥在众多论文之中。这并不奇怪。如前所说,与中国对话,在路径的选择上,中国人距离美国人更近,距离德国人更远。以前如此,如今也不例外。

与冲击—反应模式相应,传统—现代模式是一个线性的动态模式。这个模式成立必不可少的前提是彻底清除空间即国族的差异。唯有用空间取代时间,用人类性取代民族性,才足以确保传统—现代模式的信度和效度。这意味着,这个模式立足的理论基点,是摈弃了所有相对性概念的绝对普遍

---

① 参见王德威:《被压抑的现代性:晚清小说新论》,北京:北京大学出版社,2005 年。

主义。那些美国汉学家及其中国的效仿者在理解中国社会的现代转型中所进行的古今中西之辨，实质上是彻底抹去中西差异的古今之辨。这不是取异求同，而是析异取同，把中国社会的现代转型理解成了一个不断去中国化的西方化过程。准此，由古而今也就是由中而西，由中而西也就是由传统而现代。与此恰好相反，从莱布尼茨、歌德到顾彬、卜松山，那些崇尚"和而不同"的德国人，弃用放之四海而皆准的绝对普遍主义，非常重视中国固有而西方匮乏的优质文化，刻意取异求同以弥补己之不足。还记得卜松山对我说过这样的话：你们中国古代有那么优秀的文论，为什么要搞黑格尔那样的美学？你们模仿我们的样子做的西装，我们西方人并不欣赏。这话仿佛出自顾彬之口。有必要重复一遍顾彬的话：我为什么对中国发生兴趣，是因为中国有与我们不一样的东西。他还说过：我为什么研究中国，因为我热爱中国。[1] 由此可见，西方并不是铁板一块，西方学界理解中国因视野的不同而有着极大的差异。

---

① 参见顾彬："'只有中国人理解中国'？"，《读书》，2007 年第 7 期。

目　录

绪　论

自 1949 年中华人民共和国成立，尤其是 20 世纪 70 年代末实行"改革开放"政策以来，中国当代文学便受到了德国读者的欢迎与重视。德国人试图通过对中国当代文学的译介与研究，揭示和呈现中国人真实的生存图景与心路历程，并以此为镜获得一种来自远方的文化启示，以及对于他们自身的精神观照。民众的好奇与热忱，汉学学者的勤勉与执着，加上不同时期分别来自民主德国和联邦德国的政府支持和市场推崇，使得中国当代文学在德国的译介与研究成果较为丰硕。尽管由于文化话语权的相对弱势（与美国相比）和德语语言障碍等原因，德国汉学学者的研究成果对于中国学术界的影响力远远不及他们的美国同行，但他们与美国学者截然不同的学术背景与研究路径，恰恰彰显了到目前为止或许尚未得到全面挖掘的欧洲汉学的独特价值。本书即以"德国汉学视野下中国当代文学的译介与研究"为论题，讨论中国当代文学在德国的译介成果、研究视角和思维方式，希望通过对另一种文化思路的借鉴，拥有对于我们自身学术研究和精神生活的新的观察视角和反省途径。

这个讨论涉及两个方面，一是中国当代文学的创作及其所反映的中华民族的心灵史和精神史，二是德国汉学学者的译介研究以及他们所处时代的文化思潮与历史语境。也就是说，除了中国当代历史、政治、文学状况这些题中应有之义以外，本论题还在很大程度上与德国当代政治、经济、文化，特别是德国汉学的发展和成就密切相关。在"绪论"中，我们将围绕论题"中国当代文学的译介与研究"，辨析"汉学"这一基本概念，勾勒"德国汉学"的发展概况，希望以此将本书的研究对象、取材范围、理论背景和基本立场，做一个清理和交待。

第一节 "汉学"概念辨析

　　如果以 13 世纪末出版的"游记汉学"代表作品《马可·波罗游记》作为欧洲汉学的滥觞,汉学在欧洲已经有了七百多年的历史;即便是以 1814 年法兰西学院正式创建汉学讲座作为"专业汉学"的开端,欧洲经院式的汉学研究也已经走过了两百年的路程。① 然而,中国学术界对于欧洲汉学进行自觉的研究却是自 1970 年代才逐渐展开②,其起步之晚,时间之短,恰恰与欧洲汉学的悠久传统形成了强烈的反差。针对 1950 年代以来我们存在的与西方学术隔绝的情况,钱锺书先生曾经指出:"我们还得承认一个缺点:我们对外国学者研究中国文学的重要论著几乎一无所知;这种无知是不可原谅的,而在最近过去的几年里它也许是不可避免的,亏得它并非不可克服的。"③

　　从钱锺书先生说这话到现在,三十多年过去了,在学术国际交流和文化中西对话势不可挡的今天,在中国人文学科研究范式吐故纳新、急剧变换的当下,海外汉学已经成了中国学术界的一个重要参照系。书肆流行的各种海外汉学翻译书籍和研究著作(影响较大的如商务印书馆的"海外汉学丛书"、中华书局的"世界汉学丛书"、大象出版社的"国际汉学书系"等),大学里创办的一个个与汉学相关的刊物和研究中心,虽然不足以说明我们"已经克服"了自我封闭的缺点,但至少意味着我们走在了"正在克服"狭隘心态的道路上。

　　"汉学"这个称谓在海外汉学领域一直是个有争议的问题,这些年海外汉学研究发展和进步的标志之一,即对于"汉学"一词概念的逐步理清和相

---

① 张西平在"罗明坚——西方汉学的奠基人"一文中,提出把汉学的历史分为"游记汉学"、"传教士汉学"和"专业汉学"三个时期。《历史研究》,2001 年第 3 期,第 101 页。

② 一般把 1975 年中国科学院文献信息中心前身情报研究所在"文革"后期恢复工作时组建的"国外中国学研究室"作为我国海外汉学研究的正式开始,该研究室也是我国学术界开展国外中国学研究的最早机构。

③ 参见钱锺书:"古典文学研究在现代中国",1978 年在意大利米兰举行的欧洲汉学家第 26 次大会上的演讲稿。

对统一。我们将围绕论题"中国当代文学的译介与研究"，分别从"汉学与国学"、"汉学与中国学"、"东学与西学"三个方面进行细致分析。

一、汉学与国学

在 20 世纪 90 年代，关于"汉学"的争议首先来自"汉学"与"国学"这两个概念的交叉与混淆。"汉学"作为一个传统的学术概念，最初是指汉代以来侧重从经史、名物、音韵、训诂的考据立场去研究中国经学的学问，也就是所谓汉宋之学，是一门地地道道的国学学科。然而，如何称呼这门学科，必须看研究的主体。如果研究者是我们自己，在习惯上应该称为"国学"①，因为它涉及的是对我国自己传统的学术研究。如果研究者是外国人，包括华裔外国籍学者（此论点存争议），这种学术就应该称为"汉学"，或者更明确地称为"海外汉学"，尽管研究对象仍然是同一个。"汉学"的英文是"Sinology"，德文是"Sinologie"。"Sinology"最早出现于 19 世纪上半叶，于构词法的角度而言，无论是德文还是英文，它都是"Sino-"（原指秦朝，后泛指中国）加上"-ology"或者"-ologie"（学问、论说）组成的，是中国以外区域学者研习中国的学问。德国汉学家傅海波（Herbert Franke）对"Sinology"的研究也佐证了汉学研究在海外进入学科体系的最初情形：

> "Sinology"是很多"-ologies"中的一种，它们被铸造出来专指 19 世纪出现的知识领域……大约在 1860 年至 1880 年间，"Sinology"这个希腊、拉丁语合成词及其派生词就被普遍地使用了。这正是汉学研究和中国总体研究被认作一种学术科目之时。②

---

① "国学"，原指高级学府，由国家设立。参见《周礼·春官·乐师》："乐师掌国学之政，以教国子小舞。"《周礼注疏》，见于《十三经注疏》，上册，北京：中华书局影印清阮元校刻本，1980 年，第 793 页。

② Herbert Franke：In search of China：Come General Remarks on the History of European Sinology（"探索中国：欧洲汉学史概述"），Ming Wilson and John Cayle：*Europe Studies China*（《欧洲研究中国》），London：Han-Shan Tang Books，1995，p. 12.

1990 年代以后,"汉学"与"国学"这两个概念的区分已经逐渐清晰,现在很少有人会将"国学研究"与"汉学研究"两个名词混为一谈。然而,这种混淆所造成的某些误解仍然存在,一些学者习惯于把海外汉学看作本土国学的延伸与推广,甚至看作国学的海外分店,这都说明我们对于海外汉学学科史知识的缺乏与观念的错位。

本书论题所涉及的"中国当代文学的译介与研究",其研究者存在着国内和国外两个群体。前者是指遍布于中国各大高校以及其他研究机构中的各种不同层次的研究者,他们专事中国当代文学研究,当然也包括一些比较文学、中外文学文化以及海外汉学的研究者。后者则是指散布于海外高校或其他机构的汉学学者,中国当代文学或许是他们终生专注的事业,或许只是他们对于整体中国的众多学术爱好之一。这些汉学学者,因为同时拥有中西学界的知识背景和学术影响,而成了国内学者海外参照体系中的一个重要因素:他们不仅是中国文学在西方的接受者、译介者和研究者,还是不同程度地代表着西方、与中国进行跨文化交流的对话者,而在其本国,他们又因为专事中国研究而成为中西文化的双向象征者。几重身份的聚合与融通,使得汉学学者关于中国的言说与书写,也拥有了种种不同的阐释空间。

在双方的跨文化对话中,观点的碰撞与精神的交流早在 1980 年代就已开始,海外汉学家的著作已经、正在和持续被译介至中国,并且深刻影响着中国文学尤其是现当代文学的研究。这种影响不仅体现在他们因某些观点所招徕的支持战线或者对立阵营,更体现在他们的理论与方法作为一种思维路径和话语方式所激发的众多冲击、探讨、反思与启示。而最终,无论是推崇者还是反驳者,大都能在文本接触中获益颇多,或经融合丰富自身的学术体系,或借冲突确立自身的话语立场。更令人欣慰的是,除了文本之间的神交,面对面的交流在近年以来也越发频繁,以留学、访学为契机活跃在海外汉学研究圈里的中国学者越来越多,因会议、讲学的缘由被邀请至中国的汉学家更是令人目不暇接,"汉学"的中国与海外研究者不再各说各话、永不相交。如上所述,对于主动或被动地接受着海外汉学话语滋养的中国研究主体而言,与汉学学者建立这种文本之间或文本之外的联系,是拓宽学术视野、参与国际对话的一种必然要求,也是本书写作的缘起和意义之一。

二、汉学与中国学

关于"汉学"争议的第二个方面,来自"汉学"(sinology)与"中国学"(Chinese studies)名称的纠结,而且这种纠结延续至今。以严绍璗、许国璋等学者为代表的一些研究者提出用"中国学"代替原来"汉学"的称谓①,理由是"中国学"这个概念涵盖面更大,更能代表当今海外汉学研究的范畴和趋向。具体而言,一方面,传统汉学研究的对象侧重于中国语言、文化、历史和哲学等人文学科,而"二战"以后随着中华人民共和国的诞生和新的世界格局的形成,以政治、经济、社会、文化为主的"当代中国研究"应运而生,"汉学"的叫法也应当与时俱进地被"中国学"所替代。另一方面,中华民族包括汉、蒙、藏、满等多个民族,"汉学"研究的是中原文化、汉族文化,而国外学者从不把蒙古学、藏学、满学等纳入汉学范畴,认为它们是与汉学并列的学科门类,因此,不如统称为"中国学",可以涵盖中华民族各个民族的学问,以期避免一些不必要的争议。

李学勤的观点则代表了另外一些研究者的看法,他说:"有的学者主张把'sinology'改译'中国学',不过'汉学'沿用已久,在国外普遍流行,谈外国人这方面的研究,用'汉学'比较方便。"②持这一观点的学者们谈到国际汉学,多以"汉学"或"中国学"的概念来笼统论述,因为"汉学非一族一代之学",二者都是中国之外的学者研究中国文化和历史的学问。同时,如李学勤所言,"汉学"一词沿用已久,与"中国学"的概念难以分离,因此在相当长的时期内,"汉学"和"中国学"这两个概念是可以通用的。这一观点在中国学者中颇具代表性。

---

①　参见严绍璗:"我对国际中国学(汉学)的认识",《国际汉学》,2000年第5辑,第8页。参见许国璋:《许国璋论语言》,北京:外语教学与研究出版社,1991年,第264页。

②　参见崔秀霞:"汉学研究的发展、影响与交流——'汉学研究:海外与中国'学术座谈会综述",《中国文化研究》,2005年秋之卷,第177-178页。

　　然而,无论是在欧洲还是美国学界,"汉学"与"中国学"都是界限明确、难以互换的两个概念。比如,欧洲汉学家就很少说他们的工作是"中国学"研究,而美国的中国学研究者也一般不用"汉学"来标榜他们的领域。传统的欧洲汉学研究,主要是对于中国古典文学、语言、历史的研究,与后来在美国兴起的中国学研究侧重于当代中国的政治、经济、社会、文化研究完全不同。尽管在20世纪二三十年代,美国传统汉学研究很大程度上是在步欧洲汉学之后尘,但从六七十年代开始,美国人开始向社会科学转向,逐渐形成了中国学学科,并随着全球化所带来的美国强势文化的冲击,深刻地影响了发源于欧洲且历史更悠久、基础更雄厚的汉学研究。在当下的德国,虽然很多汉学学者至今仍固守传统,但更多的中青年研究者已经对老一代的治学理论和方法产生质疑与反思,并期望冲破传统禁锢,走出一条既不同于传统汉学的"欧洲中心主义",又不追随强势的"美国霸权主义"的新汉学研究之路。

　　本书论题中的"中国当代文学"在"汉学"和"中国学"的分野与交叉问题上地位有些特殊。一方面,它无疑属于传统汉学中"文学"研究的范畴,也或多或少蕴含着与古典文学前后相继的精神和气度,需要不同程度地借鉴和延续传统汉学中语言和文学研究的理论与方法。另一方面,产生中国当代文学的历史条件和政治背景,决定了它必然要与中西(中德)格局、意识形态、经济文化交流等非文学的因素发生这样或那样的联系,而这些正是"中国学"的研究重点。德国的中国当代文学研究者多数坚持认为他们的学科领域是"汉学研究",而不愿意冠以"中国学研究"之名。在美国的中国学研究铺天盖地、席卷全球并成为国际汉学主流声音的当下,这或许多少表明了欧洲(德国)学者力图在学术上保持独特个性并与其美国同行分庭抗礼的决心和愿望。笔者也因此选择采用"汉学"一词来表述本书论题所涉及的领域,尽管本书中"汉学"的概念在某种程度上也确与"中国学"有相通之处。这种选择,既出于对这些方法上兼容并包、理念上特立独行的德国学者们主观意识的尊重,同时也是客观、历史、全面地了解德国汉学学术传统与创新精神的必然要求。

三、东学与西学

到目前为止,关于"汉学"这一概念争论产生得最多的一个问题,就是它到底属于什么范畴,是属于"东学"还是"西学"? 一部分学者认为汉学研究的内容是关于中国的学问,应该属于"东学",正如在中国国内研究西方文、史、哲、经的中国学者不能算是国学家而应该算是西学家一样,同样,在西方国家研究中国的汉学家也理应算是东学家。另外一些学者则认为,外国人研究中国的学问,是属于西方学术的一部分,当然是"西学"的范畴,而如果把它当作关于中国的学问被外国人接受和传播的研究,这就是一个典型的比较文学课题。所以,这一部分内容本身就对不同的人具有不同的意义。

实际上,汉学是西方学术界有着独立传统和声誉的一个学科,它的产生和发展是中西交流的结果,是西方学者关于中国的一种文化选择,它既是外国化了的中国文化,又是中国化了的外国文化。欧洲汉学的知识内容和研究资料都是中国的,是属于东方的,但它是发生在整个西方学术背景中的一个知识体系,汉学家是在接受了西方的学术传统和学术观念后才开始展开研究的,其治学方法也就不可避免地受到他们本国政治、思想、文化等背景的影响。从知识论上来看,汉学当然是"东学",但是从方法论而言,汉学又是"西学",因此,汉学是一种同时具有东学和西学、知识论和方法论的双重性学术。历史上很多汉学家从未到过中国,也不懂中文,但是关于中国,他们著作等身,虽说不免有一些谬误和妄谈,但也不乏真知和灼见,他们在学术上的成就,尤其是他们的治学方法和理论观点,对中国近现代学术产生了莫大影响,这是不可否认的事实。萨义德在《东方学》中提出,西方的"东方学"是他们对于东方的"集体想象",是西方人一种没有客观知识的语言技巧和意识形态的文化表达。① 这种的观点,虽说有一定的道理,但也恰恰忽视了西方的"东方学"具有知识论和认识论双重学术性这样一个基本事实。

汉学所具备的这种知识论与认识论的双重性,正是本书所做研究的理

---

① 参见爱德华·W.萨义德:《东方学》,北京:三联书店,1999 年。

论支持之一。汉学的双重性对于"德国汉学视野下的中国当代文学"这一论题的研究,至少拥有三个方面的价值。其一,对于国内学界来说,德国汉学由于其理论视角的新颖和资料考证的扎实,对我们的中国当代文学研究深具启示意义,尤其在中国当代文学海外接受史和传播史、欧洲人眼中的中国形象和中国阐释等研究上,德国汉学的研究成果对于我们获得那些曾经遗漏的、中文图书中难以找寻的材料将颇有裨益。其二,中国因与西方迥然相异的文化,一直作为德国(欧洲)反观自我的一个远方"他者",如一面镜子般存在于中德文化交流之中。德国对中国当代文学的译介与研究,以对中国社会经济政治形势的战略观察为起点,伴随着他们对于异域东方的窥探与想象,以及对自身传统的坚守或反思,最终目的仍是解决德国自身的问题。对德国人研究中国当代文学的情况的深入了解,将有助于我们对日耳曼学术和文化体系的认识。其三,或许也是最重要的,探讨中国当代文学在德国的译介与研究,让我们以相关成果为参照,观察另一种文化视角里面的自己,经由德国、反思自我,促进中国当代文学创作与研究的发展和繁荣。同时,也有利于我们把握更多与西方以及国际同行对话的焦点和交流的契机,更好地将中国文学创作和文化思考推向世界。

第二节　德国汉学的百年历史

德国汉学的兴起和发展历程与欧洲其他国家颇为相似。从 12 世纪初马塔埃乌斯·帕尔斯恩西斯(Mathaeus Parsiensis)最初开始收集蒙古人信息[1]到 16 世纪邓玉函(Johann Schreck,1576—1630)、汤若望(Johann Adam Schall von Bell,1592—1666)等传教士到中国传教[2]并研习中国文

---

① 参见 Folker E. Reichert: *Begegnung mit China, die Entdeckung Ostasiens im Mittelalter*(《遇见中国:在中世纪发现东亚》),Jan Thorbecke Verlag,1992,S. 69.

② 参见 Reinhold Jandesek: *Das fremde China. Berichte europäischer Reisender des späten Mittelalters und der frühen Neuzeit*(《中世纪和现代中国的欧洲报告人》),Centaurus,1992,S. 288.

化，从18世纪"中国热"时期莱布尼茨(Gottfried Wilhelm Leibniz，1646—1716)等人对中国的歌颂①到19世纪"经典帝国主义"时代对中国的殖民心态②，从1878年莱比锡大学设立东亚语言与汉语副教授一职到此后二三十年里德国汉学的勃兴，从汉堡、柏林、莱比锡、法兰克福四大汉学研究中心的繁荣，到两次世界大战期间汉学人才的流失，再到"二战"之后的再度勃兴与发展，德国汉学在经历了漫长而曲折的道路之后，终于在世界汉学版图上拥有了自己的一席之地。

在18世纪，文化上和中国联系得最为紧密的国家是法国③，在汉学研究方面法国学者也走在了欧洲各个国家的前面，于1814年设立了世界上最早的大学汉学学科。如果以学院派的"专业汉学"作为汉学产生的标志，1909年汉堡殖民研究所设立汉学教授职位被认为是德国汉学的开端，这一时间不仅比法国晚了近一百年④，而且也晚于俄国、荷兰、英国等国家。德国的老一代汉学学者或者就读于巴黎，或者自学成才，或者长期在中国从政经商，由实践而得真知，直到"专业汉学"在全德范围内逐步建立，才有了自己培养的专业人才。实际上，早在1816年波恩大学筹建时(1818年建校)，该校就曾经决定设汉学教授的职位，只是由于该职位唯一的候选人滞留巴黎不归而未果，错失了"专业汉学"设立的一次良机。而在之后的几十年里，德国虽然也有一些"散兵游勇式"⑤的汉学研究，但大多数的汉学学习者并

---

① 参见莱布尼茨所著《中国近事》，这是莱布尼茨1697年用拉丁文编写出版的一部书。在此书中，中国被这个欧洲最为精英的头脑看作与欧洲同样高度发达的文明国度。

② 参见郭士立所著《中华帝国历史》，1836年首先以英文出版，德文版于1847年问世。整部著作的宏旨昭然若揭：中国无法和西方同日而语，应用武力打开中国的大门。

③ 参见 Helmut Vittinghoff：Chinawissenschaften zwischen Deutschem Reich und Drittem Reich("德意志帝国和第三帝国之间的中国汉学")，1999，Helmut Martin/Christiane Hammer：*Chinawissenschaften-Deutschsprachige Entwicklungen：Geschichte，Personen，Perspektiven*(《德国汉学：历史、发展、人物和视角》)，1999，S. 145.

④ 参见 Herbert Frank：*Sinologie an deutschen Universitäten，mit einem Anhang über die Mandschustudien*(《德国大学的汉学研究》)，Franz Steiner Verlag，1968，S. 69.

⑤ 参见 Helmut Martin：Deutschsprachige Chinawissenschaften("中国汉学")，Helmut Martin / Christiane Hammer：*Chinawissenschaften-Deutschsprachige Entwicklungen：Geschichte，Personen，Perspektiven*(《德国汉学：历史、发展、人物和视角》)，1999，S. 1.

没有太多职业前途,几位颇有建树的学者也都先后转往他国谋职。① 汉学成为一门专门的学科后,虽然在形式上取得了与哲学、法学同样的地位,但是在规模和实力上,仍然与包括东方学科比如印度学(21 所大学中设 17 个正教授和 8 个副教授)在内的其他学科无法相比。②

德国的汉学研究,起步虽然较欧洲传统汉学研究中心要晚,开端时期力量也非常薄弱,然而后来的发展却很迅速。经过百年的历程,德国汉学不再是当年那个有着鲜明时代烙印、附庸在汉堡殖民学院东亚系的小学科,它成了遍布德国各个州、在 19 所大学里拥有专门研究机构的一门学科。如今,其研究人员之多,机构规模之大,课题选择之精细,至少可以说冠绝欧洲,德国是欧洲名副其实的海外汉学研究的重镇。也就是在这一百年里,世界范围内的汉学研究从内容到方法都发生了根本性的转变,德国汉学当然也不例外。下面将要探讨的,正是德国汉学发展进程中与本书论题"中国当代文学的译介与研究"相关的百年历史。

一、酝酿阶段

德国汉学的起源可以追溯到 20 世纪之前,但那时的汉学研究始终没有摆脱东方学的框架和"业余汉学"的氛围。米勒(Andreas Müller,1630—1694)、门采尔(Christian Mentzel,1622—1701)、克拉普洛特(Heinrich Julius Klaproth,1783—1835)、诺依曼(Karl Friedrich Neumann,1793—1970)、硕特(Wilhelm Schott,1802—1889)、贾柏莲(Georg von der Gabelentz,1840—1893)等学者虽然在中国文字、历史、语言研究等方面都卓有成就,但始终只将汉学视为他们东方学研究的一个组成部分,并没有给予汉学独立学科的地位。与 1814 年 12 月便已在法兰西学院设立"中国语

---

① 较为著名的有:曾在中国海关任职的夏德(Friedrich Hirth,1845—1927),因为得罪了李希霍芬(Ferdinand Paul Wilhelm Richthofen,1833—1905),于 1902 年赴美国哥伦比亚大学任汉语教授;贝特霍尔德·洛佛尔(Berthord Laufer,1874—1934),赴美在芝加哥博物馆任职。参见:Herbert Frank:*Sinologie*(《汉学》),A. Francke AG. Verlag,1953,S. 21.

② Otto Frank:Die sinologischen Studien in Deutschland("德国汉学家研究"),1911,Helmut Martin/Maren Echardt:*Clavis Sinica*(《汉文锁钥》),1997,S. 206.

言与文学"教授席位的法国相比,德国在汉学方面的成就便更显不足。

　　真正推动汉学在德国崛起的是 1871 年德国统一后的殖民扩张热潮。在帝国利益的驱动下,有关中国的研究日益紧密地与德国对"阳光下地盘"——海外殖民地的激烈争夺关联起来。例如地理学家李希霍芬(Ferdinand von Richthofen,1833—1905)曾受德国政府委派对中国进行了七次考察,他在 1877 年至 1911 年间发表的五卷本著作《中国》(China:*Ergebnisse eigener Reise und darauf gegriiendeter Studien*)里关于中国沿海以及山东的考察报告就对德国后来强占胶州湾产生了重要影响。1887年柏林大学设立东方语言学系的目的也非常简单:就是为了向将要前往中国等国家的翻译、官员、传教士等人提供有关的语言和国情知识。在德国正式设立汉学系前的 25 年间,大约有 480 人在这里学习中文①,其中也包括日后德国第一位职业汉学家福兰阁(Otto Frank,1863—1946)。

　　1897 年德国强占青岛并随后将"势力范围"扩大到整个山东。伴随着德国的殖民扩张,有关中国的大量信息也源源不断涌入德国。对有关资料进行系统研究从而真正了解中国文化此刻便成了一个迫切需要解决的问题。在新形势下,福兰阁在于柏林召开的 1905 年德国殖民大会(Deutscher Kolonial kongress)上发表了题为"东亚文化世界中的政治概念"(Die politische Idee in der ostasiatischen Kulturwelt)的报告,大声疾呼在德国高校中建立汉学系的必要性。他提出,德国人必须"根本性地理解东亚文化世界,确切地说,那不是对表面现象的一种机械认识,而是要吃透它的精神内涵和历史发展",而要吃透中国精神,就必须要有"古代以及儒学阐释方面的精确知识,而这种知识只有科学意义上的汉学才能提供"②。这一报告明

---

　　① 魏思齐:"德国汉学研究的现状",魏思齐主编:《辅仁大学第三届汉学国际研讨会"位格和个人概念在中国与西方:Rolf Trauzettel 教授周围的波恩汉学学派"论文集》,台北:辅仁大学出版社,2006 年,第 267 页。

　　② Otto Franke:*Die politische Idee in der ostasiatischen Kulturwelt. In Verhandlungen des Deutschen Kolonial kongresses 1905 zu Berlin am 5. 6. und 7. Oktober 1905*(《东亚文化世界中的政治概念,在 1905 年 10 月 5、6、7 日德国殖民大会上的谈判》),Berlin:Verlag Kolonialkriegerdank,1906,S. 161 - 169,hier S. 168.

确反映出 20 世纪初德国学者的一种理论自觉意识,同时也反映出他们将带有功利性的语言培训和人文地理考察跟真正学术意义上的专业研究区分开来的强烈愿望。

二、兴起阶段

1909 年,"中国语言文化系"(Seminar für Sprache und Kultur Chinas)千呼万唤始出来,福兰阁成为汉堡大学的前身"汉堡殖民学院所"设立的德国第一个汉学教授席位上的首任教授。福兰阁一生著述 27 部,其中五卷本巨著《中华帝国史》(Geschichte des chinesischen Reiches)为他赢得了巨大声誉,也大大推动了德国对中国古代历史的了解。紧随汉堡大学之后,柏林大学于 1912 年设立了汉学系,荷兰汉学家高延(J. J. M. De Groot, 1854—1921)成为首任教授。1922 年,莱比锡大学也在 1914 年东亚系的基础上创立了汉学系,执教于这一岗位的海尼士(Erich Haenisch, 1880—1966)后来还创建了慕尼黑大学汉学系,为德国汉学的发展做出了重大贡献。

1924 年对德国汉学来说意义非凡,这一年,已经翻译出版有《论语》(1910)、《道德经》(1911)、《列子》(1911)、《庄子》(1912)、《易经》(1914)、《孟子》(1916)等典籍的德国新教传教士卫礼贤(Richard Wilhlem, 1873—1930)结束了长达 20 多年的在华生活返回德国,也将对中国文化的由衷热爱和对中国思想的深刻理解带回了故乡。卫礼贤先在一家基金会的支持下成为汉学讲座教授,不久后正式成为法兰克福大学教授。1925 年 11 月,卫礼贤又在法兰克福大学创建"中国研究所"(China Institut),将一大批德国文化名人吸引到了身边。在他们的共同努力下,德国汉学逐步摆脱了高高在上、曲高和寡的局面。卫礼贤翻译的中国典籍不仅走入了千万德国人的家庭,而且还被转译成法、英、荷兰等文字。同时,他的著作还对心理学家荣格(Carl Gustav Jung, 1875—1961)、文学家黑塞(Hermann Hesse, 1877—1962)与布莱希特(Bertold Brecht, 1898—1956)等人产生了重大影响。可以说,卫礼贤的经历几乎就是德国汉学研究从业余走向专业、从为殖民服务走向促进东西方文化交流的一个缩影。卫礼贤的译介作品颇受重视,例如他的《道德经》译本到 2000 年为止已经至少再版了 33 次,在德国的受欢迎程度远超任何一部中国典籍,影响难以估量。当然,卫礼贤对中国文化的特别推崇,也被一些批评家指责为丧失了学者应有的价值中立立场,以致他的成就在德国汉学界至今仍然存在争议。

随着汉学影响的扩大,20 世纪 20 年代德国又有多所大学开设汉语课程,汉学系也在一流大学中得到进一步发展。1927 年,波恩大学建立汉学系,后来发展为中国文学的研究重镇。1930 年左右,以语言学研究著称的哥廷根大学也建立起汉学系。1937 年,系主任哈隆(Gustav Haloun,1898—1951)委任当时正在哥廷根大学留学的季羡林先生为汉学系讲师,为其解决生活来源问题。季羡林在汉学系图书馆阅读了大量古籍,特别是佛教《大藏经》和笔记小说,为其后来的学术成就奠定了坚实的基础。

以汉学正教授职位的设立为准,德国逐渐形成了汉堡(1909)、柏林(1912)、莱比锡(1922)和法兰克福(1925)四大汉学中心。在其他一些大学里,如哥廷根大学、波恩大学、慕尼黑大学、耶拿大学等也开设了汉语课,同时从事一部分研究工作。总之,20 世纪二三十年代,德国汉学在人员上和机构上都赶上或超过了欧洲邻国。

三、受挫阶段

遗憾的是,刚刚兴起的德国汉学还没有来得及实现其第一次飞跃式发展,便遭遇了第二次世界大战。在希特勒统治时期,德国汉学遭受到沉重的打击,不仅多年积累的图书资料毁于战火,而且一大批汉学家流亡海外,其中大部分永远离开了德国。这是德国汉学界的重大损失。尽管德国国内的大学在不断成立新的汉学系,增加新的汉学学者(战后直到 1962 年德国汉学家的数目才与纳粹时期持平),但因为此时的汉学研究再度成为政治的工具,所以表面的繁荣并没有给德国汉学带来真正的学术兴盛。例如,从1933 年到 1945 年战争结束,设在北京的"德国研究所"受德国外交部的资助,其德方工作人员由政府派遣,这些学者不得不直接或间接地受纳粹控制。除了那些由于政治和种族原因而移居英国和美国的汉学学者,另一些留在德国本土的汉学家为了生存和过政治关,往往会加入德国国家社会主义工人党。这段时期的汉学史至今讳莫如深,1997 年,马汉茂(Helmut Martin,1940—1996)教授还不无遗憾地说:"纳粹时期汉学研究史是一个敏感而特殊的课题。"①

四、复兴阶段

1945 年"二战"结束时,法兰克福、莱比锡、哥廷根等地的汉学图书馆均遭到了严重破坏,德国的汉学系仅剩柏林洪堡大学、莱比锡大学和汉堡大学三家。不过,随着战后德国经济的迅速恢复,汉学也在联邦德国迅速复兴。从 1946 年海尼士在慕尼黑大学建立汉学系开始,哥廷根大学(1953)、波恩大学(1957)、法兰克福大学(1962)的汉学系也先后恢复。在随后十年左右的时间里,联邦德国有一大批汉学研究所应运而生。当时文化教育政策大权在各州,而德国科学委员会也有相应的规划,即每个州都要至少维持一个汉学所,每个达到一定规模的大学也要设置一个汉学所,于是,汉学系便如雨后春笋般在各个大学中迅速发展起来了。柏林自由大学(1956)、马尔堡大学(1957)、科隆大学(1960)、图宾根大学(1960)、海德堡大学(1962)、明斯特大学(1962)、波鸿大学(1963)、维尔茨堡大学(1965)、爱尔兰根大学(1967)等,先后建立了汉学系或设立了汉学教授席位。

总体而言,到 1960 年代初,德国汉学不仅已经恢复了元气,而且汉学学者总数也超过了战前的繁荣时期。汉学教授的人数翻了一番,从 1960 年的 7 名增长到 1969 年的 15 名,其中正教授 12 名。再加上 1980 年代新建汉学专业的弗莱堡大学(1980)、特里尔大学(1984)、基尔大学(1990)……到 1990 年代,德国已有 19 所大学建有汉学专业。另外还有康斯坦茨、茨威考、不莱梅等三所专科大学(FH)建有经济汉学专业。此外,一些大学的语言学、历史学、哲学系中也有学者从事着与中国相关的研究,如美因茨大学

---

① 参见马汉茂:"前言",傅吾康:《为中国着迷》,北京:社会科学文献出版社,2003 年,第 1 页。

格尔墨斯海姆（Germersheim）分校应用语言学专业的柯彼德（Peter Kupfer）教授等。

随着公众对中国的兴趣与日俱增，学院式的中国研究已经满足不了政治和传媒的需要，一些大学外与中国相关的机构、团体应运而生。1956 年由联邦德国外交部和汉堡市牵头成立了亚洲学研究所（IFA），研究重点为当代中国政治、经济和社会。1959 年联邦德国外交部与北莱茵—威斯特法伦州文化部携手，在波恩重建东方语言学院（SOS，其前身是 1887 年建于柏林的东方语言学院，以培养汉语人才为宗旨）。在大众基金会和福特基金会的支持下，1967 年德国亚洲学会（DGA）成立，旨在促进对亚洲国家当代问题的研究。除了上述机构外，德国一些历史悠久的独立研究机构同样值得关注。例如圣奥古斯丁（Sankt Augustin）的华裔学志研究院（Institut Monumenta Serica），源于圣言会（SVD）1933 年接管北平辅仁大学后于 1935 年创刊的《华裔学志——北平天主教大学东方研究杂志》（*Monumenta Serica：Journal of Oriental Studies of the Catholic University of Peking*）。1972 年，它几经辗转后迁至波恩附近的圣奥古斯丁。① 其图书馆拥有中西文藏书各 8 万余册，特别是中国古代史、古文化方面的藏书十分丰富。中德建交以后，学术交流得以大踏步发展，1980 年代是战后汉学发展史上的一个转折点。在这段时期里，不仅大学内的汉学体制建设基本完成，教员实现了世代更替，研究兴趣也明显地向现代中国转移。

汉学在民主德国也占有重要地位。经历了 1950 年代因与中国同属社会主义阵营而产生的汉学短暂繁荣之后，民主德国的汉学研究曾因 1960 年代中苏交恶受到重创，甚至在 1964 年到 1977 年间，整个民主德国仅有洪堡大学一名汉学教授在支撑局面。然而，1970 年代中期与中国关系逐渐解冻

---

① 其间《华裔学志》曾几度搬迁。1949 年，《华裔学志》编辑部从北平迁至日本东京，1957 年迁至名古屋圣言会所办的南山大学，1963 年迁至美国加州大学洛杉矶分校，并入该校东亚语言系，1972 年《华裔学志》研究院才迁至德国波恩附近的圣奥古斯丁。最终，《华裔学志》研究院成为独立的研究机构。虽历经辗转，但《华裔学志》也因此吸收了来自亚洲、美洲以及欧洲等各方学者的观点，从而成为国际汉学研究的重要学术刊物。参见王德蓉著："辅仁大学与《华裔学志》"，《寻根》，2004 年第 1 期，第 49 - 52 页。

之后,其学科实力逐渐恢复,与其他东欧国家相比,民主德国的汉学研究独占鳌头。除了莱比锡大学的汉学系以及洪堡大学的汉学系和中国现代史专业以外,科学院历史语言所、国家与法学研究院的国际关系研究所、社科院的国际工运研究所也从事对中国的研究工作。在 40 年的时间里,这些机构共培养了 200 多位专业人才,其中一半获博士学位,约 20 人具备教授资格,可谓人才济济。

两德统一之后的 1990 年代,德国大学里的专业汉学研究机构有近 20 个,教授约 40 名,这还不包括大学和专科大学的东亚专业、其他从事中国研究的社会科学专业、专事汉语教学的部门和一些独立的科研机构,阵容之庞大可称欧洲之冠。到 21 世纪初,德国在校学习汉学的学生约 2 300 多人(包括朝鲜学学生),每年有新生 500 人左右,有近 200 人毕业,其中 70% 为女性,在校学习时间为五到七年。尽管从总体而言,汉学系还是一个小系,其规模与主流的英美语言文学系无法相提并论,但相比世纪之初筚路蓝缕的艰辛与寒酸,汉学在历经了百年的沧桑与发展之后,终于成了德国大学一个不仅必不可少而且成绩斐然的学科。

第一章　中国当代文学在德国的
译介者与研究者

　　自 14 世纪《马可·波罗游记》畅销欧洲以来,德国和欧罗巴土地上的其他国家一样,对中国这个遥远富庶的东方古国倾注了无限的热情与渴望。几百年来,这种寄予了欧洲人乌托邦梦想的激情,尽管也曾因为中西格局的变迁和中国形象的震荡而冷却甚至消退,但总会随着一次次"中国热"的潮涌而再度高涨。德国著名翻译家卡尔·戴得尤斯(Karl Dedecius, 1921—2016)曾说:"一个民族的文学是一扇窗户,这扇窗户让这个民族向外观望他国人,他国人也可以透过这扇窗户瞥见这个民族的生活世界。"[①]从最早传入欧洲的《赵氏孤儿》、《好逑传》开始,中国文学便作为德国了解中国人生活方式和思维方式的"一扇窗户",不断被翻译和引介至德国。

　　进入 20 世纪,中国从传统的"天下"转变为现代的"国家",在国际政治、经济以及文化中开始扮演更加重要的角色。中国当代文学因为见证和记录了 1949 年以来中国社会历史变迁的讯息,尤其是转型期中国人复杂的心路历程,得到了德国汉学家以及从事比较文学、文化研究的学者的重视。这些文本不仅是知识分子们"远去与归来"、"迂回与进入"[②]思维途径的一个入口,也是决策者们对于中国社会政治经济形势战略观察的起点和线索,同时还满足了普通民众对于异域东方和红色中国的好奇与想象,因而又受到了出版行业和图书市场的追捧。

---

　　① Karl Dedecius: *Vom Übersetzen Theorie und Praxis*(《翻译的理论与实践》),Frankfurt/M. : Suhrkamp Verlag (suhrkamp taschenbuch 1258),1986, S. 13.

　　② 弗朗索瓦·于连:《(经由中国)从外部反思欧洲——远西对话》,张放译,郑州:大象出版社,2005 年,第 5 页。

中国当代文学在德国的翻译和引介主要通过两种渠道：一是大学学者，包括大学体制内相关的汉学研究机构、学者、图书馆藏书、杂志期刊；二是民间自由翻译者，包括大学体制外相关的民间组织、基金会、出版社、自由翻译者等。与前者相关的是大学学科设置、学者学术兴趣及其背后的国家意识形态和民族文化反思，与后者相关的是译者的个人生计、中国文学偏好、出版社意志、读者反映及其背后的市场大手和商业规则。本章将从学院与民间这两条途径出发，对中国当代文学的译介者和研究者以及影响他们的汉学传统与汉学现状进行考察和分析。

第一节　大学体系内的译介者与研究者

一、大学汉学系与汉学学者

中国当代文学在德国的翻译和研究，很大程度上应归功于大学或研究机构里汉学学者的努力。德国汉学学殖深厚，学派众多，波鸿学派、波恩学派、汉堡学派、柏林学派、海德堡学派等，散布于各个大学。每个派别的研究重心一般与该校汉学系主任教授的研究兴趣密切相关，但由于教职更迭或者学者个人学术偏好的转移，学派的研究重心也并非一成不变。对于中国当代文学的翻译和研究，有时是某个汉学研究机构的集体研究课题，有时是某位教授个人的方向所在，有时则只是零散地出现在某个学者的某个研究阶段里。

集中研究中国当代文学的德国汉学机构，主要有马汉茂教授（已故）所在的波鸿鲁尔大学汉学系、顾彬（Wolfgang Kubin）教授所在的波恩大学汉学系和梅薏华（Eva Müller）教授所在的洪堡大学汉学系。

波鸿鲁尔大学的汉学系设置在其东方学学院中，教学科研重点为中国当代文学，尤其是台湾当代文学。该系拥有庞大的图书馆和电子资料库，这当然与曾经留学台湾的马汉茂教授关系密切。马汉茂一直致力于翻译和研究中国当代文学，在他的主持下建立的卫礼贤翻译中心是世界上从事中国文献翻译的三大中心之一,很多中国当代作家如顾城、舒婷、阿城的作品都在此被直接翻译成德文或者间接地介绍给德国读者。马汉茂教授自己也因翻译六卷本的《毛泽东文选》、翻译和编辑《鲁迅文集》而享有盛名。他在1993 年创立了《阿克斯·有关中国的论文》系列丛书(Arcus Chinatexte),与该系自 1980 年开始出版的系列丛书《中国诸课题》(Chinathemen)一道,为中国当代文学的翻译和研究成果提供了诸多出版机会。马汉茂教授于1999 年辞世,中国当代文学研究中心随后转移到了波恩大学。

　　波恩大学汉学系前任主任陶德文(Rolf Trauzettel)教授在中西思想的比较上特别强调中国思想和文化的独特性,1995 年接任系主任的顾彬教授(现已退休),将陶德文的这一研究思路继承和延续了下来。顾彬是《鲁迅文集》德文版的译者之一,也是北岛、顾城、翟永明、张枣等中国当代诗人的德译者。他主持出版的两个小型文学刊物《袖珍汉学》(Minima sinica)和《取向》(Orientierungen),是研究中国文学和文化的重要阵地。他还主持编撰了十卷本《中国文学史》(Geschichte der chinesischen Literatur),是一部卷帙浩繁的中国文学史巨著。该系另外几位教师的研究范畴也包含中国当代文学。司马涛(Thomas Zimmer)曾经担任中德学院副院长,研究重点是中国当代文学翻译状况和中国小说的来源与发展,在阿诺尔德(Heinz Ludwig Arnold)编撰的《当代外国文学辞典》(Kritische Lexikon zur fremdsprachigen Gegenwartslitera tur)中负责撰写余华等当代作家的介绍和评价。马雷凯(Roman Malek)是德国圣言会华裔学志研究院的院长和《华裔学志》(Monumenta Serica Journal of Oriental Studies)的总编辑;莫芝宜佳(Monika Motsch)则是《围城》的翻译者和钱锺书研究专家,对中国小说颇有研究。

　　洪堡大学是原民主德国中国当代文学的研究重镇,为民主德国读者译介过很多中国当代作品。两德的长期隔绝,导致常常出现一个作品有联邦德国和民主德国两个翻译版本的情况,比如张辛欣的《北京人》,就有马汉茂和梅薏华(Eva Müller)分别翻译的两个版本。各中差别,细读之下,颇有意味。"女性和中国现当代文学"是贯穿梅薏华一生的汉学研究主题,早年她曾研究"'白蛇传传说'与中国现当代文学"、"当代中国文学中的女性写作视角"等题目。她是张洁等当代女性作家的作品译者,也是《东亚文学传记辞典》和《中国文学辞典》的主要编撰者,同时还培养了如 Folke Peil(苏童研究者、阿城小说的德文译者之一)、Dorothee Dauber 等在中国当代文学翻译和研究上有所造诣的学者。梅薏华的同事葛柳南是茅盾研究专家,他还编辑了王蒙等一些当代作家的小说集。他与梅薏华以及该系的学者尹虹(Irmtraud Fessen-Henjes)共同编写了《考察:16 位中国小说家》(*Erkundengen. 16 chinesische Erzähler*)一书,收入王蒙等16位重要的中国当代作家作品及其评价。尹虹还翻译过王蒙、陆文夫、邓友梅、冯骥才、汪曾祺、多多、高行健等诸多当代作家的作品。

二、译作、著作与自办刊物

在德国,对于中国当代文学的译介,像上述几个机构一样把其当作群体目标是比较少见的,常见的是对其所进行的零散而带有较多偶然性的翻译和研究。这些成果有的展示于汉学系某些学者的译作和著作中,有的发表在其自办刊物上,有的则登载在定期出版的系列图书里。

海德堡大学汉学系瓦格纳(R. G. Wagner)教授的研究,很大一部分涉及中国当代文学,比如《中国当代新编历史剧——四个实例研究》和《服务行业之内——中国当代散文研究》等。特里尔大学汉学系的卜松山(Karl-Heinz Pohl)教授对 1980 年代诗歌有诸多精辟见解,著有《中国 1980 年代的抒情诗》等著作,他还是李泽厚《美的历程》的德文译者。图宾根大学汉学系的何致瀚(Hans Peter Hoffman)教授,曾经翻译了顾城、商禽、西川、吉狄马加等中国当代诗人的作品,对闻一多的诗歌也有较深入的研究,并主编了《诗人、学者、爱国者——闻一多诞辰 100 周年国际研讨会论文集》。科隆大学的鲁毕直(Lutz Bieg)教授,则常常在《东亚文学杂志》上对当代新近发表的文学作品做综述报道。古腾堡大学的乌里希·考茨(Ulrich Kautz)博士多年来孜孜不倦地引介中国文学,陆续翻译出版了邓友梅的《京城内外》、陆文夫的《美食家》和王蒙的《活动变人形》等作品,他还是德国汉学协会

(DVCS)的创始主席。法兰克福大学的韦荷雅(Dorothea Wippermann)教授,是高行健小说《一个人的圣经》的译者,并负责出版了《法兰克福中国研究丛书系列》(Reihe Frankfurter China-Studien)。

文学史方面,除了上文提到的顾彬组织编撰的《中国文学史》,施微寒(Helwig Schmidt-Glintzer)教授在 1990 年出版的《中国文学史》,也是中国当代文学研究领域的代表著作。此书资料全面、文笔通畅,是当时德语世界里内容最为丰富的中国文学史,不足之处在于二手资料使用较多、一手中文资料较少。与此对照,明斯特大学艾默力(Reinhard Emmerich)教授牵头编撰出版的《中国文学史》,则是一本针对中国文学"门外汉"或"初学者"的文学史。该书并非鸿篇巨制,然而从《诗经》到卫慧无所不有,对中国文学各个时期状况的概括简明扼要,篇幅适中(正文 395 页),使人能在较短的时间内对中国文学的历史与现状有一个大致的把握,因此该书在汉学学生中颇受欢迎。

各个汉学系主办的与中国当代文学翻译和研究相关的期刊中,以波恩大学创办的《袖珍汉学》、《取向:亚洲文化期刊》,柏林 Humboldt 大学出版的《东方文学学报》,汉堡大学出版的《远东:远东国家语言、学术和文化期刊》,波鸿大学出版的《波鸿东亚研究年刊》以及《东亚文学期刊》、《亚洲 非洲 拉丁美洲》等杂志最为重要。哥廷根大学 1954 年创办专业丛书系列《亚洲研究》(Asiatische Forschungen),集中刊发亚洲民族历史文化和语言文学方面,也包括中国当代文学的论文。汉堡大学亚非研究所定期出版《汉堡汉学学会通讯》(Mitteilungen der Hamburger Sinologischen Gesellschaft)和《汉堡汉学著作》(Hamburger Sinologiche Schriften)等丛书,经常刊载中国当代文学的译作。慕尼黑大学汉学系编有《慕尼黑东亚研究丛书》(Münchener Ostasiatische Studien),至今为止已出 88 册;另有《中国思想史与文学研究》(Studien zur geistesgeschichte und Literatur in China),已经出版 6 册,都曾刊登中国当代文学方面的文章,最近一期讨论的内容是"海派文学"(Die haipai-Erzählliteratur)。柏林自由大学与中国当代文学相关的工作见于 1983 年以来陆续出版的 52 册《柏林中国研究丛书系列》

（*Berliner China-Studien*），由华裔汉学家郭恒钰（Kuo Heng-yü）创办，为年
轻的汉学家提供博士、硕士论文的发表园地，其中不乏对中国当代文学的论
述和分析。

　　以上德国汉学关于中国当代文学的资料，除了收藏于巴伐利亚国家图
书馆、柏林国家图书馆等图书馆以外，大多数仍与大学体系密切相关，收藏
于各个大学东亚研究所、汉学系等学术机构。当然，藏书还包括缩微胶卷上
的资料。

附表1　德国大学体系内与中国当代文学相关的汉学研究机构基本情况表

机构名称	科研重点	藏书	出版物
柏林自由大学（Freie Universität Berlin）汉学系（Sinologie）	中国经济、政治、历史、社会，中国对外政策和外交关系以及中国文化。	藏书30 000册，以及150种期刊，其中一半为中文书刊。	《柏林中国研究》丛书系列（*Berliner China-Studien*），《柏林中国研究：原始资料与文献》（*Berliner China-Studien：Quellen und Dokumente*），《中国社会与历史》（*Berliner China-Hefte. Beiträge zur Gesellschaft und Geschichte Chinas*）。
柏林洪堡大学（Humboldt-Universität zur Berlin）汉学系（Sinologie）	中国文学，中国宗教史，中国士大夫文。	藏书42 000册，以及150种期刊。	AKM：《东方学著作丛书系列》（*Abhandlungen für die Kunde des Morgenlandes*）。
波鸿鲁尔大学（Ruhr-Universität Bochum）东方学学院（Fakultät für Ostasienwissenschaften）中国历史与哲学分部（Geschichte und Philosophie）中国语言与文学分部（Sprache und Literatur Chinas）	中国历史与哲学分部重点研究古典时期中国哲学、古老语言文学。中国语言与文学分部重点研究中国与台湾当代文学，尤其是台湾文学。	藏书186 000册，以及300种期刊，语言包括中文、日文、韩文，拥有欧洲顶级的台湾文学和文化图书馆。	设有卫礼贤翻译中心（Das Richard-Wilhelm-übersetzungszentrum），翻译出版诸多中国文学，包括当代文学作品。系列丛书：《中国诸课题》（*Chinathemen*）。

（续表）

机构名称	科研重点	藏书	出版物
波恩大学 （Universität Bonn） 汉学系 （Sinologisches Seminar）	强调"和而不同"的汉学理念，重点研究19世纪以来的中国精神史，中国文学与文化，中德翻译。	藏书55 000册，360种期刊。	《袖珍汉学：中国精神期刊》（minima sinica. Zeitschrift zum chinesischen Geist），《取向：亚洲文化期刊》（Orientierungen. Zeitschrift zur Kultur Asiens）。
爱尔兰根-纽伦堡大学 （Universität Erlangen-Nürnberg） 汉学系（Sinologie）	现代中国历史与政治、中西知识交流史、20世纪中国文学。	藏书30 000册，150种期刊。	
法兰克福大学 （Universität Frankfurt） 中国研究所 （China Institut）	现代中国语言与文化、20世纪中国文学。	藏书38 000册，46种期刊。	该所历史悠久，由卫礼贤（Richard Wilhelm，1873—1930）于1929年设立，出版有《法兰克福中国研究丛书系列》（Reihe Frankfurter China-Studien），译有高行健《一个人的圣经》。
哥廷根大学 （Universität Göttingen） 东方学系 （Ostasiatisches Seminar）	中国传统医学和营养学，西方基督教在中国的传播与接受，中国当代文学。	藏书35 000册，300种期刊。	施微寒教授（Helwig Schmidt-Glintzer）于1990年出版《中国文学史》（Geschichte der chinesischen Literatur. Von den Anfängen bis zur Gegenwart）。
弗莱堡大学 （Universität Freiburg） 东方学系 （Ostasiatisches Seminar）	中国法律、行政机构、传统军事理论，佛教汉化，中国抒情诗。	藏书20 000册，200种期刊。	
汉堡大学（Universität Hamburg） 亚非研究所 （Asien-Afrika-Institut）	中古中国文化，中国思想史，20世纪中国文化和文学。	德国与汉学相关的图书馆中最大最老的之一。	《汉堡汉学学会通讯》（Mitteilungen der Hamburger Sinologischen Gesellschaft），《汉堡汉学著作》（Hamburger Sinologiche Schriften）。

（续表）

机构名称	科研重点	藏书	出版物
海德堡大学（Universität Heidelberg）汉学系（Sinologisches Seminar）	中国思想史、中国现代史。	藏书80 000册，420种期刊，12种报纸。	该系的欧洲中国研究数位资料中心，旨在收集、归档和提供中国研究资料，尤其是社会与政治论述方面的网络资料。
莱比锡大学（Universität Leipzig）东亚研究所（Ostasiatisches Institut）	汉学传统在德国大学中最为悠久，研究重点为中国文化史与哲学。	专门的汉学图书馆，包括中国思想史、经济史以及当代中国。	
慕尼黑大学（Universität München）汉学系（Sinologie）	中国古代文学、蒙古学、中国艺术与考古。	藏书110 000册，期刊1 000种。	《慕尼黑东亚研究丛书》（Münchener Ostasiatische Studien），《中国思想史与文学研究》（Studien zur geistesgeschichte und Literatur in China）。
明斯特大学（Universität Münster）汉学系（Sinologie）	古代中国史研究，中国语言、历史和文学。	藏书64 000册，期刊100种。	艾默力教授（Reinhard Emmerich）牵头与5位汉学家参与，共同编撰出版了《中国文学史》（Geschichte der chinesischen Literatur）。
特里尔大学（Universität Trier）汉学系（Sinologie）	语言学、经济中文和跨文化交流。	藏书30 000册，包括一些稀有的汉学期刊。	《东亚—太平洋：特里尔政治、经济、社会与文化研究丛书系列》（Ostasien-Pazifik. Trierer Studien zu Politik Wirtschaft, Gesellschaft, Kultur）。
科隆大学（Universität Köln）汉学研究所（Sinologisches Institut）	中国语言、历史和文学。	藏书69 000册，465种期刊。	
维尔茨堡大学（Universität Würzburg）汉学讲座（Sinologisches Lehrstuhl）	中国历史和文化，当代中国。	藏书25 000册，有多种刊物以及文集。	《维尔茨堡汉学》（Würzburger Sinologische Schriften）。

（续表）

机构名称	科研重点	藏书	出版物
图宾根大学（Universität Tübingen）汉学部（Abteilung Sinologie）	中国历史和文化,尝试将汉学与经济学合并。	藏书 35 000 册,期刊 300 种。	
约翰·古腾堡大学（Johannes Gutenberg-Universität）汉学讲座（Sinologisches Lehrstuhl）	语言学习和翻译训练。	藏书 6 000 册,期刊 100 多种。	乌里希·考茨（Ulrich Kautz）博士译介了大量的中国当代文学作品。
马尔堡大学（Universität Marburg）汉学系（Sinologie）（该汉学系已于 2005 年取消）	中西思想比较,传统中国与 20 世纪中国女性的地位及其在艺术和文学中的形象。	藏书 14 000 册,期刊 100 种。	
基尔大学（Universität Kiel）汉学系（Sinologisches Seminar）（该汉学系已于 2008 年取消）	传统与现代中国的社会史与性别研究。	藏书 9 500 册,19 种期刊。	

附表 2　德国大学体系内与中国当代文学相关的汉学学者基本情况表

汉学学者	所在大学	研究重点与主要贡献
马汉茂（Helmut Martin）	波鸿鲁尔大学	他主持建立的卫礼贤翻译中心是世界上中国文献翻译的三大中心之一。许多中国现当代作家的作品都被翻译成德文或者间接地介绍给德国读者。马汉茂教授自己也因翻译六卷本的《毛泽东文选》、翻译和编辑《鲁迅文集》而享有盛名。
顾彬（Wolfgang Kubin）	波恩大学	《鲁迅文集》的编撰者和重要译者。他把北岛、顾城、翟永明、张枣等中国新锐诗人的大量诗歌作品译成德文。著有《波恩中国文学史》、《20 世纪中国文学史》。

汉学学者	所在大学	研究重点与主要贡献
司马涛 （Thomas Zimmer）	波恩大学	曾经担任中德学院副院长,研究重点是中国当代文学翻译状况和中国小说的来源与发展。
马雷凯 （Roman Malek）	波恩大学	德国圣言会华裔学志研究院的院长和《华裔学志》（*Monumenta Serica. Journal of Oriental Studies*）的总编辑。
莫芝宜佳 （Monika Motsch）	波恩大学	《围城》的翻译者和钱锺书研究专家,对中国小说发展颇有研究。
韦荷雅 （Dorothea Wippermann）	法兰克福大学	重点研究现代中国语言、中德语言比较、中西跨文化沟通和20世纪中国文学等,负责出版了《法兰克福中国研究丛书系列》（*Reihe Frankfurter China-Studien*）
Natascha Genz	法兰克福大学	重点研究20世纪中国文学、戏剧、大众传媒、跨文化联系以及"文革"期间文学作品,翻译高行健的小说《一个人的圣经》。
梅薏华 （Eva Müller）	柏林洪堡大学	科研重点是"女性和现当代文学"。教授资格论文为《1949—1957年间中华人民共和国的史诗中的企业工人形象》（Die Darstellung des Industriearbeiters in der Epik der Volksrepublik China 1949—1957）。代表作有1991年《现代中国作家笔下的妇女形象》（*Frauen-bilder bei modernen chineseschen Autoren*）,1995年的《当代中国文学中的女性写作的视角》（*Aspekte weiblichen Schreibens in der chinesischen Lireratur der Gegenwart*）,以及2000年的《从重大政治题材小说到女性人物心理研究》（*Vom großen politischen Roman zum weiblichen Psychogramm*）等。梅薏华是张辛欣的报告文学《北京人——100个普通人的自述》和张洁《世界上最疼我的那个人去了》等当代女性文学作品的德语译者,也是《东亚文学传记辞典》（*BI-Lexikon Ostasiatische Literaruren*）和《中国文学辞典》（*Lexikon der chinedidschen Literatur*）的主要编撰者,同时还培养了像Folke Peil（苏童研究者、阿城《棋王》《树王》《孩子王》系列的德文译者之一）、Dorothee Dauber等在中国当代文学的翻译和研究上有所造诣的学生。

(续表)

汉学学者	所在大学	研究重点与主要贡献
葛柳南 (Fritz Gruner)	柏林洪堡大学	主要研究茅盾作品,关注中国 1980 年代以来的文学以及中国的文化政策,编辑王蒙小说集等当代作家文集,出版小说集《中国侦察》(*Chinesischen Erkundungen*)等。
尹虹 (Irmtraud Fessen-Henjes)	柏林洪堡大学	与葛柳南、梅薏华教授共同编写了《考察:16 位中国小说家》(*Erkundengen. 16 chinesische Erzähler*)一书,收入王蒙等 16 位重要的中国当代作家作品及其评价,由柏林世界和人民出版社出版。尹虹教授也翻译过王蒙、陆文夫、邓友梅、冯骥才、汪曾祺、多多、高行健等中国当代作家的文学作品。
罗梅君 (Mechthild Leutner)	柏林自由大学	《柏林中国研究》(*Berliner China-Studien*)丛书的主编。论著、编著、论文、评论及报道、学术报告等多达 166 种。2007 年曾获得中国政府授予的"中华图书特殊贡献奖"。
郭恒钰 (Kuo Heng-yü)	柏林自由大学	曾任柏林自由大学东亚研究所主任,研究重点是中德关系史,曾创办《柏林中国研究丛书》(*Berliner China-Studien*)系列。
施微寒 (Helwig Schmidt-Glintzer)	哥廷根大学	1990 年出版《中国文学史》(*Geschichte der chinesischen Literatur. Von den Anfängen bis zur Gegenwart*)。
福兰阁 (Otto Frank, 1863—1946)	汉堡大学	德国汉学元老,著有《中国通史》(*Geschichte des Chinesischen Reiches*),为后来研究者提供了对于当代中国的了解。
Alfred Forke	汉堡大学	德国汉学元老,著有《中国哲学史》。
傅吾康 (Wolfang Franke, 1912—2007)	汉堡大学	汉堡学派主要代表人物,著有《1851—1949 年间的中国百年革命》(*Das Jahrhundert der chinesischen Revolution 1851—1949*)等。
Bernd Eberstein	汉堡大学	研究重点是 20 世纪中国文化和文学,译有《高行健〈彼岸〉及其他》(*Gao Xingjian:Das andere Ufer. Übersezt und eingeleitet von Bernd Eberstein, mit Evelyn Birkenfeld, Phillipp Störring und Julia Welsh*)。
鲍吾刚 (Wolfgang Bauer)	海德堡大学	著有《中国人的幸福观》(*China und die Hoffnung auf Glueck*),已被译成中文出版。

（续表）

汉学学者	所在大学	研究重点与主要贡献
瓦格纳 （R. G. Wagner）	海德堡大学	专注于中国文学尤其是现当代文学翻译和研究，著有《中国当代新编历史剧——四个实例研究》（*The Contemporary Chinese Historical Drama：Four Studies*）和《服务行业之内——中国当代散文研究》（*Inside a Service Trade. Studies in Contemporary Chinese Prose*）等。
鲁毕直 （Lutz Bieg）	科隆大学	著有《20 世纪中国文学与哲学》（*Chinesische Literatur des 20. Jahrhunderts und Philosophie*）。
傅海波 （Herbert Franke）	慕尼黑大学	慕尼黑学派主要代表，推动德国汉学研究的核心人物，与鲍吾刚共同编译有《金箱子：两千年的中国短篇小说》（*Die goldene Truhe. Chinesische Novellen aus 2 Jahrtausende*）
屈汉斯 （Hans Kühner）	慕尼黑大学	重点研究中国现代文学，译有《王安忆小说》（Wang Anyi：Geisterhochzeit），载于《东亚文学问题》（Hefte für Ostasiatische Literatur）。
艾默力 （Reinhard Emmerich）	明斯特大学	2004 年牵头编撰出版《中国文学史》。
卜松山 （Karl-Heinz Pohl）	特里尔大学	研究重点是中国思想史、美学史，1980 年代的抒情诗、中西跨文化沟通与对话，译有李泽厚《美的历程》。
刘慧儒 （Liu Huiru）	特里尔大学	研究重点是中德比较文学，其论著涉及里尔克诗歌和现代中国抒情诗。
何致瀚 （Hans Peter Hoffman）	图宾根大学	研究重点是中国文学，译有顾城、商禽、西川、吉狄马加等中国当代诗人的作品，编有《诗人、学者、爱国者——闻一多诞辰 100 周年国际研讨会论文集》。
乌里希·考茨 （Ulrich Kautz）	约翰·古腾堡大学	译有邓友梅《京城内外》、陆文夫《美食家》、王蒙《活动变人形》等大量中国当代文学作品。

第二节　大学体系外的译介者与研究者

除了大学汉学系以外,德国还有不少民间汉学机构。这些机构为中德文化交流和汉学发展提供了必不可少的经济资助,中国当代文学的翻译和研究也因为这些机构而获益良多。最多的支持来自两个方面:一是为中国当代作家、评论家到德国开办朗诵会和学术讲座提供机缘与资助,为中国作家与欧洲作家、为中国学者与欧洲汉学学者进行面对面的交流创造条件,这种交流及其所产生的后续效应对中国当代文学"走向世界"有所助益。二是资助中国当代文学作品翻译和研究成果的出版,大学体系内获得的资助通常和教授个人的研究志趣相关,而出版社的出版计划则往往受到图书市场和读者反馈的影响。因此,选择翻译何种中国当代文学作品,难免带有学者个人倾向性或大众阅读品味的制约,而民间汉学机构为这些学院或市场趣味以外的作品翻译提供了出版契机,尽管这些资助比起需求而言总是不够的。

一、民间汉学机构

德国大学体系外与中国当代文学相关的民间汉学机构,主要有以下几家。

1. 德国汉学协会(DVCS:Deutsche Vereinigung für Chinastudien e. v. Berlin)。该协会于 1990 年设立于柏林,为的是促进统一以后的德国对中国的研究。每年召开一次会议为学者尤其是年轻学者提供发表论坛,年会主题一般与德国汉学界对于中国问题的新近研究成果有关,如"翻译中国"(China übersetzen)、"中国及其对世界的观察"(China und die Wahrnehmung der Welt)等。几乎每一年的会议都有关于中国当代文学的探讨,比如 1997 年由马汉茂主持的第八届汉学年会,就全面总结了德语地区汉学的历史,出版了《德语世界的汉学发展:历史、发展、人物和视角》①一书,书中有关中国当代文学研究的文章,既保持了欧洲汉学根据丰富的数据资料展开论述的严谨传统,同时也不乏对现实问题富于创造精神的见解。

2. 德中协会(DCG：Deutsche China-Gesellschaft e. V.)。出版《德中协会著作系列》(*Reiheschriften der Deutsche China-Gesellschaft*)、《德中协会通讯》(*Mitteilungsblat. Bulletin of the German China Assosiation*)、《中国杂志》(*China-Joural*)等,这些著作和杂志经常涉及中国当代文学。

3. 德国圣奥古斯丁华裔学志研究院(Sankt Augusstin Institue Monumenta Serica),出版以汉学研究为中心特色的学术性刊物《华裔学志》(*Monumenta Serica. Journal of Oriental Studies of the Catholic University of Peking*)。这份刊物创办的宗旨就是把中国的历史文化介绍给西方,对于中国当代文学文化也多有涉猎。例如杂志所选录的顾彬教授在辅仁大学第三届汉学国际研讨会上宣读的论文"神人之间:寻找中国文学中失去的神或关注中国文学中的人"(Auf der Suche nach der verlorenen Gottheit oder der Mensch in der chinesischen Literatur),即分析了中国古代文学中"人"的问题,而这个关注点也一直延续在他对于中国当代文学的解读之中。

4. 德意志学术交流中心(DAAD：Der Deutsche Akademische Austauschdienst),是目前全球最大的教育交流机构之一。作为德国高等院校的联合组织,DAAD 的主要任务是扶持德国和其他国家大学生、科学家的交换项目以及国际科研项目,中国很多当代作家、诗人如王蒙、北岛、顾城、舒婷、翟永明、王家新等都曾经通过 DAAD 的资助而前往德国写作、朗诵和交流,也有很多当代文学批评家受到该组织的邀请而在德国授课讲学。

5. 柏林文学论坛(Literatur Colloquium Berlin)。如今已成为世界各国的作家、翻译家、读者和文化界人士在柏林的重要聚会场所,每年举办逾

---

① Helmut Martin, Christiane Hammer：*Chinawissenschaften—Deutschsprachige Entwicklungen：Geschichte，Personen，Perspektiven*(《德国汉学：历史、发展、人物和视角》),Hamburg：Institut für Asienkunde, 1999.

百场(次)文学交流活动,很多中国作家都曾经参加此论坛组织的文学交流活动。

二、出版社

对于普通的德国文学爱好者而言,获取中国当代文学的信息,一方面是依靠各大公立图书馆,另一方面,也是更多的,是依靠各个出版社、电视和报纸等媒体所进行的宣传报道。因此,论及中国当代文学作品在德语世界的翻译与传播,除了大学汉学机构出版的丛书系列和学院派刊物以外,出版社的民间园地也是非常重要的一环。德语世界出版中国现当代文学作品的几家主要出版社如下。

1. 苏尔坎普出版社(Suhrkamp Verlag)。这是德国最负盛名的出版社之一。早在1980年代,苏尔坎普出版社就先后出版了巴金的《寒夜》、丁玲的《莎菲女士的日记》和老舍的《猫城记》、《茶馆》等中国现代文学经典作品。它是德国的商业化出版社中最早大规模出版中国现代文学作品的出版社。

2. 岛屿出版社(Insel Verlag)。岛屿出版社对于中国文学的翻译和出版以中国古典文学为主,但也有选择地出版了沈从文、钱锺书、萧红等人的作品。

3. 卡尔·汉泽尔出版社(Hanser Verlag)。主要出版中国现当代文学书籍,中国当代作家戴厚英、北岛、王安忆、林海音等人的作品都曾由汉泽尔出版社出版。该社较早出版了《沉重的翅膀》的德文版,到1987年就已印行了7版。

4. 菲舍尔出版社(Fischer Verlag)。菲舍尔出版社曾经出版北岛、高行健、虹影等人的作品。

5. 联合出版社(Union Verlag)。瑞士的联合出版社是德语世界里翻译和出版中国文学的活跃者,除了最令他们自豪的六卷本《鲁迅文集》,还出版了阿来、莫言、张洁等人的作品。

6. 项目出版社(Projekt Verlag)。项目出版社翻译和出版了数量相当可观的一批中国当代文学作品,从冯骥才到李锐,从残雪到莫言,从西川到商禽,其涉及当代作家作品之多,在德国出版社中格外引人注目。

7. 诺沃尔出版社(Rowohlt Verlag)。诺沃尔出版社更注重作品的可读性,他们选择了莫言、苏童、李锐等作家的当代小说出版。

8. 建设出版社(Aufbau Verlag)。建设出版社重点推出的中国当代作家是虹影,把她当作图书市场上的品牌作家。这样的推广的确在市场上获得了不菲的经济效益,但虹影的创作遭到了汉学家诸多诟病。

与出版社的出版计划执行密切相关的,是这些中国文学作品的翻译工作。除了一部分由大学学者承担,还有很大一部分是由知名或不知名的自由译者、兼职译者完成的。这些译者与出版社的编辑有着长期、稳定的合作关系,孜孜不倦地做着翻译工作,成了中国当代文学在德语世界传播不可缺少的力量。

三、自由翻译者

德国翻译中国当代文学的自由译者有以下一些代表性人物。

1. 施华兹(Ernst J. Schwarz),1916 年生于柏林,作为主编、译者、诗人在民主德国享有盛名。作为纳粹极权的受害者,他得到了一份养老金,也因此成为民主德国为数不多的拥有稳定收入的自由翻译者,这自然也使其能更加心无旁骛地专注于他所喜爱的文学和翻译事业。他曾编译《崩开的墓穴:中国短篇小说》,翻译出版《舒婷诗集》等当代作品。

2. 史华兹(Rainer Schwarz),1940 年生于柏林,1978 年由于和莱比锡的 Kiepenheuer 和 Insel 出版社签订了可以保证他经济独立的翻译合同,于是做出了辞职当自由翻译者的决定。他的《红楼梦》译本合同持续了九年之久,一直到 1989 年为止。在中国当代文学方面,他翻译了张贤亮的《习惯死亡》等小说。

3. Anja Gleboff,1949 年生于柏林。她在 1986 年到 1991 年是自由翻译者,曾翻译阿城、高行健等中国作家的作品,并翻译了相当数量的中国电影和电视剧剧本。

4. 卡琳·哈赛尔布拉特(Karin Hasselblatt)，是当代德国最为勤奋和多产的译者之一，翻译了大量中国当代文学作品，其中有王安忆的《荒山之恋》、冯骥才的《三寸金莲》、阿来的《尘埃落定》，以及虹影、黑马、姜戎、卫慧、棉棉等人的作品。

5. 彼得·韦伯-舍费尔(Peter Weber-Schäfer)，曾在波鸿大学东亚政治系任教职。他在业余时间翻译了大量中国当代作家的小说，比如莫言的《红高粱》系列、《酒国》，苏童的《罂粟之家》、《米》，等等。

6. 洪素珊(Susanne Hornfeck)，1989—1994年在台湾大学任教，回到德国后从事自由翻译工作。她对中德文化交流有深入研究，译有张爱玲、沈从文、张贤亮、莫言、张大春等人的作品，并把美国汉学家史景迁等人的研究成果介绍给了德国读者。

第三节　两个体系的独立运作与交叉互动

如上所述，中国当代文学在德国的译介和研究存在着大学内外的"学院"和"民间"两个体系，其翻译的对象虽然有时重合，但都有着自身独立的选择标准。他们的评价结论有时一致，但更多的则是南辕北辙、相距千里。典型的例子比如卫慧及其作品。在民间体系，出版社认为卫慧有望被打造成畅销作家，于是组织译者翻译其作品，又不惜重金举办读书会、签名会等宣传造势活动，书籍封面上极具中国女子特色的丹凤眼、"中国新锐女作家"、"中国大陆遭禁"等夺人眼球的宣传图文更是随处可见。然而，在学院体系，汉学学者对于卫慧多持激烈的批判态度，认为所谓"美女作家"的"身体写作"与当下流行的某些欧洲文本并无两样，不能代表中国文化的深度与美感，更无法给予当代德国反思自我缺失的借鉴与拯救自我困顿的希冀。两个渠道对于同一译介对象评价的巨大反差与其影响因素关系密切，与学院体系相关的是大学学科设置、学者学术兴趣及其背后的国家意识形态和民族文化反思，与民间体系相关的则是译者的个人生计、中国文学偏好、出版社意志、读者反映及其背后的市场大手和商业规则。

　　学院和民间两个体系对于中国当代文学的翻译和研究,在独立运作之外也有交叉互动,常常体现在翻译行为的互补与翻译人员的流动。一个普通德国读者想要获取中国当代文学的信息,一方面可以依靠各大公立图书馆,另一方面,更多的则是主动或被动地接受各个出版社通过电视和报纸等媒体所进行的宣传活动。因此,论及中国当代文学作品在德国的传播,除了大学汉学机构出版的系列丛书和学院派刊物提供的登载园地以外,出版社也是一个非常重要的载体。作品的选择和翻译工作,作为出版的首要环节,有一部分由大学汉学系的学者承担,还有很大一部分则由出版社选择的知名或不知名的自由翻译、兼职翻译完成。对于普通读者而言,象牙塔里埋头书案的汉学教授,与世俗社会相距甚远①,也显得有些高深和神秘。他们的审美趣味和阅读习惯似乎与一般民众大相径庭,加上他们的教学和科研工作繁重,未必有时间进行文学翻译。这时候,文学审美更接地气、翻译时间更为充足的民间译者显得至关重要。从另一个角度来看,这些自由译者和兼职译者,在相当长一段时间里,实际上也曾以学生身份构成了德国汉学"学院体系"的一部分。只是德国汉学从其发展之初,就存在一部分汉学学习者的职业前途问题,大学汉学职位的稀缺以及个人天赋的不均衡,使得成为汉学家和在大学谋得教职的概率极小,小部分人成了专职翻译,大部分人最后跨行从事中文与其他学科交叉运用的行业,或者直接转行做了别的与中文无关的工作。

　　那些成为专职翻译的学生,实际上仅有个别译者专事文学翻译,更多的人以政务翻译和商务翻译为主业,然而有一些译者在主业之外始终对于文学葆有翻译的热情。而那些跨行或转行的学生,即使他们的职业与汉学无关或者关系不那么紧密,大多数人仍对中国保持着高度关注,其中的文学爱好者们对中国文学的阅读也一如既往。毕业后无缘学院生活的汉学系毕业

---

　　① 很多德国汉学家年轻时代决定学习汉学时,即使没有遭到家人朋友的反对,至少也被认为选择另类而古怪。

生们,就这样成了或专业、或业余的自由译者或兼职译者。他们与出版社的编辑有着长期、稳定的合作关系,孜孜不倦地做着翻译工作,成为中国当代文学德语翻译不可缺少的力量。从其工作场所、立场、服务对象而言,民间译者似乎已经与大学体系相距甚远,但从其学术根源来看,又与大学体系中的学者、图书馆、期刊等各种组成要素多有交叉与汇通。由此可见,所谓"大学"与"民间",并非两条从不交叉的平行线。

第四节 影响译介者和研究者的汉学传统与现状

现在的德国汉学,研究人员众多,机构规模庞大,研究选择课题涉及面广泛而精细,无论是与其自身过去的薄弱实力相比,还是与现今欧洲其他国家的汉学力量相比,都无愧为世界的"汉学重镇"。德国汉学有着悠久的传统,这些传统在当今政治经济文化因素的综合影响下演变为其汉学现状,而德国汉学的传统和现状共同作用,最终成为促进或制约译介者和研究者的重要因素。

一、德国汉学学术研究的传统与现状

当今的德国汉学,和百年以前相比,在规模、范围、路径等方面都已经有了很大的差别,然而,研究的学术偏好和展开方式等依然或多或少地受到传统的影响。所谓传统的影响,不仅体现在对这些传统的坚守,也体现在对传统的反叛,更重要的是,在对传统的保留与捐弃、延续与对抗的博弈和磨合中,产生了新的学术生命力,也建构了德国汉学"在坚守与改革中艰难前行"的现状。

(一) 汉学研究的对象与重点

"重历史、轻当代"是德国汉学的传统观念。直到第二次世界大战以后,德国汉学界里强调对古代文献进行分析研究和诠释的文化语文学派都占有主导地位。1950 年,福兰阁仍然把汉学定义为"根据中文史料,采用语文学

方法对中国及其历史和文化进行的研究"①。尽管当时绝大多数学者都赞成把古代与当代结合起来,但是直到20世纪70年代,联邦德国的汉学仍然没有改变以研究古代、文言为主的学风,对于当代中国尤其是现实问题很少问津。海尼士在慕尼黑大学执掌汉学系时甚至不教口语,只研究古文。对于"当代中国"问题,汉学家们好像更多地把这一领域留给了经济学家、政治学家、社会学家以及"亚洲学家"了。在一些关于中国和亚洲当代问题如"文明冲突论"、"儒家文化"、"亚洲价值观"、"亚洲民主制"、"半民主制"的争论中,汉学家们的反应是迟缓和零散的。这与美国汉学更多关注当代中国社会的学术兴趣有着明显的不同。②

而具体到"中国当代文学"的译介与研究,在很长一段时间里,都被"正统"的汉学家看作不登大雅之堂的练笔。老派的学者们认为现代汉语有损于他们的尊严,有个很典型的例子,汉学家翁有礼(Ulrich Unger)翻译了鲁迅的著名小说《阿Q正传》,但不愿意署上自己的真名,只肯以笔名理查德·荣格(Richard Jung)示人③——对鲁迅的作品尚且如此,对其他中国现当代作家的消极态度也就可想而知了。

"厚古薄今"的汉学传统,在当代德国大学汉学系中仍然有着一些坚定的支持者,当然,也为越来越多的青年汉学学者所反对和改变。尤其是改革开放以来,中国在政治、经济、文化和社会等方面都发生了深刻的变化,面对快速发展和不断变化的中国,以研究中国古代历史与文化为重的传统出现了一定程度的学术研究缺位以及解释能力不足等问题。因此,德国汉学在保持对中国古典文化研究的基础上,也越来越重视当代中国研究,增设了一些关于当前中国政治、经济、文化研究的课程和项目,使学生和民众能够更了解现在的中国。特别是在民主德国,汉学因为与政治的紧密联系,早在

---

① 参见 Herbert Franke:*Sinologie*(《汉学》),Bern. 1953, S. 9. 在该书中,他还把汉学分为浪漫主义的汉学、经验主义的汉学和社会科学的汉学三个学派。

② 参见王维江:"20世纪德国的汉学研究",《史林》,2004年第5期,第7-13页。

③ 这样的例子在当时并不少见,例如:汉学家嵇穆(Martin Gimm)在翻译现代文学作品时使用笔名 Dschi Mu,当时他还是西柏林自由大学的学生;莱比锡大学中国教师丁元(Ding Yuan)在翻译现代文学作品时便使用笔名元苗子(Yuan Miaotse)。

60年代就被纳入了社会科学的领域,相比之下,更注重对当代中国的研究。总之,从关注中国古代的历史与文化,到逐渐包容、吸纳当代中国研究,德国汉学在对传统的坚守和与时俱进的发展中,逐步探索到了学科本身的学术价值和社会价值。

对中国当代文学的翻译和研究,正是在这种对传统的继承与超越中,获得了普及和深入。德国汉学译介中国现当代文学的成果,很大程度上要归功于汉学学者的努力,他们正是德国建立"专业汉学"以来所培养的人才。如前文所述,德国的汉学机构散布于各个大学,各个机构的研究重点往往与该校汉学教授的研究兴趣密切相关,而每位教授的研究兴趣在各个阶段也有不同,因此,几乎每个大学都有学者曾经做过"中国当代文学"的相关工作,只是关注的轻重缓急、投入的时间长短、创造的成果数量不等。中国当代文学的翻译和研究,或许只是零散地出现在某个学者的某一个研究阶段,或许是某个教授毕生的研究重心,甚至是一些汉学研究机构整体的研究重心——尽管这种情况并不常见。集中研究中国现当代文学的学术机构,最典型的是马汉茂教授主持的波鸿大学汉学系和顾彬主持的波恩大学汉学系。这意味着中国现当代文学的翻译和研究工作在这两个汉学机构里是一种群体性的工作,是相关教授、讲师、硕博士研究工作的焦点或者至少是焦点之一。以近年来出版的十卷本《中国文学史》(*Geschichte der chinesischen Literatur*)为例,其主编顾彬既是《鲁迅文集》德文版的译者之一,也是北岛、顾城、翟永明、张枣等中国当代诗人的译者。该文学史的其他几位主要作者也都无一例外与波恩大学极有渊源,如卜松山,曾经任教于波恩,后来任教于特里尔大学汉学系,著有《中国1980年代的抒情诗》等,对1980年代文学有精辟的见解和阐述;莫芝宜佳,任教于波恩大学,是《围城》的翻译者,也是德国的钱锺书研究专家;司马涛,任教于波恩大学,翻译过多位中国当代作家的作品,在阿诺尔德编撰的《当代外国文学辞典》中负责余华等作家的撰文介绍和评价。

(二) 汉学研究的范畴与方法

德国汉学对于当代中国研究的重视与转向,必然带来汉学与其他社会科学学科如经济、法学、政治学、社会学等更多的交叉与融合，这便引来了汉学学者争论得较多的一个话题，即汉学研究的范畴、方法以及与其他社会科学的关系。如上文所述，在很长一段时间里，德国大学内的多数汉学家对于当代中国现实问题很少问津，当代中国研究颇有与汉学两分天下的势头。

主张将汉学社会科学化的学者把社会科学的学科叫作"母学科"、"方法学科"，汉学研究在他们眼中更多的是一种验证和补充。他们要求就汉学的对象和方法"无禁区地加以讨论"，并对传统的文化主义学派进行批判。他们认为"文化主义"是以一个一成不变的、孤立存在的中国文化为前提，忽视了这一文化内部的不均质性，而这种方法论上的先入之见，如同一个"文化滤色镜"，歪曲了有关中国的信息。依照其观点，汉学的对象是模糊的"庞然大物"，没有自己的方法，也不可能有自己的方法。他们一方面要求汉学对内实行严格分工，对外与其他社会科学学科融为一体，另一方面也承认，对中国历史、文化的研究仍然是中国研究的基础研究，但质疑花费如此多的人力、物力对中国的古代文献及其历史文化进行研究是否过于奢侈。科隆大学现代中国所的托马斯·沙尔平（Thomas Scharping）教授就认为："一百多年的汉学研究已经足够了，方法很多，结果全无，该是从社会科学的角度对中国进行研究的时候了。"①

然而以上对传统汉学的批判，特别是方法论上的严格态度并没有赢得所有学者的赞同。持不同观点的学者认为，认识的对象往往是界定一门学科的决定性因素，这在其他人文学科和自然科学学科中也很常见，其方法都是综合性的，对于汉学或区域研究来说也是如此。史料的研究是基础研究，这里使用的主要是语文学、考古、金石及语言学的方法；在研究历史和文化现象的时候，使用的是诠释的方法，而其他方面的研究，如以现代政治、经济、法律、社会和科技为课题的研究，则采用相关社会学科的方法，主要是功能主义的方法。哥廷根大学施微寒教授指出，汉学、日本学和其他类似的小

---

① Thomas Scharping：*Probleme der westlichen China-Forschung*（《联邦东方学和国际关系研究所报告》），1988，S. 56.

学科是历史地形成的,有明显的文化特色,是科学传统中不可放弃的一部分。

这一争论始于 70 年代初,到 90 年代中期达到高潮,或许还将继续争论下去。事实上,在德国汉学学者中,有很多人并非一开始便从事汉学研究,他们的知识结构并不仅限于传统汉学的研究对象,他们的多种学科背景已然证明汉学与其他社会科学甚至自然科学的融合并非前无古人。早期代表如卫礼贤。他于 1899 年来到中国时是德国同善会的一名传教士,后来却致力于将中国文化传入德国。他甚至对朋友说,他最感欣慰的事情就是自己从未让一个中国人皈依基督教。著名翻译家库恩(Franz Kuhn,1884—1961)的经历更是有趣,他在柏林大学求学时因为对《醒世恒言》中的《卖油郎独占花魁》爱不释手,执意要将它译成德文,被当时的汉学研究所所长高延(Jan Jakob Maria de Groot,1854—1921)教授赶出汉学系,失去了成为职业汉学家的机会。但他不屈不挠,连续翻译了《红楼梦》、《水浒传》、《金瓶梅》等古典长篇小说 12 部、中篇小说 34 部,成为大学之外的一代名家。①业余和职业汉学家的角色转换,不仅在专业汉学初建时期时常发生,在当代汉学家中,半路出家者也比比皆是。比如哥廷根大学的罗志豪教授起先攻读的是医学博士,后来才又转入波鸿大学攻读了汉学博士学位。又如顾彬教授最初在明斯特大学学习的是神学,准备以后成为牧师,但接触过诗人庞德(Ezra Pound)翻译的李白诗歌"故人西辞黄鹤楼,烟花三月下扬州,孤帆远影碧空尽,惟见长江天际流"后,开始转攻中国文学,从追随救主耶稣转而追随诗仙李白。

二、德国汉学组织结构的传统与现状

瑞士汉学家加斯曼(Robert H. Gassmann)教授曾把德国的汉学发展分为四个阶段:第一阶段是 19 世纪,外行和专家并存的混沌阶段,汉学尚是东方学的一部分;第二阶段是 20 世纪初,汉学从东方学中分离出来,开始自

---

① 参见林箊:"库恩和中国古典小说",《中国比较文学》,1999 年第 2 期,第 84-96 页。

成一家；第三阶段是两次世界大战之间的一段时期，是汉学内部开始专业化的阶段；第四阶段是 20 世纪 60 年代初开始的自我解体阶段，即汉学研究的课题与其他社会学科的课题相冲突，或者说相融合的时期。① 今天的德国汉学处在一个重新整合的时期，"走合理化的道路"、"建立几大汉学中心"的呼声很高，这种呼吁与德国汉学在组织结构方面的传统与现状密切相关。

（一）学派林立、各自为政

德国的众多汉学机构零散地坐落在全德二十多个大学里，尤其在过去的联邦德国，几乎是在地图上平均分布——这与 1970 年代以后"每一个州必须有一所综合大学拥有汉学系"的规定有关。这意味着每一个机构的运行，都受到国家、州、学校等几方主体政治走向和财政状况的影响，因此集中而系统地管理这些机构几乎难以实现。另一方面，各个汉学机构又因为研究方向和学术理念的不同，形成了很多不同的派别：波鸿学派、波恩学派、汉堡学派、慕尼黑学派、明斯特学派、柏林学派、海德堡学派……可谓学派林立，各有千秋。每个学派的研究方向和思路都有自己的侧重点和个性，松散而自由的管理方式为各个机构的自由研究提供了广阔的活动舞台，学派林立正是德国汉学学术繁荣的标志之一。但是繁荣的同时，也意味着各个机构的各行其道、各自为政，尤其在近年来德国政府财政紧张、科研资金缩减、统筹规划困难的情况下，这种状况实在让人担忧。不夸张地说，在当下德国汉学宗旨尚不明确的状态下，汉学机构的进一步发展并非易事，对于一些力量较为薄弱的汉学系而言，甚至连维持现状都会遇到很大的困难，马尔堡大学和基尔大学的汉学系就分别于 2005 年和 2008 年关闭。

学派林立、各自为政的汉学传统深刻影响了德国汉学的发展，学者们也看到了其弊端，并采取了各种措施努力避免，组织化的行为越来越多地出现在当代汉学界。组织机构方面，德国汉学研究学会（DVCS）和德国中国社会科学研究学会（ASC）多年来始终保持活跃，并通过年会的方式将不同大学、不同学科的汉学学者集聚在一起，德国中国社会科学研究学会正在日益

---

① 参见关山："德国汉学的历史与现状"，《国外社会科学》，2005 年第 2 期，第 59 页。

成为国际学术交流的平台。学者方面,汉学家们在学术研究上由个体化向较高的组织化程度的发展,顺应了现代学术研究团队化的发展趋势,德国汉学学者在国外汉学的学术组织和学术团体中发挥着越来越重要的作用。他们加入欧洲汉学学会(EACS)、欧洲中国学术网络(ECAN)、欧洲台湾研究学会(EATS)、欧洲中国农业农村发展大会(ECARDC)等学术团体,通过跨国界的学术交流,加强国际学术研究的合作,推动学术成果的产生和共享,提升了学术研究的水平。

(二)教授治校,晋升困难

教授治校是德国大学的一个传统,不单单存在于汉学学科之中,然而这一传统对于汉学学科以及学者的发展却有着至关重要的影响。教授治校,首先意味着各个汉学研究机构基本上会以该校历史上的汉学主攻领域和目前在职教授的个人兴趣为主形成研究方向。每个大学汉学系内部的专业分工完全视学者个人兴趣和专业特长而定,这也是学生在专业定向、博士论文、指导教授选择以及确定研究课题时的主要参照点。如果一个研究所中有数位教授,则有一个大概的专业方向的划分,通常是分为古代、现代两大重点,或者把历史与文学区别开来。对于年轻的汉学学子而言,想学习中国现代文学,波恩大学或波鸿大学汉学系会是很好的选择,对古代哲学感兴趣的,可以去慕尼黑、汉堡或洪堡,有意攻读宋史或中国科技史的学生,则应去维尔茨堡大学,专攻医学史的学生应当去慕尼黑,学习明史或对孙子兵法感兴趣的学生应该去弗莱堡,对清史感兴趣应该去科隆,对语言文字感兴趣可以去莱比锡,如果想研究妇女史最好去基尔(2008 年该校汉学系被关闭前),攻读东亚艺术就应选择去海德堡。当然,这些只是个大方向,并不是说为某个题目非去某个教授那里不可。但这些信息表明,一个德国汉学学者想要在自己感兴趣的领域有所成就,与所在研究机构现有的研究重点关系密切,学生如此,教师也如此。中国现当代文学的译介者和研究者,应该选择在以当代中国或以中国文学为主要研究方向的机构中学习,才能获得更多专业资料和学术指导,才能得到博士候选人、讲师、教授等职位,在得到职位之后才有可能拥有更多的学术上升力与影响力。

教授治校,同时还意味着汉学学者在学习结束之后就业和晋升的困难。这种困难与德国教育体制和人才培养的特点密切相关,并不只限于汉学,但在汉学专业体现得格外明显。在包括中国在内的一些国家,青年学者一旦拿到博士学位,就具备了申请在大学工作的资格。但是在德国大学里,博士毕业生很难在大学找到一份固定的工作,只有继续撰写教授论文并通过评审、拿到教授资格之后,才可以获得在大学申请教授职位的权利。而汉学系的教职尤其是教授职位,数量极少,长期处于极度稀缺的状态中。现在已经被撤销的马尔堡大学汉学系和基尔大学汉学系,关闭之前都只有一位教授在支撑,即使力量较为强大的柏林自由大学、法兰克福大学汉学系,在2009年年底之前,也不过只有两三位正式职位的教授。汉学系在整个大学体系中规模小、边缘化的特点,决定了成为汉学系教授难上加难,如果现有教授不退休,年轻学者就无法进入和晋升,即使现有教授到了退休年龄,也面临着汉学系被取消、合并的可能性。在这种职位极其有限的情况下,汉学系博士毕业后,申请并被聘用为教授,是一件非常困难的事情。这种困难直接导致很多青年学者被迫在学业中途或者毕业之后改弦更张,去学习一些更为"实用"、社会需求量更大的社会科学学科,从事和汉学没有太多关系的职业。从某种程度上说,这造成了汉学人才培养资源的浪费,同时也对汉学学科本身的可持续性发展带来了伤害。

(三) 德国血统,影响式微

与美国汉学相比,德国汉学在中国学界的影响相对要小很多。就论文发表数量而言,德国汉学在西方仅次于美国,位居第二。不过,德国各个大学情况差异很大,其中部分大学发展到了拥有三至四名汉学教授的规模,如柏林自由大学、汉堡大学、科隆大学、慕尼黑大学、特里尔大学等,在拥有一定专业特色的同时,也保证了研究方向的多元化。但也有许多大学举步维艰,特别是近年来随着德国财政问题的突出,汉学专业的发展受到了很大限制,即便是赫赫有名的波恩大学汉学系,1995年以来也仅有顾彬一名教授。而哥廷根大学在2005年罗志豪(Erhard Rosner)教授退休后,为缩减经费甚至一度准备关闭汉学系,直到2009年才正式重设教席。

　　德国汉学影响式微的原因,一方面如前文所分析的,是研究方法的差异,德国大学的汉学研究总体上还是恪守传统路数,走的是严格的兰克式考据学道路,不似美国汉学热闹,新理论迭出,新思路纷呈。另一方面,德国的大学体制对于大学教授的血统、身份的相关限制以及极为保守的用人机制,也是造成德国汉学影响有限的一个重要因素。德国大学将教授定为公务员编制,拒绝或很少给德国籍以外的学者教授席位,这一传统严重影响了德国汉学思想的活跃和学术的竞争。与拥有大量华裔学者的美国汉学不同,德国历史上的华裔学者屈指可数,整个 20 世纪从“二战”以来,德国大学汉学系中的中国教授仅有四位:1971 年到 1994 年在柏林自由大学任教的郭恒钰(Kuo Heng-Yü)教授;1972 年到 2000 年在法兰克福大学任教的张聪东(Chang Tsung-Tung)教授;1967 年到 1980 年在汉堡大学任教的刘茂才(Liu Mao-Tsai)教授以及 1984 年到 1991 年在特里尔大学任教的乔伟(Chiao Wei)教授。这一时期德国汉学共有 102 个教授职位,也就是说华裔学者在德国汉学系教授中仅占不到 4%,这一点和美国汉学开放性地接受中国移民的学术智慧有很大不同。而目前,德国大学汉学系中在任的华裔教授只有特里尔大学梁镛(Liang Yong)教授一人而已。与此同时,随着英语在世界范围的普及、流行以及强势扩张,非英语写作的汉学论文很少有人能懂,也很少有人去读,这或许也是欧洲汉学越来越边缘化的一个重要原因。当然,在当下以英语作为国际汉学主流用语的大环境之下,越来越多的德国汉学学者开始使用英语作为工作语言来表达学术观点,发表研究成果,从而也扩大了自身以及德国汉学研究的国际影响。

第二章　中国当代文学在德国的
译介与研究整体论述

　　中国文学研究属于德国汉学研究的传统范畴,但多数时候是指对中国古典文学的研究。这一方面是因为传统,因为中国现代文学的产生也不过百年的时间,另一方面则更多的是因为很多汉学家所感兴趣的是1911年以前的那个古老王国,是展现在大英博物馆、巴黎东方学院和美国国会图书馆东方学部里的那个中国。为了"那个中国",他们可以一生皓首穷经、殚精竭虑,但对于眼前的、真实的、日新月异的"这个中国",尤其是"这个中国"的文学创作,他们毫无兴趣,甚至嗤之以鼻。① 当然,尽管如此,仍然有一些学者在关注当代中国,关注中国当代文学,不可否认这些关注往往附庸在对于中国社会经济政治形势的整体战略观察中,也常常伴随着西方对于异域东方的好奇、窥探与想象,但是,冷战结束之后,纯粹的、保持着相当独立性的中国文学学术研究已经越来越多。换一个角度来看,不管这些学者最初的动机是纯粹的还是功利的,也不管他们最终的成果是正解还是误读,他们对于中国当代文学的作品翻译和研究报告不仅为不懂中文的外国人更多地了解中国提供了一些文学模板,也为我们这些以中文为母语的中国人对于自身的认识增添了资料上、理论上,尤其是视角和方法论上很多宝贵的、可供借鉴的精神资源。下文将从民主德国和联邦德国两个政权,翻译和研究两项工作,文化、政治和市场三种视野,诗歌体裁的独尊地位,自我和他者两个接受主体等

---

① 在这些汉学家们看来,中国当代诗歌的创作,只是对西方现代诗歌的低劣翻译的低劣模仿,而当代小说,更是停留在对西方19世纪现实主义和浪漫主义的效颦阶段,没有研究价值。即使像弗雷德里克・杰姆逊这样严肃的学者,也至多是把它们作为第三世界国家的意识形态和民族寓言来加以解读。

五个方面来描述和分析中国当代文学在德国的译介与研究整体情况。

第一节　民主德国与联邦德国:两个政权的迥异状况

考察德国汉学界对于中国当代文学创作的翻译与出版,首先涉及的是自中华人民共和国成立以来中国当代文学在德译介的背景和概况。在中国,作为一门学科的"中国当代文学"始自"二战"结束后不久的 1949 年。而"二战"以后,德国分裂成民主德国(东德)和联邦德国(西德),分属两大政治共同体,这使得两个德国包括中国当代文学研究在内的汉学研究从此分道扬镳,南辕北辙。

分属于"冷战"的社会主义阵营和资本主义阵营的民主德国和联邦德国,从 20 世纪 50 年代到 90 年代漫长的四十多年里,受到瞬息万变、风起云涌的中苏关系、中美关系的深刻影响,与中国产生了忽远忽近、忽明忽暗的外交关系。而"冷战"期间的两个德国,彼此隔绝,互无通信,汉学学者在各自国家的政治体制下实施着各自的中国研究。在种种复杂的政治背景下,两德汉学界在不同时期对于中国当代文学也产生了截然不同的译介与研究反馈。回顾一下"冷战"期间民主德国和联邦德国汉学领域对于当代中国的研究历史,不难发现,政治事件特别是两德和中国之间的外交关系,对于两德汉学发展和中国文学传播都产生了决定性影响。

一、民主德国:从亲密合作到冷冻割裂

从 1950 年代开始,民主德国因为与中国同属社会主义阵营,成为当时世界上为数不多的与中国在政治、经济、文化等领域都有着密切交往的国家,民主德国的汉学研究也显示出对于中国的极大兴趣。一批 50 年代留学中国、能讲现代汉语并了解当代中国的汉学系毕业生,如梅薏华(Eva Müller)、费路(Roland Felber)、贾腾(Klaus Kaden)、蒂洛(Thomas Thilo)、穆海南(Reiner Mueller)、尹虹(Irmtraud Fessen-Henjes)等,奠定了民主德国当代中国研究的人才基础。事实上,他们后来也成了中国文学在民主德

国的主要译介者和研究者。此时,他们还将现代汉语课程开设于莱比锡大学和柏林大学,以培养年轻一代的汉学学者。

各种迹象似乎都显示着,民主德国的汉学研究拥有其他西欧国家所没有的良好氛围与独特优势,他们的汉学研究理应获得更多成长空间。然而国际政治的风云变幻,以及汉学学科与政治格外密切的天然关系,使得民主德国的汉学研究经历了颇多曲折与起伏,很多汉学成果因为属于"机密"级别而未发表。同时由于民主德国与整个西欧的隔绝,其现有成果在整个国际汉学领域也远未能达到其应该达到的影响力。我们将依照其与中国的外交关系以及在汉学领域所表现出的相应特征,分四个不同阶段来描述民主德国的汉学研究及其中国当代文学的译介情况。

(一)蜜月期

第一个阶段是指从 50 年代初到 60 年代初的"蜜月期"。此时的民主德国与中国正是典型的"兄弟国家",经历着两国有史以来联系最为紧密的"蜜月期"。这一时期有很多介绍"新中国"的作品问世,但它们通常出自作家、记者和政治家之手,而且出于主观或客观的原因,这些作品无一例外地缺乏一种批判性的眼光。在此期间,民主德国的汉学学者显示出了对于中国当代文学的巨大热情,翻译了大量 1950 年代的中国文学作品。这其中包括很多毫无文学价值的、转瞬即逝的政治宣传品,也包括诸如鲁迅、茅盾、丁玲、萧军以及其他左翼作家的经典作品,当然这些被选择译介的作品主要也是政治题材的。比如在 1958 年,为了给中国的十年国庆献礼,民主德国文化部的文学与出版处汇聚了各大出版社、国家高等教育部的官员和柏林洪堡大学东亚学院的汉学家和翻译者,共同讨论和推荐出版了一批颇具政治色彩的中国当代文学作品。①

---

① 尽管在当时销售困难,但出于对社会主义中国的政治同情,这些书还是如期出版了。同时为了减轻大多数人对于中文书名和人名阅读的陌生感,汉学专家们还专门为一般读者制定了一套普及的汉字拼音体系。而这一套体系直到今天还为一些汉学家如施华兹(Ernst J. Schwarz)和史华兹(Rainer Schwarz)等人所运用。参见柏林的语言学家贾腾所编的教科书《中文的几种重要拼音体系》,Klaus Kaden: *Die wichtigsten Transkriptionssysteme für die chinesische Sprache*,Leipzig,Enzyklopädie Verlag,1975,S. 34.

(二) 疏离期

第二个阶段是从 60 年代到 70 年代初的"疏离期"。由于和中国共产党在政治上的不同看法,德国统一社会民主党中央委员会于 1960 年 8 月向文化部下达命令,对有关中国文学和现代题材的新版和再版书籍进行严格的审查,以防止带有错误内容的文学作品的出版,同时不准再将有关中国当代文学和政治的德语出版物介绍到民主德国,对当代文学的研究也设置了相关障碍。民主德国在这一阶段前期的路线是,不因发表公开的意见加大与中国之间的意见分歧,不介入中国的内部事务。

这一时期民主德国汉学家的热情虽未熄灭,但是由于世界风云突变,两国在意识形态上的隔膜与约束加深,民主德国的汉学研究包括译介中国当代文学的工作消歇了下来。一些汉学家甚至放弃了汉学研究,如二战以前就很著名的汉学家魏勒和韦德玛耶。一些汉学家的辛勤工作一夜之间成为尘封之学,如梅薏华在北京大学留学时曾将老舍的话剧《茶馆》译成了德文,60 年代回国后由于两国关系紧张而不准出版,译稿也被捣成纸浆。一些汉学家为了逃避敏感的政治问题,长期处于世界汉学群体中的孤立地位,并且遁入了那些不食人间烟火的"安全"的研究课题中。① 一些汉学研究机构因为两国的冷冻关系而取消,如划分到民主德国的设有汉学专业的莱比锡大学东方学系,是德国汉学三大学派之一莱比锡学派的发源地,此时该系被撤销,改为东亚研究所,汉学资料和设备也因此丧失殆尽,直到两德统一后的 1993 年,才重新设立汉学系,其间汉学教学和研究中断了三十年。

后来,这种隔绝封闭的路线随着"文革"的爆发以及其他政治事件而出现了转变的倾向。1966 年 11 月,统一社会党总书记乌布里希(Walter Ulbricht)发表讲话表明,民主德国的人们可以对中国当前形势公开发表意见了。直至 1969 年珍宝岛事件,中国对抗苏联政策的日益显现,尤其是

---

① 自从 1960 年代初开始,一直到 1980 年代初,"中华人民共和国"在民主德国都是一个禁忌的话题,出版当代中国的书籍要由上层乃至最高层来决定。但是当局对中国古典作品的态度完全不同,出版社和译者感觉不到任何限制,相反译介工作可以得到鼓励,因此民主德国汉学家对于中国文学的翻译和研究并没有完全断裂,禁止的只是现代和当代中国的部分。

1972 年中美建交，都直接导致民主德国对于当代中国发展的兴趣日益增强。

（三）警惕期

第三个阶段是指涵盖整个 70 年代的"警惕期"。事实上，民主德国在"疏离阶段"后期对中国方面态度的转变，为 70 年代的刮目相看与破冰试探奠定了情感基础。随着中国在反霸权主义前提下与西方关系的改善和对苏联统一战线的反对，民主德国关于中国的反苏联全球战略的讨论占据了更为重要的地位。尤其是中国与联邦德国关系的缓和，被民主德国领导人看作一个巨大的危险，使得他们不得不更加重视对于当代中国的研究。显然，这一阶段对于中国的探讨和研究对于苏联和东欧社会主义国家而言，均具有现实的战略意义。苏联方面认为，中国和西方有可能结成同盟，对苏联产生政治和军事方面的威胁，并将这种威胁无限夸大，于是，它必须联合其他社会主义国家来抵制中国方面的"分裂"。苏联的这种感觉对汉学研究也产生了影响，因为民主德国的学者想要脱离政治宣传性的争论、组织建立在原始材料基础之上的理论研究，并表示出与苏联汉学学者相左的态度，并不是一件容易的事情。

（四）复合期

第四个阶段是指从 80 年代初到 80 年代末的"复合期"，标志性事件是 1986 年昂纳克访华。由于中国在外交政治中表现出的越来越独立的姿态，使得民主德国的领导人认为，重新接近中国并促使两国关系正常化是极其可能也值得追求的一件事情。尽管苏联方面对此持怀疑态度，但两国关系的正常化终于在 1986 年成为了现实。这一转化对于汉学研究产生了两个方面的影响：一是停止公开讨论和夸大其词的宣传，并为实事求是地研究中国提供更多可能性，那些可能给两国关系带来负面影响的原定出版物也被搁浅；二是汉学领域对于中国在社会主义前提下的经济改革给予了格外关注，关于中国纲领性文件的翻译也有了越来越大的空间。随着两国关系的恢复，民主德国的汉学研究也在民主德国与中国关系的不断发展中进入了最后发展阶段。汉学家开始对中国改革进程中出现的社会矛盾和冲突有了较为客观的认识,还有对中国复杂的意识形态有了更全面的了解。当然,民主德国汉学研究的星星之火,尚未形成燎原之势,便随着 1989 年民主德国在政治危机中的迅速瓦解而彻底消逝了。

据德国学者坎鹏(Thomas Kampen)的统计,从 1945 年两德分治到 1989 年两德统一的 45 年间,民主德国学者出版的汉学方面著作仅 240 多册,相当于联邦德国波鸿大学一个专业刊物或一个北威州的汉学出版物数量。① 1980 年代后,中国和民主德国关系解冻,原本开始复苏的汉学研究又随着随后的两德统一再次成为政治的牺牲品,原民主德国的大学汉学系在统一后的院系调整中更显弱势,汉学学者因为不被西方世界信任,许多人处于失业状态。

二、联邦德国:从隔绝抵制到狂热追捧

联邦德国的情况与民主德国完全不同,甚至恰好相反。战败后的联邦德国汉学从四五十年代的元气大伤、研究人员空前匮乏,到战后的重建恢复、发展兴盛与转型革新,走过了一条与民主德国汉学迥然相异的发展道路。

(一)恢复重建期

第一阶段是指战后五六十年代的恢复重建期。"二战"结束后,联邦德国境内的大学汉学系较为迅速地开启了恢复和重建的步伐,较之民主德国,联邦德国汉学的恢复工作起步较快,起伏波动也较少。"二战"结束后第二年,慕尼黑大学恢复了汉学专业,不久又正式恢复中国文化系。紧接着哥廷根大学、柏林自由大学和法兰克福大学也分别在 1953 年、1956 年、1962 年恢复了汉学系。1960 年代中期以后,联邦德国经济开始起飞,随着文化教育的发展,又有一批大学新设立了汉学系,如波恩大学(1954 年)、马尔堡大学(1957 年)、科隆大学(1960 年)、海德堡大学(1962 年)、明斯特大学(1962

---

① 马汉茂:"德国的中国研究历史、问题与现状",廖天琪译,张西平编:《欧美汉学研究的历史与现状》,郑州:大象出版社,2006 年,第 268 页。

年)、维尔茨堡大学(1965 年)、鲁尔大学(1965 年)和埃尔兰根大学(1967
年)等。

尽管汉学学科重建的步伐坚定且迅速,但在"二战"结束后的十多年里,
联邦德国的汉学界对于中国当代文学的反应相当冷淡。这首先与他们的研
究人员、图书资料乃至教学科研体系在"二战"中所遭到的史无前例的严重
破坏有关。其次也是出于政治的原因,保留下来的一些汉学机构要么侧重
对"红色中国"的政治考察,要么徜徉于中国古典文化的经典领域,很少有人
把当代文学当作颇有价值、迫不及待要研究的问题。随着社会政治的发展
以及联邦德国汉学体系的重建与繁荣,到 1960 年代末他们才开始关注当代
文学。

(二) 发展兴盛期

第二个阶段是指七八十年代的发展兴盛期。70 年代以后,联邦德国的
汉学研究包括中国文学的教学和研究转入发展兴盛期,其内在动力有二:一
是德国经济的起飞和之后的两德统一,二是 1972 年中德建交和之后中国的
改革开放。1972 年中德建交后,一些年轻的联邦德国汉学家得以进入中国
深造和访学,有的后来在中国文学研究上成就斐然,如曾任科隆大学汉学系
主任的嵇穆(Gimm Martin)、海德堡大学汉学系首任主任鲍吾刚(Wolfgang
Bauer)及继任主任教授艾格特(Marion Eggert)、波恩大学教授法伊特
(Veit Veronika)等。一批汉学研究的代表人物在这个时期涌现出来,包括
上文提到的中国当代文学译介与研究成就最为突出的两位代表学者,波恩
大学的顾彬教授和波鸿大学的马汉茂教授,均在此时开始崭露头角。

这一时期联邦德国汉学的活跃,与 1968 年大学生抗议运动关系密切。
德国乃至整个欧洲的知识分子,误以为中国的"文化大革命"走出了一条最
能有效反对西方资本主义的道路,将中国形象塑造成了一个"具体的乌托
邦"和"真实存在的社会主义"的替代品。这场运动从一开始的反对权威运
动,到后来的参与者皈依马克思主义信仰,再到唯中国马首是瞻,汉学成了
塑造理想化中国形象过程的始作俑者和推波助澜者。在运动中被神化了的
毛泽东和中国形象,迅速使西方视野里的中国形象跨越了从妖魔化到狂热

化的过渡,促成了德国青年对于遥远中国的幻想,这次抗议运动使得汉学这个隐匿在图书馆中的古老学科走在了前卫思想的风口浪尖。直到今天,对于这样一场声势浩大的运动,德国媒体的争议和反思还不绝如缕①,它所带来的强烈冲击,也促进了德国汉学对当代中国的关注和研究方法的开放。

这一时期德国汉学的兴盛,与其研究对象中国所发生的翻天覆地的变化也有着密切关系。1978 年是对于中国有着特别重要意义的一年,自此以后,西方看待中国的途径,包括德国汉学研究中国的途径发生了根本性的变化。德国汉学自 1970 年代以来对中国的狂热与误读,此刻化作一种真实的相遇,神秘的东方古国终于愿意敞开她的大门,接受各种善意或恶意、理性或非理性的目光。不仅仅是专业的汉学学者,也不仅仅是激进的大学生,整个联邦德国的人民开始对中国这个和他们的日常生活没有太多关系的国度感兴趣起来了,他们关心中国的经济、政治、生活和文学。1980 年代成了联邦德国最大规模翻译和研究中国当代文学的阶段。从朦胧诗歌、伤痕文学、反思文学、改革文学到寻根文学、先锋实验、新写实、女性文学……每一个文学潮流的幕后台前,每一方文人的粉墨登场,他们都不曾落下,虽然反应常常会有些滞后,但是在德译文本世界里我们同样可以体验到中国当代文学的多元繁荣与热点变迁。

(三) 转型革新期

第三个阶段是从 1980 年代末开始至今的转型革新期。所谓的"转型革新"指的是在前文中曾讨论过的德国汉学研究从以中国历史传统文化为主的研究型汉学,又一次转向以中国现代社会经济、当代文学和现代汉语为主的实用型汉学。这也似乎是 20 世纪初德国汉学教学和研究倾向的某种回归。这种倾向实际上从 1980 年代后期就已经露出苗头。中德建交后,两国在社会、经济、文化等各个领域的交流不断加强,德国的报纸、杂志、广播电

---

① 德国学者对 1968 年抗议运动的讨论和反省从未间断,关于这次运动,有大量的相关书籍出版,讨论文章也时常见诸报端,书籍比如弗朗茨・施奈德(Franz Schneider)主编: *Dienstjubiläum einer Revolte '1968' und 25 Jahre*(《一次反叛的工作纪念日:"1968 年"和 25 年》),Hase & Koehler,1993。

视等新闻媒体上关于中国的报道大量增加,并出现一些专门介绍中国的杂志,如《新中国》、《中国文学杂志》、《中文教学》、《竹叶》、《龙舟》等。介绍和研究中国的书籍也明显增多:1980 年代中期,德国每年出版的关于中国的新书约 400 种左右,但到了 1990 年,仅乌特·石勒这一家出版社提供的《德文东亚书籍供货目录》里,中国类书籍就近 2 000 种。

进入 1990 年代后,中国经济经过十多年的高速发展,自身财力和国际辐射力大大增强,中国现代经济改革和文化生态也渐渐成了世界热门话题和关注中心。"中国热"促使德国需要更多懂汉语和了解中国国情的人才来适应这种新的变化,各个大学纷纷设立汉学系。德国有 113 所综合性大学,其中近 30 所大学设有汉语专业或汉学系。这些汉学系在新世纪大都对自己的专业方向重新定位,重新编排专业课程设置,转向以中国现代社会经济、当代文学和现代汉语等实用型教学和研究为主。比如法兰克福大学汉学系在 2001 年之前,主要研究中国古代哲学、中国古代文字学、中国古代文学,2001 年之后汉学系学术研究和培养人才的方向和形势发生了根本性变化,研究重点转到中国现当代文学和现代汉语方面来。有的大学汉学系在指导学位论文时即以当代中国的社会经济选题为主导,比如汉堡大学汉学系 80% 以上的硕士论文是关于中国现代经济与社会问题的讨论。

与上述汉学转向相应的是,大学汉学学者的结构成分和专业取向也发生了变化。有学者估计:"当前的德国汉学界,老一辈汉学家约有 1/3 转向近现代中国研究,中青年学者和博士生中则超过一半,这批人形成了德国汉学中所谓新一代汉学家。"①这批新一代的汉学家有三个特征。一是明显年轻化,且大都在中国大陆留过学,有的刚刚从中国毕业回国任教,和中国大陆院校师生还保持着频繁的合作关系,而老一辈汉学家则大都只能到台湾留学或访学。二是他们注重研究当代中国的政治、经济、法律以及其他一些现实问题,如中德关系、中国的外交政策、大陆和台湾的关系以及移民、妇女

① 何寅、许光华:《国外汉学史》,上海:上海外语教育出版社,2002 年,第 541 页。

等问题。三是注重借用现代信息技术开展汉学研究,运用中国的人民网等主流网站内容进行汉语教学,要求学生读懂网内的文章,并以网内有关内容为题撰写毕业论文,甚至还开发了汉语教学计算机软件,直接接收中国电视节目,并运用于听说读写训练。

汉学的这一系列"转型革新",对于中国当代文学的译介和研究,益处是显而易见的。汉学的当代转型,使得更多的学者开始关注当代中国,其中必然包含对当代文学的关注和重视。这一时期当代文学中出现的后朦胧诗、通俗文学、肉身写作等潮流,都有代表作品被译成德文。但是另一方面,对于中国经济、政治和社会生活的更多关注,也减少了学者们对于文学文本精力的投入,加上当代各类中长篇小说层出不穷,浩如烟海,根本无法阅尽,所以事实上,汉学的当代转型,又并没有给中国当代文学带来更多的译介和研究成果。

第二节　翻译与研究:两项工作的并行不悖

自从《马可·波罗游记》在欧洲畅销以来,德国也像欧洲其他国家一样,对中国这个遥远的东方古国以及生活在那里的人们充满了解的渴望,这种渴望的热情尽管也有消退的时候,但总会随着一次次"中国热"而高涨。中国文学一直都是德国人借以探视中国、深入了解中国人生活方式和思维方式的"一扇窗户"。德国汉学在中国文学的翻译和研究方面也可谓硕果累累:从 20 世纪初开始,学者们便一再探讨中国文学的形成和发展,有的人将哲学和历史也纳入考察范围,从古到今,从雅到俗,从《诗经》到卫慧,无不涉猎。

按照德国人对于 20 世纪中国历史的普遍理解,从 1912 年中华民国成立开始,中国就已经作为一个正式的成员参与世界共同体和世界历史,自此以后,中国在政治、经济乃至文化上都在国际上扮演了重要角色。20 世纪的中国文学,无论是过去或者现在,不管是浅近或深入地参与中国的变迁,还是表层或隐含地给出关于这个变迁的讯息,都是中国社会巨变的基本见证和多个侧面的心灵记录。具体到 1949 年之后的当代文学,在 1980 年代以前,无论从中国作家本身的创作而言,还是从德国汉学界的翻译和研究工作而言,受到的意识形态影响都是非常明显的。这种影响在中国改革开放之后,尤其是冷战结束之后,虽然并没有消失殆尽,但相对弱化了不少。1980 年代以后的文学写作和翻译都更多地受到了图书市场和读者反馈等因素的影响,中国作家为了适应商品经济时代的生存而渐渐改变了写作策略,德国出版社为了获得有保障的经济利益不得不以市场为导向,就连在象牙塔里的汉学教授们,他们的翻译和研究尽管是相对独立的,也不能说没有受到国家汉学研究经费的限制。

德国汉学对于中国当代文学的"翻译"和"研究",是有着密切关系而又相对独立的两个范畴。对于中国当代文学作品的选择和翻译,往往不仅仅由翻译者的自身兴趣决定,更是由主编、出版商、国家出版部门管理人员、文学代理商、书商、评论家和读者共同决定的。即便是不受他人约束的学者翻译,也受到时间、精力、视野的局限和原著翻译难度的考验。① 常见的情形是,研究的对象是已经翻译出版了的作品,因为一个人的阅读范围毕竟有限,从公开出版的书籍里获得其他翻译者提供的书本信息,再做出进一步的研究,是顺理成章的事情,当然这种研究有时是以和其他汉学家一起讨论或者接受媒体的访问的形式来进行的。但是研究和翻译的关系并不是那么绝对,它有一定的独立性,因为研究者多数是大学里面的学者,对于研究对象的选择有着相对较多的自由,而且由于其自身汉语水平能够直接阅读中文原作,因此研究的对象并不局限于已经翻译出版的作品。下文将从"翻译"和"研究"两个不同的角度来对德国汉学视野中的中国当代文学做一简单描述。

---

① 曾经向德国读者译介了大量中国当代文学的翻译家阿克曼,试图翻译阿城的作品,却因为阿城的语言很难找到确切的德语翻译而最终失败,现在坊间见到的阿城"三王"系列小说德译本是由卫礼贤翻译中心完成的、专供研究用的版本。

一、中国当代文学在德译介的三次高潮

中国当代文学在德国的译介历经三次高潮。

（一）第一次高潮

第一次高潮出现在中国当代文学的诞生之初,也就是在 1950 年代到 1960 年代,德国翻译中国文学作品的数量比"二战"之前明显增多,这主要归功于原民主德国的翻译家们的努力。洪堡大学的梅薏华教授认为:"在民主德国,翻译者们一开始就给自己定下了这样的目标:要让说德语的读者熟悉中国的现当代文学。"①战后民主德国与中国之间的文化关系发展得非常迅速。1950 年代东德的记者、作家、汉学家可以到中国学习或工作生活好几年。这段时间民主德国的出版社出版了大量介绍中国的书——如埃贡·埃尔温·基施(Egon Erwin Kisch)、斯蒂芬·赫尔姆林(Stefan Hermlin)和安娜·泽格尔斯(Anna Seghers)的作品,还出版了一位在 1950 年代初便移居德国的捷克外交官弗里德里希·魏斯科普夫(Friedrich Weiskopf)对鲁迅、毛泽东、贺敬之等人多部作品的仿写之作。②

鲁迅、茅盾、丁玲、萧军以及左翼作家的作品在 1950 年代的民主德国也得到翻译和出版,涉及的主要是政治题材,比如说民国时期的社会不平等、抗日战争以及中华人民共和国建立初期的成就如土地改革,等等。③ 这一时期中国外文局的翻译工作也为德国读者带来了一些中国文学作品的德译本,包括巴金、老舍以及一些不知名的作家作品。这个阶段翻译的大多数作品当然都成了中国文学德文翻译中昙花一现的瞬间,因为它们基本上是为

---

① Eva Müller：Chinesische Literatur in der DDR(《中国文学在民主德国》), Hsia, Adrian/Siegfrid Hoefert（hg.）, *Fernöstliche Brückenschläge：zu deutsch-chinesischen Literaturbezuehungen im 20. Jahrhundert*(《20 世纪中德文学交流》), Frankfurt/M. /bern/New York, Peter Lang, 1992, S. 199 - 210.

② 同上, S. 204. 德国在很长一段时期内,都流行对于中国文学的"仿写之作",反而并不热衷对中国文学作品本身的翻译。

③ 这一类的书名如:《为了祖国和人民》、《长征》、《中国红军》等。

了配合当时中国政府的政治宣传。①

民主德国对于中国文学的翻译热潮随着 1960 年代中苏关系破裂而消退,两国的文化关系在很长一段时间内处于隔绝状态,民主德国的文学翻译工作也因此中断。② 相反在联邦德国,因为社会政治上的发展,汉学译者从 1960 年代末 1970 年代初开始活跃起来,他们在 1980 年代为中国文学作品的翻译工作做出了很大的贡献。这一时期翻译的中国长篇小说和短篇小说迎合了 1968 年德国大学生运动对中国的狂热情绪,大多数是描述"革命英雄"的光荣成长道路的。③ 如果说早期的学生运动对中国知之不多,而且也对中国鲜有兴趣,只是借用了"文化大革命"的形式,那么后来这些运动中的人们对于中国以及中国人的生存方式是产生了强烈的认同感的。这一转变当然有两个先决条件,一是打破了冷战时被妖魔化了的中国形象,二是把中国重新塑造成了"具体的乌托邦",说成西方物化和异化的消费社会的对立形象。而在中国形象破旧立新的过程中,汉学界翻译的中国小说起到了很大的作用。

(二)第二次高潮

中国当代文学译介的第二次高潮出现在 1980 年代。随着中国于 1978 年开始了改革开放,德国公众对于中国的兴趣也随之重新高涨,除了"中国经济"这个主题,中国文学也在德国读者中激起了反响。尤其在经历了长时间的封闭与隔绝之后,德国人期待着对这个遥远而神秘的东方古国有更近距离的接触和更深入的了解。人们不满于那些从最公开、最传统的渠道所获得的中国官方报道,他们期待得到关于中国的更真切、更民间、更多角度的信息。"新时期"文学作品,恰恰从某种程度上适应了这种期待,填补了他们的中国经验空白。比如当时在德国发行量非常大的张洁的作品,论及畅

---

① 这一类作品如:《刘胡兰——一位女革命英雄》或者《高墙下的斗争》等。

② 参见 Helmut Martin: *Translation of Chinese Literature from Mainland and from Taiwan：The German Experience*(《中国大陆和台湾文学的德语翻译》),Dortmund, Projekt Verlag, 1996, S. 371 - 393.

③ 参见 *Die barfüßige Ärztin. Klassenkampf und medizinische Versorgung. Chinesissche Bildergeschichte*(《赤脚医生,阶级斗争和医疗保健》),Berlin, Oberbaum verlag, 1973.

销原因，其翻译者阿克曼认为起码有两个："一个是《沉重的翅膀》确实写得不错，很有文学翻译价值；第二，因为那个时候德国人对中国，特别是改革开放之后的中国并不了解，这本书以文学的形式记录了这个信息，所以小说很受欢迎，不完全是文学方面的原因。"[①]顾彬也认为后一点不容忽视："因为读者希望了解中国的社会，中国的女人。"[②]

与此相应，1980 年代中国文学成了德语世界各个出版社的宠儿，两德、奥地利和瑞士的出版商们纷纷以单行本或者合集的形式出版这些翻译作品。从"伤痕文学"到"朦胧诗歌"，从"反思"到"寻根"，中国小说一时间在德国图书市场铺天盖地"热"了起来。而 1980 年代中期，确切的年份是 1987 年，翻译作品的数量在西德达到了前所未有的历史最高。[③] 在这场"中国文学热"中，联邦德国最大的几家商业化出版社几乎都是第一次参与中国文学作品的翻译，苏尔坎普出版社出版了老舍、茅盾、巴金和丁玲的作品，岛屿出版社出版了郭沫若和钱锺书等人的作品，卡尔·汉泽尔出版社选择的是当代作家北岛、王安忆和张洁的作品（张洁的作品发行数量相当大），诺沃尔出版社出版的重点是因电影而在德获得较高声誉的莫言和苏童的作品。

1980 年代的翻译热潮并没有持续到 1990 年代，从卫礼贤翻译中心（Richard Wilhelm Translation Center）和德国图书销售交易协会（Börsenverein des Deutschen Buchhandels）的数据库资料中可以看到，尽管两国在经济领域的合作越来越多，但中国文学作品的德语翻译在 1990 年代中期以后一直都处于比较低迷的状态。这一现象也多次被汉学家们提及和分析，最常说到的一个主要原因是，译者选取的原作本身和翻译作品的文学水平都有所欠缺。当然这样的批评在全球汉学界都存在，并非仅仅限于

---

① Interview von Michael Kahn-Ackermann（"阿克曼访谈"），*Frankfurt allgemeine zeitung*，July 8，2008.

② Interview von Wolfgang Kubin（"顾彬访谈"），*Frankfurt allgemeine zeitung*，September 9，2008.

③ He Yuhuai，*Cycles of Repression and Relaxation：Politico-Literary Events in China 1976—1989*（《紧缩与放松的循环：1976 至 1989 年间中国文学政治事件报告》），Bochum，Universtätsvelag Brockmeyerk，1992，p. 1.

德语国家。①

（三）第三次高潮

第三次高潮出现在 1990 年代初。中国纯文学作品在德国的翻译数量在 1987 年之后便逐年下降，直到 1990 年代初纯文学作品的翻译又经历了一次小小的高潮，这与整个中文作品的翻译高潮是同步的，到了 1995 年又陷入一个新的低谷，并且再也没有了 1980 年代的辉煌。自两德统一以来，人们可以更加集中地启用原来两国的翻译家资源，而且至少经济领域在新世纪的德国可以感受到新一轮的中国热潮，但尽管如此，也没能阻挡得了中国当代文学翻译低谷的出现与持续。

二、中国当代文学在德研究的独特路径

综观 1950 年代以来德语世界对于中国当代文学的翻译，很多因为政治或者时代因素被译介到西方的作家作品，终将或者已经进入遗忘之途。图书市场和大众读者通常不会对哪个作家保持超过十年以上的记忆。然而并非没有例外，与一般读者不同，在研究领域，汉学家们对于当代中国文学创作有他们自己的独到眼光。

以 1950 年代的小说为例，有些作品如果从表层文本来看，的确给人以政治应景之作的印象，其过时的写法，即使在今天的中国也很难找到专业人员以外的读者。但是如果挖掘这些作品中的隐含文本，追寻那些藏在文字底下的作家意图，却恰恰能够获得一些难能可贵的真实历史场景和心灵历程。这些发现涉及汉学学者寻找中国当代文学中"隐含文本"的兴趣和倾向，那些当年风靡一时、如今无人问津的作品，因为其隐含的意义而获得了新的解读与新的文学生命。对于"隐含文本"的注重和考究，在顾彬编撰的

---

① 美国翻译家 Michael. S. Duck 在评价中国当代作品的英语翻译时也认为，中国作家在想象力和写作技巧方面不算出色，同时，翻译者的水平也有所欠缺，没能把原文恰当地翻译出来。

《20 世纪中国文学史》里,特别是对周立波长篇小说《山乡巨变》①和赵树理短篇小说《"锻炼锻炼"》②的解读中,体现得尤其明显。

顾彬认为,《山乡巨变》的表层文本是一个争取"中间人物"走合作化道路的宣传党的路线方针的作品,然而从作者花了 250 页的篇幅描写湖南一个落后农村的农民哄抢自己财产、却只花了短短 15 页的篇幅大致描述合作化运动获得成功的情形,可以推断出尽管小说的叙事者站在了党的一边,但作者事实上认为当时走合作化道路的政策并不受群众的欢迎。小说并不讳言农民需要"右倾"才能谋生,对于刚分到的土地又要交上去确实让人不知所措,虽然小说最后仍然是以党的政策的圆满完成作为结局,但中间的描写则有非国家意识形态的意味,作家娓娓道来的真实感受和对于中国传统小说技法的运用,更使得这篇小说充满了小山村农民的人情人性美。正因为这些隐含于宏大叙事之后的历史真实,《山乡巨变》被顾彬认为在若干年之后仍然值得重新阅读和分析。

同样用这种挖掘"隐含文本"的方法,顾彬把《"锻炼锻炼"》解读成了介于坚持党性和直言批评之间的小说。如果从中国文学史传统教材的视角看,小说批评了懒惰妇女消极怠工的现象,也批评了干部考虑农民个人特性的妥协态度,虽然这种"妥协态度"放在今天看来是一种人性化的管理。但如果颠覆性地阅读,则小说叙述者是在批评干部为了出成绩而利用群众,甚至采取欺骗和吓唬的手段对待部分群众。从这个角度说,叙述者也许为了照顾方方面面的写作对象,是非观不是那么明确,但这不妨碍小说揭示社会问题并由此获得历史意义。

尽管德国汉学对中国当代文学的翻译和研究随着时代的变迁呈现出时涨时落的情形,然而这样的解读方法却几乎贯穿他们对当代小说的阅读与

---

① 《山乡巨变》没有德文译本,德国汉学的研究用书是中文版或 Derek Bryan 翻译的英文版,Chou Li-po:*Great Changes in a Mountain Village*(《山乡巨变》),Foreign Languages Press,1961.

② 参见 Zhao Shuli:üben,üben("锻炼锻炼"),Tomas Harnisch,Kubin:*In Hundert Blumen. Moderne chinesische Erzhlungen. Zweiter Band*,1949—1979(《百花齐放:中国当代小说1949—1979》).Frankfurt/M.:Suhrkamp,1980.

评价。比如说在看待和评价像王蒙和莫言这样在文学技巧和艺术水准上都获得了汉学界广泛肯定的作家时，尽管大多数学者都会从语言驾驭力、形象塑造力等审美层面对其进行阅读，但他们仍然期望从这些作品中寻找到作家对于主流社会的批判——批判性的东西在学者的眼中往往是更真实更有价值的。

例如对于王蒙《蝴蝶》①和《活动变人形》②的解读。伤痕小说和反思小说被汉学学者认为是作家以人民代言人身份揭露社会悲剧的小说，然而作品遵循的大同小异的道德化模式——好人遭殃，生不逢时，坏人当道等——恰恰让这一类作品缺乏"反思"的力度。《活动变人形》的德语译者乌里希·考茨（Ulrich Kautz）认为，《蝴蝶》和《活动变人形》比一般的反思小说更高明的地方在于，小说没有一味地控诉历史，主人公走向毁灭也并不是完全由时代造成的，它和主人公自身无法获得一种工作与私人生活、外部世界与内心愿望的平衡有着很大关系。而作品当中对于自我身份的怀疑和批判性审视，为中国男性问题提供了一个不同于张贤亮或者高行健式的样本。他认为，王蒙小说技巧的价值，在于即便小说创作已经过去了很长时间，故事情节在今天看起来也有些老套，但仍然能够促使读者去思索革命年代里人的命运问题，而这种思考直到现在都是颇具启发意义的。③

莫言的《天堂蒜薹之歌》④涉及发生在其故乡山东高密的真实事件，尽管这部小说被认为是莫言直接描写农村社会关系、揭示社会问题的作品，以

---

① Wang Meng：*Der Schmetterling*（《蝴蝶》），Klaus B. Ludwig，Peking：Verlag für fremd-sprachige literatur，1986.

② Wang Meng：*Rare Gabe Torheit*（《活动变人形》），Ulrich Kautz，Frauenfeld：Waldgut，1994.

③ 参见 Ulrich Kautz：Wang Meng und sein Roman *Huodong bianrenxing*（"王蒙及其小说《活动变人形》"），*Minima sinica*（《袖珍汉学》），2/1991，S. 83 - 103.

④ Mo Yan：*Die Knoblauchrevolte*（《天堂蒜薹之歌》），Andreas Donath，Rowohlt，1997.

往的评论(包括中国评论界和国外汉学界)①都热情洋溢地赞颂了莫言直言的勇气和批判的精神,但顾彬认为,即使是这样一篇小说,也有些东西值得批判性地去审视。顾彬强调的是叙事者、民众歌手和主人公在世界观上的差异:叙事者描述的是中国日常生活中的阴暗面,小说每一章开头的快板歌手以自己的政治见解代表着受苦的农民群众和读者们的"公众意见",但不论如何批评官僚,主人公都会在最后表演一曲赞歌,政府是正确的,是个别行为败坏的官吏造成了弊端,而听众们的掌声也代表了平时喜欢批评的大众最终站在了政府的一边。这样的处理被认为是作者写作时的一种自我保护,作家出于政治正确的考虑,没有把自身最真实的心声完全呈现,而是采取了一种有所保留的、顺应政治形势的折中表达,这正是很多学者对于多数中国作家不彻底的社会批判性的不满之处。②

这样的批判角度也适用于德国汉学视野当中的近三十年来中国当代文学。一方面,当汉学学者更多地把自己定位为文学史家时,他们能坦然地肯定当代作家自1980年以来的创作实绩,认为作家们的创作反映了中国风起云涌的社会变化,这些文学作品展示着比官方数据更广阔和更具体的中国,外国读者能够从中找到一些关于中国的有用信息。另一方面,当他们更多地把自己定位为文学批评家,把中国文学放在与世界其他国家文学平等的地位上,用通行的审美标准衡量作家创作的时候,他们则难以称赞,批判性的评价占据了大多数,尽管其中也有一些由衷的肯定(比如上文中提到的对王蒙作品的评价)。可是如果直到今天,汉学界翻译和研究中国文学的主要目的仍然只是把它们当作资料文本,只是为了了解中国,这对当代文学显然并非幸事。汉学界看法的改变,或许更多要依赖于我们的文学作品本身水准的提高。

---

① 参见 Michesl S. Duck: Past, Present and Futrre in Mo Yan's Fiction of the 1980s("莫言1980年代小说中的过去、现在与将来"), Widmer and David Wang ed.: *From May Fourth to June Fourth: Fiction and Film in 20th-Century China*, Cambridge, Massachusetts: Harvard University Press, 1993, p. 43 - 70.

② Wolfgang Kubin: *Die chinesische Literatur im 20. Jahrhundert*, Vorwort, VIII., 中文参见顾彬:《20世纪中国文学史》,范劲等译,华东师范大学出版社,2008年。

相对于中国从《诗经》以来所形成的具有三千年历史、高度发达而又自成一体的文学传统,当代文学五十多年只是一个短暂的片段,1980 年代以来的文学更是这一短暂片段中的一瞬。然而,这并不代表着评价当代作家比评价一位古代诗人容易,甚至可能更难。当代和我们太近,这个距离还不足以让批评家们对作品进行深入挖掘。对于当代文学从语言上、形式上以及精神上所寻求着的自我发展的道路,究竟该持一种什么样的标准来进行评判,这种标准本身又是否有利于我们这个时代的创作,德国汉学的批判性视角或许能够为我们提供一些参照和反思。

第三节　政治、文化与市场:三种视野的不同取向

两德对于 1980 年以后的中国当代文学作品的翻译,随着此起彼伏的中国文学浪潮而活跃起来,从朦胧诗歌、伤痕文学、反思文学、改革文学到寻根文学、先锋实验、新写实、女性文学,再到后朦胧诗、通俗文学、肉身写作……每一次重要的文学潮流都有代表作家、作品被译介至德国。虽然这种译介常常会有些反应上的滞后,但是在德译文本世界里我们仍然可以体验译者和学者在不同视野下的不同取向。下文将从政治、文化和市场三种不同的价值和取向来分析中国当代文学在德国的译介与研究。

一、政治视野下的中国当代文学译介与研究

1985 年以前的中国当代文学创作,经历了几个不同的阶段,或许说表现为几种不同的类型更为恰当,因为这些创作潮流虽然总体而言有先有后,但并非一个取代一个,时间上的交叉和内容上的重叠倒是常见的现象。从朦胧诗歌、伤痕文学到反思文学、改革文学,之所以被中国文学批评家贴上不同的标签,更多的是因为它们各有鲜明的特征。但有一点共同的,那就是这些作品的创作者,从理念到情感,都与国家同呼吸、共命运。作家的写作动机或多或少受到国家意识形态的影响,或者说,在整个民族遭遇了太多黑暗和磨难之后的黎明时刻,作家的写作摆脱不了文学与政治的纠结,他们中

的很多人(至少曾经在某一个时间段)也自愿与国家发出共同的声音。这是政治上的共鸣。这种共鸣被德国译者当作一种全新的阅读体验,虽然有时让他们感到难以置信①,不过这些作品还是被当作中国历史进程和心灵脉动的第一手材料和研究中国当代社会政治状况的可靠文本,在德语世界传播开来。

(一) 对"伤痕文学"的抵制

中国共产党在 1978 年提出"实践是检验真理的唯一标准"和"解放思想"的口号,"拨乱反正",为"右派"平反,在这一背景下产生的伤痕文学,虽说在文学水平上并不出色,但很快获得了全国范围内的共鸣——这种共鸣与舆论导向、群众心声也有很大关系。最初伤痕文学的代表作品,如卢新华和刘心武的小说《伤痕》和《班主任》,宗福先的话剧《于无声处》,王蒙的《布礼》和《最宝贵的》都先后被翻译成德文出版,尽管它们很快便被学者们定性为"为新政策服务"的应时之作。对于大多数的伤痕文学,多数汉学家的观点是抵制的,批评是尖锐的,认为作家是在通过作品一味地控诉"文革"和感谢政府,而没有对过去岁月的灾难进行人性的反思。伤痕文学作家笔下的领导总是具有榜样作用,性格特征与以前文学作品中的"高大全"形象惊人地相似,作品的最后总是拖着一条"光明的尾巴"。学者们认为这是为了讨得批评家的好评,尽管这也许是作者对未来所寄予的美好愿望。在评论界,这类作品受到研究者肯定的方面是其小说技巧明显高于当时大多数其他文学,受到否定的则是其对于现实批判的不彻底,海德堡大学的瓦格纳教授将之归纳为"说客文学"一类。②

伤痕文学的代表作品中唯一被视为例外的是沙叶新于 1979 年创作

---

① Christiane Hammer 在她的文章中说,大多数的西方读者都惊讶于王蒙、张贤亮等作家1980 年代创作的作品中对于党的"纯真的信赖",这样的说法在其他一些汉学学者的文章中也常常可以看到。

② 参见 Rudolf G. Wagner: Lobby Literature: The Archeology and Present Functions of Science Fiction in China("说客文学:中国科幻小说的考古学和当前功能"). Jeffrey C. Kinkley: *After Mao: Chinese Literature and Society, 1978—1981*(《后毛泽东时代:中国文学和社会,1978—1981》),Harvard University Press,1985,S. 17 - 62。

的话剧《假如我是真的》。该剧根据真实事件改编，但因为讽刺了特权，在获得巨大成功之后很快遭到禁演。在中国"遭禁"的文学艺术作品特别能引起海外汉学界的注意，这样的倾向直到今天也未能改变。对这部"遭禁"的话剧，德国汉学学者的观点莫衷一是，瓦格纳认为，该剧既站在"文化大革命"理想的立场上，又站在新的领导阶层的立场上。① 费南山认为，这是一部深入挖掘社会体制的问题剧，有强烈的责任意识和高质量的文学水准。②

与伤痕小说作者急于声讨劫难和控诉社会不同，巴金、杨绛等一些前辈作家在面对相似题材的写作时，展现的是另外一种视野，一种自省因而也更为通达的视野。巴金的《随想录》和杨绛的《干校六记》（包括钱锺书的序言及《运动记愧》）都探讨了政治运动中的罪责问题，并且更侧重于从个人历史的角度来反省知识分子的独立意识和批判意识。这些作品被翻译成德文之后，获得了汉学家难得一见的好评。

（二）对"反思文学"的青睐

"文革"结束之后，活跃于文艺界的主要有两类作家，一类是像王蒙一样在"文革"前成名受挫，"文革"后复出的作家，一类是像北岛一样在"文革"中成长起来的青年作家。老一辈的作家如丁玲、艾青等人，虽然此时也有作品问世，但是除了部分作品获得喝彩外，与这两类作家相比，他们的影响力已不可与"反右"以前同日而语。真正代表中国新时期文学方向的是北岛和王蒙等作家。而他们在回顾"伤痕"之后，不再满足于简单重复"文革"噩梦，或者说，他们从一开始就对历史有着更深入、更沉重的思考。1979 年底召开第四次文代会，会上许多作家呼唤创作自由，会后文学界开始了对于自我和民族的反思。现在回过头来看，后来获诺贝尔文学奖的高行健在 1980—

---

① 参见 Rudolf G. Wagner：*Literatur und Politik in der Volksrepublik China*（《中华人民共和国的文学和政治》），Frankfurt：Suhrkamp Publ，1983，S. 105 - 176，S. 354 - 367.

② 参见 Natascha Vittinghoff：*Geschichte der Partei entwunden. Eine semiotische Analyse des Dramas von Sha Yexin*（《摆脱党史：对沙叶新话剧的符号学分析》），Dortmund，Projekt Verlag，1995.

1981 年所写的小册子《现代小说技巧初探》，事实上为"反思文学"提供了理论基础。除了王蒙，还有高晓声、张贤亮、李国文和陆文夫等人的作品都被研究者记入了史册，也都或早或晚地被翻译成了德文。

由王蒙小说《蝴蝶》改编而成的广播剧曾在德国播出，后来的《活动变人形》也多次被汉学家们放在各种报刊上讨论。① 学者们普遍认为，小说的"反思"没有落入当时"好人遭殃、坏人当道"的道德化模式窠臼，而是侧重于对自我人格的审查和自省，归结到对自我身份的质疑和思考，这正是王蒙的这类小说尽管充满了意识形态意味却仍不失力量的原因。张贤亮有名的小说《绿化树》、《男人的一半是女人》和《习惯死亡》等都有德文版本，然而对于张贤亮作品中被过度放大的权力和性主题，有的汉学学者认为："其小说价值不在文学性，而是提供了一份可笑的中国男性精神人格分析，——不是自愿的可笑。"②

其他被翻译成德文的还有鲁彦周、古华、冯骥才、谌容、戴厚英、刘宾雁、陈若曦、白桦、李国文等人的作品。鲁彦周的《天云山传奇》和古华的《芙蓉镇》都曾经被改编成电影并受到很多中国观众的喜爱，然而，为祖国和人民担忧仍然是这两部小说政治热情的焦点，作者也没有摆脱揭露历史和社会悲剧的写作框架，故而这两部作品并没有在德国汉学界引起强烈反响。而

---

① 对该小说的评论参见 Ulrich Kautz：Wang Meng und sein Roman Huodong bianrenxing（"王蒙及其小说《活动变人形》"），*Minima sinica*（《袖珍汉学》），2/1991，S. 83 - 103.

② 参见 Douwe Fokkema：Modern Chinese Literature as a Result of Acculturation：The Intruiging Case of Zhang Xianliang（"中国现代文学作为去文明化的产物：张贤亮的有趣个案"），Llyod Haft：*Words from the West. Western Texts in Chinese Literary Context. Essay to Honor Erik Zurcher on His Sixty-fifth Birthday*（《来自西方的词语：中国文学语境中的西方文本——许理和 65 岁生日纪念文集》），Leiden：Centre of Non-Western Studies，1993，pp. 26 - 34.

冯骥才的《啊!》①、谌容的《人到中年》②和戴厚英的《人啊,人!》③在"文革"之后再次高扬人道主义旗帜,对于知识分子和人性人情的刻画使得这几部小说在汉学界评价比同期其他小说更高。以写作报告文学见长的作家刘宾雁在《第二种忠诚》中提出了"忠诚"的定义和层面问题,振聋发聩,令人深思。④ 而出生于中国台湾、留学于美国、又在"文革"期间居住于中国内地的作家陈若曦,此阶段最著名的小说《尹县长》表现了这位对社会主义充满乌托邦向往的年轻人在中国当时残酷社会现实面前的思索,这两部作品也获得了海外学者的诸多关注。命运坎坷的《苦恋》,是白桦在1981年创作的一个剧本,然而对政治自由的"滥用"使得作家多次遭到公开批判,这样的经历在汉学学者看来,也意味着整个1980年代的文学创作虽然不同于"文革"期间的政治宣传,却也终究难以摆脱各种来自官方的约束和管辖。

(三) 对"改革文学"的关注

"解放思想"的同时,"改革开放"政策亦在中国大地上实施,"改革文学"应运而生。对于1980年代的中国当代文学,德国汉学家常常为如何评价那些自愿以文学才能为政治服务的作家而烦恼。如果仅仅因为题材内容与政治密切相关,就在评论上予以否定,的确太过武断,这多少忽视了这些作家在揭示社会矛盾、追求社会发展上所怀有的责任心和所做的努力。"改革文学"恰恰属于这一类。

---

① 关于《啊!》,参见 Monika Gänßbauer:*Trauma der Vergangenheit—Die Rezeption der Kulturevolution und der Schriftsteller Feng Jicai*(《过去的创伤——对文化革命的反思和作家冯骥才》),Doermund,Project Verlag,1996.

② 关于《人到中年》等作品中的人道主义,参见 Eva Klapproth,Helmut Forster-Latsch 和 Marie-Luise Latsch 编:*Das Gespenst des Humanismus. Opppsitionelle Texte aus China von 1979 bis 1987*(《人道主义的幽灵:1979 到 1987 年中国的反对派文本》),Frankfurt:Sendler,1987.

③ 关于《人啊,人》一书中的人道主义,见 Carolyn S. Pruyn:*Humanism in Modern Chinese Literature,The Case of Dai Houying*(《中国现代文学中的人道主义:以戴厚英为例》),Bochum:Brockmeyer,1988.

④ 参见 Carolin Blank 和 Christa Gescher:*Gesellschaftskritik in der Volksrepublik China. Der Journalist und Schriftsteller Liu Binyan*(《中华人民共和国的社会批判》),Bochum:Brockmeyer,1991,S. 92–98.

以翻译至德国的"改革文学"代表作家高晓声、陆文夫、蒋子龙、张洁的创作为例。高晓声的《李顺大造屋》和陆文夫的《美食家》分别刻画了两个小人物——农民李顺大和美食家朱自冶，李顺大对"造屋"的梦想，朱自冶对"美食"的嗜好，分别反映了中国农村和城市的历史变迁。然而，在李顺大和朱自冶过往的动荡漂泊和现今"充满希望"的结局之间，是作家立场的模糊与对社会的妥协，还是一种写作的策略和美学张力的表现，汉学学者们各执一词。但毋庸置疑，通过李顺大的梦想和朱自冶的美食，西方读者获得了关于中国人生存环境和趣味风俗的生动画面。① 蒋子龙的企业改革小说在1980 年代的中国文坛很有名，虽然近年来德国汉学界已经很少提到他，但在他的作品德译本问世时，德语评论中经常可以见到对"乔厂长"形象的分析，学者们认为乔厂长身上所展现的新型领导作风具有典型性。正如前文提到的，张洁的《沉重的翅膀》是德语世界里迄今为止最为畅销的当代作品，汉泽尔出版社到1987 年就已经出了7 版，汉学界关于此书的评价非常多。所以，在德国提到中国当代文学，人们第一个想到的也许就是张洁。译本畅销，好评颇多，一方面与这部作品反映中国改革开放的现实以及作家对现实所持的批判和讽刺态度分不开，另一方面也与作家的女性身份分不开，对于这一个案，我们还将在下一章中详细探讨。②

---

　　① 参见 Stefan Hase-Bergen：*Suzhouer Minnizturen. Leben und Werk des Schriftstellers Lu Wenfu*（《苏州袖珍画：作家陆文夫的生平和作品》），Bochum：Brockmeyer，1990，S. 46 – 52. 译成德文的陆文夫的其他作品还包括：Lu Wenfu：Der Brunnen（"井"），Ernst Schwarz：*Das gesprengte Grab. Erzählungen aus China*（《崩开的墓穴：中国短篇小说》），Berlin：Neu Leben Verlag，1989；Lu Wenfu：In einer stillen Gasse（"小巷深处"），*Orientierugen. Zeitschrift zur Kunltur Asiens*（《东方·方向》），1/1994，S. 83 – 99；Lu Wenfu：Die Chronik einer Straßenhandlerfamilie（"小贩世家"），收入尹虹、葛柳南、梅薏华编：*Erkundengen. 16 chinesische Erzähler*（《考察：16 位中国小说家》），Berlin：Verlag Volk und Welt，1984.

　　② 《沉重的翅膀》是到现在为止，在德国最为畅销的中国当代文学作品，在德国的发行量可能是8 万到10 万册。关于其创作，参见 Zhang Jie：*Solange nichts passiert，geschieht auch nichts. Satiren*（《只要无事发生，任何事都不会发生》），Michael Kahn-Ackermann，München：Hanser Verlag，1987.

二、文化视野下的中国当代文学译介与研究

中国新时期文学自 1985 年开始转向。这一年,中国的经济体制改革由农村转向城市。经济转型带动了文化转型,文学的主题也随之发生变化,不再总是抽象的国家和人民,作家开始关注在社会转型期漂泊动荡的个体心灵了。随着城市商品经济的活跃,权威政治不再能以统一的意识形态整合社会文化资源,也不再能以单一的现实主义来建构历史和现实的神话。思想观念的多元化,现实主义审美规范相对弱化,作家队伍的分化,为文学从集体叙事进入个体叙事提供了条件。同时,德国汉学学者对于中国当代文学的选择标准和评判角度也出现了一些变化,从之前的政治解读,渐渐转变为这一时期的文化解读。

(一)"寻根文学"里的传统与文化

受到拉丁美洲魔幻现实主义的启发,1980 年代中期中国作家开始从自己的文化中寻求精神源泉,寻求那些意识形态以外的具有地域特点的神秘表现形式,产生了大量的乡愁神话。这些乡愁神话引发了德国汉学界的兴趣。在他们看来,寻根潮流既是中国作家对国际性的"与祖先对话"文化潮流的积极响应,也是中国作家对中国古典文学境界有意识的追求。从韩少功对湘楚文化的开掘,莫言对齐鲁文化的钟情,到阿城对于云南丛林的偏爱,乌热尔图对于大兴安岭的流连,作家们在文学实验室里整理着他们青少年时代的经历和记忆,启动了追寻植根于民族土壤的文化寻根之旅。这是对民族性格、民族精神、民族品德的追寻,强烈的民族意识夹杂在对于地域文化的考察和反思,有时甚至是迷恋之中,既急切地追求民族文化的认同,又明显地透露出文化批判精神和对民族文化再造的渴望。

德国汉学学者以文化视野考察这一类文学时,发现"正是在对被剥夺了自我的、遗失的青少年时代的寻觅中,这些作家发现并找到了自我"。对于远离都市在穷乡僻壤度过的少年时代,他们总是念念不忘,难以割舍,并且把那些岁月当作性格铸成的主要阶段来看待,像莫言、阿城、乌热尔图,都热衷于把他们过往的经历融入对边缘文化传统的叙述中。还包括一些非职业

作家,比如,中国第五代导演的代表陈凯歌曾下放云南省最南部靠近金三角地带的橡胶园,直到 1990 年代旅居美国期间,他在他那令人深思的自传《少年凯歌》①中仍深沉地回忆着在"文革"年代负罪的生活片段。陈凯歌不是专业作家,但他拍摄的作为落后中国、乡村中国简明象征的电影《黄土地》,给德国观众留下了极其深刻的印象。

　　与陈凯歌一样被下放到云南的还有作家阿城。陈凯歌早在 1988 年戛纳电影节上就奉献了一部根据阿城小说改编的电影《孩子王》。这不只是一个关于下放到云南偏远地区的乡村教师的故事,更是一种对于独立与尊严、文明与理想的反思。这部作品使阿城在德国和其他西方国家文艺界一举成名。作为"寻根"文学的代表,阿城是德国汉学界最为看重的作家之一。阿城的另外两部小说《棋王》和《树王》也与他下放云南的经历有关,这两部作品证明他的确极具文学天才。《棋王》讲述了王一生对于"吃"的虔诚和"棋"的痴迷,以他的生活经历展示了一种达观超俗的生命意志和理想境界。②而在《树王》中,阿城以令人感动的方式塑造了一位老护林员对于毁坏自然环境的痛苦——这是一种远远超出他所生活时代的对生态环境问题的预言式思考。

　　另一位颇受德国汉学关注的寻根文学主将,与阿城气质迥异,他就是《爸爸爸》和《女女女》的作者韩少功。这两部小说是寻根文学的典范。③ 在《爸爸爸》中,韩少功把理性自我意识的缺席定格在长不大的白痴身上,原型、自然和仪式在文本中被竭力表现,从而重新定义中国的历史和文化。在这里,反英雄代替了英雄,边缘取代了中心,理性也让位于非理性,作家对传

---

　　① Chen Kaige: *Kinder des Drachen*(《少年凯歌》),Stefan Kramer Hu-chun Kramer,Köln: Kiepenheuer,1994。

　　② 参见:Karl Rospenk:Acheng(VR China). Anspruchslose Daseinsfreude("阿城〈中华人民共和国〉:无欲无求的生存之趣"),*Orientalische Literaturzeitung*(《东方文学学报》),40/1994,S. 7 - 9.

　　③ Karl Rospend:Wurzelsuche-Experimentalismus-Absurdität. Han Shaogong(VR China)("寻根—实验—荒诞:韩少功〈中华人民共和国〉"),*Orientalische Literaturzeitung*(《东方文学学报》),43/1993,S. 7 - 10.

统文化之根的追寻,更多的是对中国人的本质问题的探问和批判性的思索。①

如果说"寻根"作家是从中国乡村的、原生态的、传统的内部世界中找寻精神资源的话,那么同时期的另外一些作家,则是从市井的、大众的、世俗化的外部世界里捕捉写作灵感。这类民间传奇、市井故事带给了德国读者新奇的阅读感受。学者们尤其肯定冯骥才和邓友梅的创作。冯骥才擅长把对中华文化的深思揉进怪诞奇诡的世俗故事和幽默风趣的"津味"文字当中,描写的是市井风俗和怪事奇谈,探讨的却是民族心理和民俗文化。邓友梅则在繁华的北京城里,通过寻觅那些快要失去的传统民族技艺,来寻找自我身份的认同。

作品被翻译成德文的其他"寻根"作家还有扎西达娃、马建、张承志、乌热尔图等人。扎西达娃、马建、张承志和乌热尔图的寻根,不仅指向古老中国的传统,而且指向少数民族地区。作为中国魔幻现实主义的代表作,扎西达娃的《系在皮绳上的魂》刻画了西藏神秘诡奇的图像。同样写西藏的还有马建,他作为摄影家所看到的西藏图像,在中国引发争议,而在德国则因其异域特色而获得关注。② 张承志有信奉伊斯兰教的回族血统,他在作品中把内蒙古草原称颂为生命的摇篮,把故乡赞诵为灵魂栖息的场所,通过对青年时代的歌颂,显示出主情主义者的立场。③ 乌热尔图是以鄂温克族古老而独特的森林狩猎生活和生活在那里的人们的历史命运作为创作源泉,并

---

① 参见 Lidia Kasarello:Grotesker Realismus and Karnevalisierung der xungen-Literatur("怪诞现实主义和寻根文学的狂欢化"),Christina Neder,Heiner Roetz,Ines-Susanne Schilling:*China in seinen biographischen Dimensionen*(《中国传记之维》),Harrassowitz,S. 289 - 299.

② 参见 Sabine Kojma:*Bilder und Zerrbilder des Fremden. Tibet in einer Erzählung Ma Jians*(《异域的形象以及歪曲的形象——马建小说中的西藏》),Bochum:Brockmeyer,1992.

③ 参见 Xiaobing Wang-Riese:*Zwischen Moderne und Tradition. Leben und Werk des zeitgenössischen Schriftstellers,Zhang Chengzhi*(《现代和传统之间:当代作家张承志的生平和作品》),Peter Lang,Frankfurt,2004. 张承志的作品英译见 *The Black Steed*(《黑骏马》),Stephen Fleming,"熊猫丛书",北京,1990.

以此追寻古老民族的根。①

值得一提还有作家汪曾祺,他的作品在德国广受赞誉。汪曾祺是沈从文的传人②,他的名作《受戒》,虽然不属寻根文学流派,但也是追忆民族历史和传统文化的作品。这是一种有意远离政治、展现人性人情美的追忆方式。小说被设计成非时间性的,主题是一个小和尚的受戒仪式,被作家写得充满灵性和美感。

(二)"先锋文学"里的叙事与人性

1980 年代先锋作家的积极探索与寻根文学潮流关系密切。寻根派关注的是人性隐含的历史文化意义,把人与自然相统一的命题推向历史的纵深处,先锋文学则侧重对人性的挖掘和文本表达的创新,无论是在精神还是形式方面,先锋文学都从寻根文学中获取了资源与灵感。先锋小说家在文化转型的背景下通过艺术形式,确切地说,是通过叙事策略的个人化,对现实主义的叙事进行了戏拟与反讽。叙事是西方文学理论批评史上一种古老的话语类型,在中国文学理论界却是个"新范畴"。在此之前很长的历史时期中,现实主义审美规范占统治地位时,"再现"是文学艺术的至高范畴,叙事没有地位,或者说叙事在现实主义中理所当然、不成问题。

最先也最有力地戏拟经典现实主义叙事的是马原。马原以"我就是那个叫马原的汉人"一句话结束了现实主义理所当然的叙事法则:他故意暴露叙事者,那个叫"马原"的叙述人不断出现在叙事中,"马原"既作为叙述人叙述故事,也作为被叙述的对象。马原的作品很快被翻译成了德文。之后其他先锋小说作家比如格非、刘恒、余华、莫言、苏童等人也陆续被译介至德国,他们的创作尤其是后期创作也常常被划入寻根小说、新写实小说、新历

---

① 参见 Goatkoei Lang-Tan：*Auf der Suche nach der verlorennen Identität. Zum Phänomen der "Xungen Wenxue" in der chinesischen Gegenwartsliteratur*("寻找失去的身份:中国当代文学中的'寻根文学'")，*Drachenboot*(《龙舟》)，1 /1987，S. 30 - 34.

② 参见 Wang Zengqi：*Vergessen wir unsere historischen Zurzeln nicht*("我们不要忘了我们历史的根")，Helmut Martin(hrsg)：*Bittere Träume. Selbstdarstellungen chinesescher Schriftsteller*(《苦涩的梦:中国作家的自述》)，Bonn：Bouvier，1993，S. 171 - 178. 在这篇自述中,汪曾祺证实了沈从文和传统对他的影响。

史小说等范畴。

先锋小说家的海外传播与中国第五代导演尤其是张艺谋等人对其作品的改编、获奖并走向国际关系密切。刘恒的《伏羲伏羲》1990 年被张艺谋改编成电影《菊豆》，在世界范围内获得了较大的声誉。该小说讲述了一个发生在 1940 年代中国农村的故事，然而小说对家庭伦理和肉欲的描写并没有得到德国汉学家的肯定。① 余华的《活着》也被张艺谋改编成电影，1994 年在戛纳展映，反响热烈。在此之前，汉学界对于余华早期小说讨论得更多的是作者对于自我与身份的质疑与纠结，而对于《活着》、《许三观卖血记》这类作品，他们的兴趣显然更大，其翻译者乌里希·考茨认为《活着》是作者从底层视角来重写中华人民共和国历史的一种尝试，既没有远离其早期创作中的"孤独"主题，又多了历史的厚重和人性的温度。② 苏童的小说被界定为"性与犯罪"相结合的文本，用历史构建铺设怪诞的暴力场面，评论者认为这种对于过去岁月的叙述并不在于表达历史真相或者反映日常生活，更多的是一种对语言氛围的追求和对市场的迎合。③ 值得一提的是，苏童的作品改编成电影之后多次获奖：张艺谋 1992 年导演的《大红灯笼高高挂》改编自他的作品《妻妾成群》，李少红 1994 年导演的《红粉》改编自他的同名小说，黄建中 1995 年导演的《大鸿米店》亦改编自他的小说《米》。这些走向世界的电影无疑奠定了苏童的国际地位，这也是他的作品引起汉学界重视并被频频翻译成外文的一个重要原因。莫言在获得诺贝尔文学奖之前，便已经

---

① 参见：Birgit Linder：The Motif of Unlived Life in Liu Heng's Fiction（"刘恒小说的行尸走肉主题"），*Journal of Modern Literature in Chinese*（《中国现代文学杂志》），2.2.1999，pp. 119 - 148；另参见：Thilo Diefenbach：*Kontexte der Gewalt in moderner chinesischer Literatur*（《中国现代文学中的语境暴力》），Wiesbaden：Harrassowitz，2004。

② 参见 Ulrich Kautz： Begegnung mit Yu Hua （"同余华相遇"）， *Orientalische Literaturzeitung*（《东方文学学报》），29/2000，S. 149 - 154，考茨还翻译了余华的自传，载于 *Orientierugen. Zeitschrift zur Kunltur Asiens*（《取向：亚洲文化期刊》），1/2001，S. 102 - 109。阿尔诺德的词典中也有司马涛对于余华的描述和大量德语文献资料。

③ 参见 Glemens Treter： *China neu erzählen. Su Tongs Erzählungen zwischen Vergangenheit und Gegenwar*（《重新叙述中国：介于过去和当代之间的苏童叙述》），Dortmund，Projekt Verlag，1999。

是德国汉学界乃至全球汉学界关注最多并寄予了颇多期望的中国当代作家。他的作品几乎都被翻译成了德文。以"红高粱"系列为代表,汉学家认为莫言反主流的一再诠释,是从下层出发,从普通农民、匪徒和游民的视角出发,带着浓厚的先锋派和新写实主义的特征,对历史进行重新书写。对于充斥于文本中的"性与犯罪"的纯粹暴力描写,他们也越来越倾向于将其解读为对 1949 年以后中国道路的寓言或者是对中国传统的戏仿。① 该小说被张艺谋改编为电影《红高粱》,该片成为在柏林电影节上获得大奖的第一部华语影片。②

　　残雪在中国属于非常另类的先锋作家。不可克服的心理压抑,是生活异化的根源,而残雪笔下的"人"由于自我压抑而极度孤独,由于孤独而封闭,自我成了绝对的存在,靠近"他者"则是生存最大的威胁。残雪的作品被译成了多国文字,她的德语翻译者包惠夫在《天堂里的对话》德译本前言中指出,残雪之所以如此特立独行,晦涩难懂,在于有一种力量把她引向"直截了当的、对获得自由的忧郁,以及对神清气爽的沮丧"③。

　　第一位华裔诺贝尔文学奖得主高行健,是中国当代先锋戏剧创作的重要作家。由于获奖的原因,高行健的所有作品都被译成了多种语言,追捧和称颂的评论随处可见,但作品的销售不算理想。高行健作为"欧洲作家继承者"的界定是大多数汉学家所公认的,但评价各有不同。有人认为

---

　　① 参见 Farqouhar：*Food and Sex in Post-socialist China*（《食和性在后现代主义中国》），Durham and London：Duke University Press，2002，S. 121 – 136.

　　② 关于《红高粱》电影改编参见 Zhang Yimou：Eine Plädoyer für kreativität. Meine Arbeit an dem Film Rotes Hirsefeld（"为创造性辩护:我在电影《红高粱》中的工作"），*Orientierungen. Zeitschrift zur Kunltur Asiens*（《东方文学学报》），1/1997，S. 90 – 119.

　　③ Wolf Baus：*Can Xues Berichte aus der Wildnis*（《残雪:来自荒野的报告》），Dortmend：Berlin Projeke Verlag，1996，S. 7 – 14.《天堂里的对话》英文版本见：*Dialoge im Paradies*，Ronald R. Janssen ＆ Jian Zhang，Evanston，Northwestern UP，1989；该译者另译有 Can Xue：*Old Floating Clouds*，*Two Novellas*（《苍老的浮云:中篇小说两篇》）.

他在努力回归沈从文的风格①，并以此来实现与中国的偏远地区的相遇②；有人则认为高行健将"流亡"的体验过度放大，而这种放大有其现实目的。

总体而言，被翻译成德文的这一批先锋小说引起了读者们的兴趣，但没有造成热烈的反响，这或许因其新奇的写作技巧对于见惯了现代派创作技巧的汉学学者而言并不惊艳。然而，值得注意的是，引介先锋小说以后，德国汉学开始更加关注文本本身，越来越以文学而非史料的心态，以艺术而非政治的标准来衡量和看待中国当代文学了。

（三）"女性文学"里的故事与姿态

1980 年代的中国文学经过寻根浪潮和先锋探索之后，创作主题越来越从宏大叙事转向个体叙事，以前不被重视的内心细微情感、不被写入作品的日常生活琐事等，逐渐进入创作并且成了创作的主题。女性对于日常生活和情感思绪种种细节的敏感把握，使得她们创作的文学成为这股个体叙事潮流的主力。尽管女性文学的主题多半是爱情，夹杂日常生活中的细微事件，或者内心情绪的柔弱变化，但女性文学的内涵显然不限于此，其更多的是展现在新历史境遇下女性对于自我、独立与尊严的肯定与张扬。同时，女性文学中同样有诸多对政治的反映、对社会的观察、对他者的关怀与对自我的反思，而且恰恰因其女性视角，而使得这种反映、观察、关怀与反思常常具有颠覆性。

德国汉学学者尤其关注中国女性文学反映社会政治的独特视角。德国汉学界很早就关注到了原来以《百合花》成名的女作家茹志鹃，认为她 1979 年创作的小说《剪辑错了的故事》，是"伤痕"转向"反思"的标志，但反思在此更多的并不是针对问题丛生的历史，而是自己，这样的视角使她区别于她的

---

① 参见：Monika Motsch：Chan-Mystik im Werk von Gao Xingjian（"高行健作品中的禅宗神秘主义"），*Minima sinica*（《袖珍汉学》），1/2004，S. 67 - 72.

② 参见 Monica Basting：*Yeren. Tradition und Avantgarde in Gao Xingjians Theaterstück 'Die Wilden'*（《野人：高行健剧本〈野人〉中的传统与先锋》），Bochum：Brockmeyer，1988.

男性同行。①

　　张洁、张辛欣、张抗抗等女作家也都有作品译成德文。她们有着和茹志鹃相似的风格，笔下有情有爱，也有社会政治：爱多半是柏拉图式的精神恋爱，所折射的社会政治也是作家对国家事件和时代风潮的思考。德国读者从张洁《爱，是不能忘记的》中，发现中国女性对"爱"的定义和内涵发生了转变：爱是人最高的理想，一个女人应该等待真正伴侣的召唤；从《方舟》这篇女性主义宣言中，了解了中国女人的生存困境；从《无字》和《世界上最疼我的那个人去了》对于女性更深层次的探讨中，进一步理解了作家张洁认可的生活态度。② 张辛欣的报告文学《北京人》《我们这个世纪的梦》等曾经使汉学界对她寄予很大期望，因为她在这些作品中所体现出来的视野、勇气和创作才华在当时的中国实属凤毛麟角，"这个作品中所流露出来的理性主义或悲观主义的内涵，会比任何一篇杜撰出来的小说情景更让当局棘手"，马汉茂教授在一篇文章中把它称作"另一种对真理的发现"③。张抗抗的女性写作没有持续很长的时间，但她的作品《北极光》等曾经多次被德国汉学学者讨论。④

---

　　① 参见 Barbara Hendrischke：Ru Zhijuan：Chinas sozialistische Revolution aus weiblicher Sicht（"茹志鹃：由女性视角看中国社会主义革命"），*Die Horen*（《女神》），138/1985，156/1989.

　　② 参见 Eva Müller：Die Schriftstellerin Zhang Jie：Vom großen politischen Roman zum weiblichen Psychogramm（"女作家张洁：从宏大政治小说到女性心理诊断"），Christina Neder, Heiner Roetz, Ines-Susanne Schilling：*China in seinen biographischen Dimensionen*（《中国传记之维》），Harrassowitz，S. 167 - 175.

　　③ Diese Literatur ist noch ein Embryo, Anknüpfen an die Tradition und Öffnung nach dem Westen—Zarte Formen der Kritik（"文学依然是个胎儿——紧随传统与对西方开放的批评的委婉形式"），收入 *Neue chinesische bibliothek：Gespräch mit Herausgeber Helmut Martin*（《中国新图书：与主编马汉茂的对话》），Börsenblatt des deutschen Buchhandels，Nr. 10，4. 2. 1986，S. 627 - 642.

　　④ 参见 Birgit Häsef：*Einzug in die Ambivalenz. Erzählungen chinesischer Schriftstellerinnen in der Zeitschrift Shouhuo zwischen 1979 und 1989*（《进入暧昧：1979—1989〈收获〉杂志中的女作家》），Wiesbaden：Harrassowitz，2001.

　　和张洁、张抗抗等一样以描写女性心理见长的还有王安忆①、铁凝②，她们作品中的女性都在等待着奇迹的发生，对爱情寄予了很高的期望。这两位作家都是从 1980 年以来勇于尝试、笔耕不辍的勤奋型作家，她们不同时期的作品有不同流派的特征，在这些不同特征中，对于女性内心的挖掘成为她们一致的宗旨。尤其是王安忆，德国汉学界对其作品的翻译和评论非常多，她本人也多次到德国演讲、交流和举办朗诵会。研究者看到了张爱玲对王安忆的影响，认为强烈的女性意识，使得她总是发挥着女性想象力，安排某种女性集体向往的奇迹来骤然打破这庸常无聊的世界，渴望着爱能改变一切。由于中文翻译成德文以后字数会极大地增多，因此铁凝和王安忆的长篇小说很少得到翻译，这也是大多数中国当代优秀长篇小说在翻译成德文时常遇的一个瓶颈。

　　陈染和林白将女性意识推进到了更私密的层次。德国评论者认为陈染的创作受到了卡夫卡的深刻影响，但她的后现代主义手法还不够熟练；③林白的私人叙述则更多的是一种自传性质的文本。④ 这种书写女性隐私的取向也深刻地影响了 1990 年代的女性作者，在她们之后，卫慧等女性作者强化了这一取向，以至于在这种叙事狂欢中迷失了价值观和责任感。值得一提的还有女作家陈丹燕。她的作品《一个女孩》第一次描写和思考了自己的

---

　　① 参见：Ulrike Solmecke：*Zwischen äußerer und innerer Welt. Erzählprosa der chinesischen Autorin Wang Anyi 1980—1990*（《在内外两重世界之间：中国女作家王安忆的小说 1980—1990》），Berlin Projekt Verlag，1995. 另参见：Kathleen Wittek：Wang Anyi zwischen Fiktion und Autobiographie（《介于虚构和自传之间的王安忆》），*Cathay Skripten*，15/1999.

　　② 参见：Carola Voß：Der Beitrag der Schriftstellerin Tie Ning zur zeitgenössischen Literatur von Frauen（"女作家铁凝对于当代女性文学的贡献"），Cheng Ying：*Frauenstudien. Beiträge der Berliner China-Tagung 1991*（《女性研究：柏林 1991 年中国研讨会论集》），München：Minerva，1992，S. 265 - 272.

　　③ 参见：Katheleen Wittek：Chen Ran und Kafka-eine unilaterale freundschaftliche Beziehung（"陈染和卡夫卡——一种单边的友谊关系"），Mechthild Leutner，Jens Damm：《中国文学：梅薏华七十岁生日纪念作》，S. 64 - 69.

　　④ 参见：Kathrin Ensinger：*Leben und Fiktion. Autobiographisches im erzählerischen Werk der chinesischen Autorin Lin Bai*（《生活与虚构：女作家林白小说当中的自传因素》），Münster：LIT Verlag，1999.

童年时代。① 这部作品获 1997 年少年儿童文学的尤奈斯库奖,但其内容显然远远超出了青春读物的范围。

三、市场视野下的中国当代文学译介与研究

1990 年代文学从多方面呈现出一种社会转向。市场经济消费越来越多地决定了人们的生活和思想,知识分子以及作家都失去了以往作为立法者和呼唤者的社会地位。以前那些对生活充满理想和希望的人,在理想丧失之后,一时还找不到新的非物质替代品。每一个人都不得不面临的思考是,如何在市场经济中生存和发展,如何不落人后,这是以前计划经济时代几乎不用考虑的问题。市场经济时代的到来打破了平均主义,人人都急于在社会变化中寻找到自己的生存方式,并且对以前所谓的理想、信仰产生了不信任感和虚无感。

这样的转向是根本性的。对于文学而言,它使得艺术不再是国家意识形态的附庸,作家自觉脱离了政治的束缚,有了坚守独立人格写作的可能性。同时,作家的精神信仰渐渐在市场经济中迷失,写作的历史感和责任感也跌落到了前所未有的地步。一些作家转向以市场为导向的消费社会写作,并且取得了骄人的市场回报,消解崇高、嘲笑传统、性、犯罪、自我迷恋、另类……成为这一类文学的主题。这些作品在德国遭遇了两种截然不同的命运:一方面,以市场为主导的出版社对这些在中国或畅销、或遭禁的文本颇感兴趣,甚至花费大量精力和财力对其进行宣传推广博取眼球,获得了相对不错的销售业绩;另一方面,学院派的汉学学者不满这类作品中的虚无感和浮夸感,称其充斥着人类的低俗欲望而丧失了对于社会人生的深刻思考,从而遮蔽了文学最根本的责任感和社会担当。

(一)认可与质疑声中的"通俗文学"

通俗文学的特质在"新写实"文学潮流中就初露端倪,这些作品中的代

---

① 参见 Birgit Häse: *Einzug in die Ambivalenz. Erzählungen chinesischer Schriftstellerinnen in der Zeitschrift Shouhuo zwischen 1979 und 1989*(《进入暧昧:1979—1989 年〈收获〉杂志中的女作家》),Wiesbaden:Harrassowitz,2001.

表作也被介绍到了德国。评论者认为,"新写实"文学文本因人而异,文风各不相同,但它们共同表现了价值理想受现实人生的挤压而向世俗妥协,归于平庸的委顿、无奈和麻木的一面。"新写实"对世俗生活种种具体形态的描绘夸大了世俗生活中痛苦、丑恶、无奈的一面,忽略了生活中温情、诗意、崇高的一面,将平庸琐碎的生活解释乃至最后规定为人们唯一存在的全部世界,对世界的连续性、完整性形成了一种遮蔽。池莉的作品《烦恼人生》、《不谈爱情》等被梅薏华翻译成了德文,她对鄙陋日常生活的圆熟描绘与几年以前文学中所高扬的理想主义大相径庭。方方的《风景》是"新写实"文学的代表作,但又混合了寻根文学(弱智的主人公)、魔幻现实主义和先锋派(一个早夭的儿童作为残酷现实的冷静叙述者)的元素。① 刘震云的《单位》、《一地鸡毛》等小说经常传达的一个消息是:生活是如此的"辛酸"。批评者指出,"小林家的豆腐变馊了……",当刘震云以这样的自然主义描写作为故事开端时,所有的政治期待和人生希望,似乎都无影无踪,琐碎的日常生活以不带感情的、有时是冷漠嘲讽的书写方式呈现。

接下来,从前创作过"商州系列"的作家贾平凹,在这场市场大潮中,以后来备受争议的作品《废都》开始了创作转向。这部作品的意图是要表现知识分子在社会急剧转型时的迷惘和失落,表现知识分子那种社会英雄角色被市场经济现实削弱后的无所适从。然而该小说遭到了德国学者们的普遍批评,有学者认为文本中大胆直露的性描写,媚俗的档次之低不仅使其无法回到精神探索的轨道,而且开启了中国当代肉欲化描写的潮流。②

另外一位商业大潮的弄潮儿是王朔。王朔早期的小说多少有一些自传的色彩,活跃在他作品中的,是老练的板儿爷、改革的获利者、文化公司的老

① 参见 Thomas Sturm:Zwischen den Diskursen. Die chineseche neorealistische Erählung ("话语之间:中国的新写实小说"),*Oriens Extremus*(《远东学报》),40/1997,S. 102 – 152.

② 参见 Sun Jianxi:Jia Pingwa and His Fiction("贾平凹和他的小说"),Ying Bian:*The Time is not Ripe:Contemporary China's Best Writers and Their Stories*(《时机并未成熟:中国当代作家及其小说》),Foreign Language Verlag,1991,pp. 99 – 111. 贾平凹作品阐释见 Ylva Monschein:Alles im Zerfall? Kunst und Leben in Jia Pingwas Feidu,Verfallende Hauptstadt("一切都在颠覆吗?——贾平凹《废都》,倾覆之都"),*Minima sinica*(《袖珍汉学》),1/1996,S. 88 – 110.

板或者大城市中的小罪犯。在被翻译成德文的两部小说《玩的就是心跳》和
《顽主》(很能代表王朔作品一贯蔑视崇高、消解中心的风格做派)中,政治、
信仰、思想和道德等,那些神圣的、备受尊重的价值,都受到了他无政府主义
的、玩世不恭态度的戏弄和调侃。王朔在德国翻译界中并不乏推崇者,阿克
曼就特别看重王朔的作品,认为他把北京方言成功地融入文学创作,"创造
了一种新的文学语言"①。其译者莎沛雪(Sabine Peschel)和考茨(Ulrich
Kautz)都认为有必要将这种被称为"痞子文学"的北京粗话,用一种接近的
德文方式传神地表达出来。王朔的版权在德国卖得很贵,但他并未成为畅
销作家。作为中国通俗文学代表之一的王朔给德国评论界留下的整体印象
并不好,他们更多地把他定义为"放荡不羁的文人"②和"文学市场化的弄潮
儿"③。在普通读者那里,王朔也远没有像他在中国这样受欢迎,市场表现
颇为疲软,他的作品在出版社积压甚多。公认的王朔效仿者黑马(原名毕冰
宾),其作品《混在北京》和写于 1990 年代的《孽缘千里》都被介绍到了德语
世界,但评价也不高。

(二) 热捧和冷眼中的"身体写作"

进入 20 世纪 90 年代中期以后,中国文坛进入了一个以精神消费为基
本特征的阶段。在这一阶段,人的欲望在整个社会舆论中获得空前的合法
性,可以说,这是一个欲望越来越合法化的时代。人们日益膨胀的享乐主义
思想强烈冲击着传统道德的每一条底线,而以消费、享乐为内质的现代都市
文化为高涨的欲望提供了最好的实现场所。"70 后"作家就是在这样的时
代语境中茂盛地生长起来的。比如卫慧,她对自我有着很准确的把握和恰
当的描述:"某种意义上,我和我的朋友们都是用越来越夸张、越来越失控的
话语制造追命夺魂的快感的一群纨绔子弟,一群吃着想象的翅膀和蓝色、诱

---

① 参见张璐诗:"阿克曼:与阿城们一见如故",《新京报》,2006 年 11 月 21 日。

② 参见 Christiane Hammer: Modisch chaotisch. Wie das Enfant terrible Wang Shuo
vermaktet wird("时髦的混乱"), *Neue Zürcher Zeitung*(《新苏黎世报》), 28. 7. 1997, S. 15.

③ 参见 Agentur für Lügen. Pekings Boheme als Zyniker-Idyll: Mit Oberchaoten gelang dem
Schriftsteller Wang Shuo ein Schelmenroman aus dem China der Gegenwart("写流浪汉小说的作
家"), *Der Spiegel*(《明镜周刊》), Nr. 20, 12. 5. 1997, S. 196.

惑、不真实的脉脉温情相互依存的小虫子,是附在这座城市骨头上的蛆虫。"①

朱文或许是这种另类写作的始作俑者,他生于 1967 年,比"70 后"作家年纪稍大,如今已经改行制作电影。他的作品《我爱美元》、《段丽在古城南京》等被译介至德国,这些作品被认为一方面描写了一些边缘人对于性与物质最世俗化的欲望,另一方面也表明了文学在 1990 年代的中国沦为了一种边缘存在。②

"身体写作"的代表人物卫慧、棉棉、虹影等女作家的作品均被译介到了德国。如前文中所提到的,这些作家在德国的传播与接受出现了两极分化:在民间领域,出版社为了销售量,不惜重金举办读书会、签名会等宣传造势活动,书籍封面上"中国新锐女作家"、"中国大陆遭禁"等夺人眼球的宣传字样随处可见,似有一种中国"美女作家"在海外颇为热闹的景象。然而,在学院体系,多数学者对于卫慧等人持激烈的批判态度,认为所谓"美女作家"的"身体写作"与当下流行的某些欧洲文本并无两样,不能代表中国文化的深度与美感,更无法给予当代德国反思自我缺失的借鉴与拯救自我困顿的希冀。

卫慧的《上海宝贝》、《我的禅》被翻译成德文后,被认为完全颠覆了传统爱情朦胧缥缈的诗意与浪漫,将身体提取出来,成为爱情的主导力量,重新配置了爱情与身体的关系,以感觉至上触摸生命的真实。长期以来备受理性约束的身体获得空前的主宰性地位,灵肉合一的价值理念被放逐,在身体的凯歌中,生命的意义也被宣告无效,精神与灵魂被肢解成碎片。③ 棉棉也是德国出版社和书店的宠儿,她的《啦啦啦》和《糖》都被翻译成了德文,她还在柏林、汉堡和杜塞尔多夫等地开过朗诵会。如果说,在此之前的作家是在

① 卫慧:《卫慧精品集》,长春:时代文艺出版社,2000 年,第 180 页。

② 参见 Susanne Messmer: Suchwänke aus dem chinesischen Schilda. Pekings' sechste Generation("中国趣事:北京的第六代"), *Die Tageszeitung*(《德国日报》),9/9/2004。

③ 参见 Beate Geist(盖斯特):*Die neue Menschheit in chinas Großstädten. Eine Untersuchung zur chinesichen Gegenwartsliteratur*(《中国大城市中的"新人类":中国当代文学研究》),Hamburg:Institute für Asienkunde(汉堡:亚洲情况研究所),2003,S. 60 – 65.

写历史、写思想、写智慧，并且注重技术的修炼，那么棉棉注重的是经验和感受，其身体语言的恣肆是此前的任何作家都无法比拟的。评论者认为她的小说中充满大都市生活的符码：酒吧、迪厅、摇滚、时尚杂志、西餐、染发、吸毒、逛街、放纵的性爱、冷漠、酷、金丝雀……而这些场景已与德国的都市生活并无二致。[①] 虹影则是柏林新生出版社这几年来力推的作家。出版社的营销策略首先体现在虹影小说的封面上，上面是一些屡屡赚得德国读者眼球的图文：中国女人图像、妖媚的丹凤眼、鲜红的樱桃小嘴以及"性与犯罪"、"在中国遭禁"的噱头。事实上，虹影的小说在德国销量可观。然而对于这位居住在英国的作家，德国汉学界的评判异常尖锐，有人评判其作品显示的"猥亵、淫荡"的主调，比如利用中国政治事件写就的剧本《背叛之夏》，就是一个纯粹的、典型的欲望文本。他们评价说，这个作品"俗气拙劣的场景是以一部影射小说的形式出现的，国家对权力的滥用造成了不满的北京知识分子和艺术家的群交纵欲"，是"后现代艺术、形而上学、民主以及女权主义胡乱堆积在一起的拙劣作品"[②]。

第四节　重视与推崇：诗歌体裁的独尊命运

中国一直被看作"诗的国度"。顾彬在 1980 年代编译中国现当代诗集《太阳城消息》时，在序中写道："中国文学以诗歌闻名于世。上千年间，诗一直是中国文人表达思想的手段。若不是本世纪以来对文学种类有了新的发现与新的认识，我们真的可以称中国文学史是一部诗歌史，一部从《诗经》开始，并由《楚辞》继承、延续的历史。《诗经》与《楚辞》这两部诗集不仅是中国早期文学的巅峰之作，且在今日仍然是世界文学的著名篇章。"[③]这一段话

---

① 参见 Susanne Messmer：Suchwänke aus dem chinesischen Schilda. Pekings' sechste Generation（"中国趣事：北京的第六代"），*Die Tageszeitung*（《德国日报》），9/9/2004，S. 66 - 74。

② 参见 Christiane Hammer：*Hefte für ostasiatische Literatur*（《东亚文学研究》），Nr. 23，November 1997，S. 150 - 153。

③ Bei Dao：*Notizen vom Sonnenstaat*（《太阳城札记》），Frankfurt：Hanser Verlag，1991。

透露出顾彬乃至很多汉学学者对中国诗歌的重视与推崇。

一、颇受重视的中国当代诗歌

与中国当代小说相比,当代诗歌在德国获得了更多的认可,受到了广泛而深刻的关注。"二战"之后直至改革开放之前,德国译者对毛泽东的诗歌翻译较多。1954 年,德博在《中国诗歌》及《湖上秋色》中较为全面地介绍了毛泽东的诗歌,随后施耐德的《毛泽东诗选》、席克尔的毛泽东《37 首》等相继问世。与此同时,艾青和邹荻帆的诗作也在德国受到欢迎,他们在 80 年代造访过德国,德国的杂志和报纸不约而同地刊载了他们的个人介绍,并翻译发表了他们的诗作。这一时期,德国还出版过《中国诗选》,其中收有鲁迅、艾青、田间、贺敬之等人的诗作。

1980 年代初,特奥巴尔第翻译了《鲁迅诗选》。到 1980 年代末,汉德双语版本的《中国现代诗歌》正式出版,这是战后德国关于中国现当代诗歌译介与研究的最重要著作之一,收录了中国现当代不同时代、不同流派最具代表性的 50 位诗人的作品。顾彬在这一时期编译的《太阳城消息》,更为详细地介绍了郭沫若等 16 位现当代诗人的诗作,1987 年还专门出版了冯至的《十四行集》。

到了 1990 年代,北岛、多多、杨炼、舒婷、顾城等诗人的作品在德国逐渐受到了汉学家的青睐。顾彬于 1990 年、1991 年分别翻译了北岛的诗集《白日梦》和《太阳城札记》,霍夫曼于 1993 年翻译了顾城的《朦胧诗解构学研究》,同年,孔策等人翻译了杨炼的《诗》,随后杨炼的《鬼话》、《面具与鳄鱼》也相继出版,舒婷的作品《会唱歌的鸢尾花》、《双桅船》于 1996 年出版,多多的《回家》则于 1997 年出版。

进入新世纪后,除了 1990 年代以来备受关注的北岛那一代诗人,新一代的西川、王家新、欧阳江河、王小妮、翟永明等诗人在德国的影响力也与日俱增。顾彬于 2000 年翻译了杨炼的《大海停止之处》,2001 年又翻译了北岛的《战后》;霍夫曼等人在 2004 年编译了西川的《西川诗文集》,2005 年推出桑恒昌以怀亲闻名的《来自黄河的诗》。

二、极获推崇的中国当代诗人

德国汉学界对于中国当代诗歌中两个群体的诗歌格外推崇,一是朦胧诗派,二是后朦胧诗派。这两个诗派几乎贯穿了自 1970 年代以来的中国当代诗歌历史,德国译者和学者对他们的译介和研究、肯定与赞誉,也尤为显示出相对于饱受诟病的当代小说、诗歌在德国的独尊地位。

(一) 朦胧诗派

"朦胧诗"在今天看起来并不朦胧,就像当年汉学家也不觉得它们有多朦胧一样。朦胧诗人尽管受到西方诗歌创作的诸多影响,但其精神内核还是中国的,强烈的社会责任感驱使诗人们自觉地将自己的诗歌创作与国家命运紧密地联系在一起,用宏大叙事来表达他们的内心世界。"朦胧诗"的称谓源于这批诗人对诗歌传统规范的挑战,相对于此前直白呼告的激情创作,他们大量使用象征和留白的手法,致使他们的诗歌在当时的中国诗坛上显得与众不同而充满不确定性。西方汉学家比较重视朦胧诗,做了不少翻译和研究的工作:德国学者卜松山著有《寻找丢失的钥匙——1978 年以来的中国抒情诗(朦胧诗)》[1],英国学者班国瑞著有《中国的诗歌和艺术》[2],澳大利亚学者古德曼著有《北京街头的声音:中国民主运动的诗歌和政治》[3]……这些作品从不同的角度对中国特殊政治环境下诗人的心灵历程和朦胧诗的创作提供了独特的解析。

朦胧诗成为新诗潮流是在 1979 年 3 月号《诗刊》刊发北岛的短诗《回

---

[1] 参见 Karl Heinz-Pohl: Auf der Suche nach dem verlorenen Schlüssel-Zur 'obskuren Lyrik' (menglong shi) in China nach 1978("寻找丢失的钥匙——1978 年以来的中国抒情诗〈朦胧诗〉"),*Oriens Extremus*,29 (Heft 1/2 1982),S. 148 – 160。

[2] 参见 Gregor Benton:Poemes & Art en Chine. Les 'Non-Officiels'("中国民间的诗歌和艺术"),*Doc (k)sl14*,Hiver 81/82。

[3] 参见 David S. G. Goodman:*Beijing Street Voice. The Poetry and Politics of China's Democracy Movement*(《北京街头的声音:中国民主运动的诗歌和政治》),London,Boston:Marion Boyars,1981。

答》之后，但它的创作远早于此。① 后来被称为朦胧诗的很多诗歌，以及一些发表于 1980 年代的散文、小说，实际上在 1970 年代就以"地下文学"的形式存在和传播了。比如食指（原名郭路生），他流传最为广泛的诗歌《相信未来》和《这是四点零八分的北京》均创作于 1968 年，这两首诗也被翻译成了德文。② 在德国研究者看来，1960 年代末的"上山下乡"运动把整个中国的城市青年瞬间抛到了社会底层，生活的动荡、青春的苦闷、对未来的迷茫……使得这一代青年开始从书本和写作中寻找精神的出路。食指的写作符合了这种需要，所以他的诗被广为传抄。顾彬认为食指的诗歌创作虽然受到了贺敬之的极大影响，但他对于生命和爱的信念是有别于社会主义歌颂者贺敬之的诗歌价值体系的。③ 再比如北岛，他在 1970 年代初创作的诗歌《回答》，经顾彬翻译收入《太阳城札记》。④ 这首诗被看成作者以"文革"受害者身份对于历经沧海桑田的中国社会所进行的"回答"，是与祖国命运同呼吸的一代人对人生、对世界的喊话，而诗歌创作日期的修改，也被看成诗人对民主运动的支持。⑤ 被收入同一诗集的另外一首北岛代表作品《宣告》，则充满了战斗的激情和对现实的讽喻。北岛在那一时期创作的小说《波动》后来也被翻译成德文出版⑥，并受到了批评家的普遍好评。与当时大行其道的"伤痕文学"相比，该小说以五位主人公的对话和插叙形式所

---

① 顾彬在他的著作 *Die Chinesische Literatur Im 20. Jahrhundert*（《20 世纪中国文学史》）中对这个问题进行了讨论，认为该诗早在 1973 年就已经流传，1978 年做了最后一次修改，为了表达对于民主运动的支持，诗歌发表时将写作日期标明为 1976 年 4 月，暗示其创作背景是"四五事件"，这一论述和北岛在多次访谈中所叙述的内容基本一致。

② 参见 Christoph Buchwald，Karl Mickel：*Jahrbuch der Lyrik*（《诗歌年鉴》）1990/1991，Frankfurt：Luchterhand Literaturverlag，1990，S. 134 - 135.

③ 参见 Wolfgang Kubin：Das Ende des Propheten. Chinesischer Geist und chinesische Dichtung im 20. Jahrhundert（《先知的终结：中国精神和 20 世纪中国诗歌》），*Die Horen*（《女神》）169（1/1993），S. 82 - 83.

④ Bei Dao：*Notizen vom Sonnenstaat*（《太阳城札记》），Frankfurt：Hanser Verlag，1991，Wolfgang Kubin 译并作后记。

⑤ 参见 Flemming Christiansen：*Die demokratische Bewegung in China — Revolution im Sozialismus?*（《中国的民主运动——社会主义中的革命？》），München：Simon & Magiera），1981.

⑥ Bei Dao：*Gezeiten*（《波动》），Irmgard E. A. Wiesel，Frankfurt：S. Fischer Verlag，1990，马汉茂选编并作后记。

叙述的与官方历史完全不同的"文革"记忆,拥有更多自省的力度和反思的空间,德国读者也因此了解了"一个封闭体制之内的精神和心灵状态"①。

受到关注的还有诗人多多(原名栗世征)。朦胧诗时期的多多并不广为人知,然而在他漫游欧陆的悠长岁月里,他的诗歌逐渐为汉学学者们所关注和研究,并在诗歌界大放异彩。在德国汉学界,有不少人喜欢多多的诗,认为"他有许多独属于他的技术、他的语感、他的方式、他的非同寻常的想象力,扩展了汉语的诗性,丰富了汉语触及诗意的可能"②。多多的作品有多个德文译本,德文版《笼中的男人:真实的中国》、《里程》和《回家》等作品集收有多多自1970年代以来创作的大多数诗歌和短篇小说。③

孕育于"文革"时期的朦胧诗,经历了食指、北岛和多多,终于在1970年代末思想解冻、意识更新的历史发展脉络中抓住了自我生存和绽放的机会。从潜流到激流,从地下到公开,从诗歌先行者到白洋淀诗群到《今天》创作诗群,朦胧诗潮很快就占领了各种文学报刊的主要版面。1980年"青春诗会"集中推出17位朦胧诗人的作品和诗歌宣言,朦胧诗迅即成为一个诗歌潮流。一批诗人如顾城、杨炼、舒婷、芒克、欧阳江河等因此辉耀中国文坛。他们发表了大量当时无法让"正统"诗坛接受的新风格诗歌,由此拓展了诗歌写作的技巧和意境。他们在1980年代创作的诗歌先后被顾彬、卜松山、何致瀚(Hans Peter Hoffman)、吉泽拉·赖因霍尔德(Gisela Reinhold)以及莎沛雪(Sabine Peschel)等学者和译者译介至德语世界。正如有评论者所认为的:"从某个角度来说,在全球化进程中,德国是中国诗歌的第二故乡。"④

---

① 参见 Wolfgang Kubin:Ein literarisches Beispiel dea Pekinger Frühlings. Shi Mos Erzählung Die Heimkehr des Fremden("北京之春的一个文学示例:石默的小说《归来的陌生人》"),1984,S. 215 - 229.

② 参见 Peter Hoffmann:Lyrik vom Duo Duo("多多的诗"),*Orientierugen. Zeitschrift zur Kunltur Asiens*(《取向:亚洲文化期刊》),1/1993,S. 82 - 94。

③ Duo Duo: *Heimkehr: Erzählungen*(《回家:短篇小说集》),Irmtraud Fessen-Henjes,Stuttgart:Edition Solitude verlag,1997;Duo Duo: *Der Mann im Käfig. China, wie es wirklich ist*(《笼中的男人:真实的中国》),Be He,La Mu,Verlag im Freiburg,Basel,Wien,1990;Duo Duo: *Wegstrecken*(《里程》),Jo Fleischle,Peter Hoffmann,Dortmund:Projekt Verlag,1994.

④ Erik Nilsson:"德国汉学家顾彬称'中国诗人世界一流'",*China Daily*,12/12/2007.

（二）后朦胧诗派及其他

除了朦胧诗派的诗作，中国当代诗歌中在德被翻译和研究较多的还有后朦胧诗派的诗作以及同期出现的其他一些诗歌。后朦胧诗派是中国当代文学的一个重要流派，其集体亮相是在 1986 年《诗歌报》和《深圳青年报》联合主持的"现代主义诗歌大展"上。[①] 它包括众多不同的派别，其中"非非主义"、"莽汉主义"和"他们"三个诗群的影响最大，成员达百余名之多，代表诗人有周伦佑、李亚伟、胡冬、韩东、于坚、伊沙等。他们试图反叛和超越朦胧诗，不要英雄，不要文化，不要隐喻，也不要深度，对由朦胧诗承继的传统中国经典意象做出了彻底性的颠覆。韩东写于 1983 年的《有关大雁塔》很有代表性，曾翻译至德国，评论者注意到，在诗人眼中，大雁塔只不过是日常生活中的普通风景，韩东在诗中对杨炼把大雁塔作为历史见证人的英雄主义做了别出心裁的嘲弄。[②]

在愈演愈烈的诗歌民间写作浪潮中，除了那些反对崇高、进入日常的诗人以外，仍然有坚持理想化写作的诗人海子，海子的诗歌以及他的死亡在德国汉学界引起了反响。此外，欧阳江河、王家新、西川都是博学多才且追求语言精致的诗人，他们的诗作被大量翻译至德国。[③] 他们的知识分子写作，一方面是对于当时业已泛滥成灾的平民诗歌进行矫正，另一方面也表明了自己对服务于意识形态的正统诗歌和以反抗的姿态依附于意识形态的朦胧诗的态度，如欧阳江河所说，他们是一种通过语境与语言策略的考虑以寻求

---

① 关于后朦胧诗的德语评介参见 Zhang Zao：Zeitgenössische chinesische Lyrik und sprachbewußtsein. Bereachtungen zum metapoetischen Verfahren der Postobskuren Lyrik（"当代中国诗和语言意识：后朦胧诗的元诗学程序考察"），*Orientierugen. Zeitschrift zur Kunltur Asiens*（《取向：亚洲文化期刊》），2/1996，S. 63 – 81.

② Karl Rospenk：Rückhalt in unscheinbaren Wirklichkeiten. Der chinesische Dichter Han Dong（"以平常现实为依归：中国诗人韩东"），*Orientierugen. Zeitschrift zur Kunltur Asiens*（《取向：亚洲文化期刊》），2/1994，S. 34 – 36.

③ 知识分子诗歌写作参见沈勇对王家新的访谈：Durs Grünbein und ein großer Streit in China（"杜尔斯·格林贝恩和中国的一场激烈争论"），*Literatur Informationen*（《文学信息》），70 (2001)，S. 12 – 13。

阶段性活力的诗歌实践。①

翟永明是中国当代最具代表性的女性诗人之一，也是德国学者最为欣赏的中国当代诗人之一。评论者认为翟永明已经慢慢摆脱了女性自说自话的窠臼，在她的诗歌中，除了"黑夜"、"深渊"等体现强烈女性意识的诗句之外，更有一些对女性和诗人的自我反思——"完成以后又怎样？"②翟永明之外，德国汉学界比较关注的诗人还有2010年去世之前曾经定居于图宾根的张枣、曾经长住柏林的肖开愚以及在欧洲游学的诗人杨炼，评论者认为，他们在诗歌中把中国、政治和流亡等主题与对纯语言高度的追求结合在一起，将他们的东方经历和西方体验定格在了"移民文学"的范畴上。③

第五节　中国与德国：两个主体的共同作用

如前文所述，中国纯文学作品在德国的翻译数量在1987年之后便逐年下降，到1995年陷入一个新的低谷之后，就再也没有了1980年代的辉煌。两德统一以后，人们可以更加集中地启用原来两国的译者资源，而且至少于经济领域德国可以感受到一轮接一轮的中国热潮，但尽管如此，也没能避免1990年代之后中国当代文学在德翻译与传播的低迷状况。这让人想起卫礼贤的经历，他早在1906年时就曾向很多出版商推荐自己翻译的《论语》，

---

① 欧阳江河的诗作德译参见 Kubin：Handschellen aus Papier. Der Dichter Ouyang Jianghe（"纸手铐：诗人欧阳江河"），*Orientierugen. Zeitschrift zur Kunltur Asiens*《取向：亚洲文化期刊》），1/2000，118－128.

② Kubin：Das Glück des Gedichts. Zur chinesechen Dichterin Zhai Yongming（"诗的幸福：关于中国女诗人翟永明"），*Orientierugen. Zeitschrift zur Kunltur Asiens*（《取向：亚洲文化期刊》），1/2004，S. 96－103.

③ 参见 Suizi zhang-Kubin：Die Geburt aus dem Tod. Ein Gespräch mit Yang Lian（"死亡中获生：杨炼访谈"），*Minima sinica*（《袖珍汉学》），1/1994，S. 113。另外参见高行健和杨炼：Was hat uns das Exil gebracht? Ein Gespräch zwischen Gao Xingjian und Yang Lian über chinesische Literatur（"流亡给我们带来了什么？高行健和杨炼关于中国文学的谈话"），Übers. Peter Hoffmann，德国学术交流中心 DAAD，2001.

那时得到的答复常常是："在我们这儿没法儿出版，这里谁会关心中国?"①

如果说图书市场主要受读者兴趣的影响，那么，1990 年代以后，德国人对中国当代文学的兴趣和倾向发生了什么变化，这种变化又是如何发生的?

就 20 世纪的德国而言，1920 年代和 1980 年代都兴起过"中国热"，这对当时的文学创作和翻译都有着重大的作用。那时候，对于大多数汉学家、书评家以及德国读者来说，对中国当代文学的兴趣主要集中在那些类似社会记录的作品上。他们通过这类作品来了解中国的社会发展和政治变动，尤其在 1950 年代，甚至在 1980 年代，这种心态仍然很普遍。到了 1990 年代，经过阿城、苏童、刘恒、莫言、残雪等作家的在德传播②，汉学学者开始认识到，有一部分中国当代文学在艺术审美方面也具备很高水准，完全可以并且应该将它们当作艺术而非政治，将其与其他国家文学作品等量而观，当然这也使得汉学家更多从文学的标准来严苛衡量这些作品。然而这种认识局限于专业读者领域，在大众图书市场，中德两国的文化交流至少在文学领域并没有恢复如前，对于普通读者来说，中国如果能够引起他们的兴趣，那也只是在传记作品中以非虚构的方式或者以神秘化的形式表现的中国，而且就连这些作品，也大多是从英美国家的译作转译过来的，是经过了英美图书市场检验之后的保守之选。

造成这些现状的原因很多，大致可以从"中国"和"德国"两个主体来分析。从中国这个"他者"的角度而言，出现在德国图书市场上的中国作品，质量上有可取之处的并不多，而且很大程度上依赖于与出版社交往甚密的学

---

① 参见 Wolfgang Bauer：*Entfernung，Verklärung，Entschlüssung. Grundlinien der deutschen übersetzung aus dem Chineseschen in unserem Jahrhundert*（《距离、变形、决策、路线：本世纪的中文德语翻译》），Bochum Ruhr-Universität，arcus texte Nr. 1（Dezember 1993），S. 8 - 24，hier S. 17.

② 参见 Andrew J. Jones, Chinese Literature in the 'World' Literary Economy（"华文文学当中的'世界'文学经济"），*Modern Chinese Literature*（《中国现代文学杂志》），Vol. 8（1994），p. 171 - 190，Zitat P. 186。

者或译者的个人推荐。① 大型出版社几乎不会主动发展中国当代文学方面的业务,尽管鼎鼎大名的菲舍尔出版社为德国读者推出过获得了 2000 年度诺贝尔文学奖的高行健,但由于作家此前的知名度太低,所以在德语国家至今都未能取得完全的成功,而整个德国的中国当代文学出版状况自然也没有因为他的出现而发生变化。② 近年来,德国出版社的中文出版物受英美图书市场的影响很大,这种倾向也证明全球化和集中化对出版界和文学翻译作品的读者的影响,一个国家的图书市场越来越受制于跨国运转的图书和传媒集团。当然仍有一些有文学追求的出版社和私人的自发组织,他们的努力表明,就像文学批评家西格里德·勒夫勒(Sigrid Löffler)说过的那样,"对文学的阅读还没有消失",德国读者对中国文学作品的翻译和阅读并没有消失。

从德国"自我"的角度而言,1990 年代以后,其他的时代主题在德国社会中占据了重要的地位,比如对两德统一进程反思、欧洲一体化影响和全球化快速发展等问题的讨论。而中国除了作为经济市场和"人权总是受到损害的地方"的说法引人注意以外,至多只能以其异国情趣在德国读者中引起些许共鸣。这也多少能解释德国图书市场为何对居住在欧洲的中国人或者混血的华裔作家传记、自传表现出极大的兴趣。这些传记通常以感伤的、私人化的角度表现中国历史上的重大事件,恰恰迎合了欧洲人在观看异质社会和文化时的观照方式:中国文化以其原始召唤出了遥远的淳朴民族与独特的异国风情。另外一种"后现代"的异国情趣不那么指向过去,代表作家是前些年在德国颇为畅销的卫慧和棉棉,她们故事中所描绘的中国大都市

---

① 余华作品的德译就是由 Ulrich Kautz 向出版社推荐的,Yu Hua：*Leben*(《活着》),Ulrich Kautz,Stuttgart：Klett-Cotta,1998；Yu Hua：*Der Mann, der sein Blut verkaufte*(《许三观卖血记》),Ulrich Kautz,Stuttgart：Klett-Cotta,1998。Rowohlt 出版社出版的当代作品同样也是该出版社的翻译 Peter Weber-Schäfer 推荐的,如 Su Tong：*Reis*(《米》),Peter Weber-Schäfer,Reinbek bei Hamburg：Rowohlt,1998；Mo Yan：*Die Schnapsstadt*(《酒国》),Peter Weber-Schäfer,Reinbek bei Hamburg：Rowohlt Verlag,2005。

② 关于就诺贝尔奖授予高行健所进行的讨论参见：Auszeichnung für Gao Xingjian umstritten. Nobelpreis ohne Bücher("有争议的高行健"),*Buchreport*. Nr 42,28. 10. 2000,S. 8。

里放荡不羁的生活，以及她们追求媒体炒作效应的（后）现代生活方式①，使得她们的创作和生活都与所谓的"欧洲世界"难分泾渭。

　　对中国当代文学作品的翻译，无论是翻译工作本身还是翻译成果的接受，都不仅仅由汉学译者自身的喜好或者能力决定，而是处在一个综合作用的复合体当中。这个复合体的主角除了翻译者，还有主编、出版商、出版许可证管理人员、文学代理商、书商，还包括批评家、文学评论撰稿人和文学理论家。普通的德国读者对中国这个遥远而陌生的国家的兴趣，既受到德国社会对中国及其文化感知的影响，又受到德国和中国经济、政治和文化关系的影响，而这两个方面又是互为条件的。文学作品的翻译反映出德国人对中国社会的感知，同时也促进了这种感知的过程，而这种促进作用正是译者、书评家和汉学家介绍中国文学的动力。卡尔•戴得尤斯（Karl Dedecius）说过："事实上，只有通过深入体会异国语言的精神，我们才会发现我们自己语言的美妙之处和种种可能性。"②这不仅适用于语言，也适用于社会文化。对中国文学的翻译阅读与对德国文化的深入体悟，在理想的状况下，可以成为这样一个并行不悖的命题：走进中国文学，既是对异者的探索，也是对自身的观照。

附表3　中国当代作家作品在德国的翻译出版情况

作家	作品名称	译者	译本名称	出版社	出版年份
阿城	《树王，孩子王，棋王》	Anja Gleboff；Marianne Liebermann；Folke Peilvergriffen.	*Baumkönig— Kinderkönig— Schachkönig*	Berlin Projekt Verlag	1996

---

　　①　Wei Hui：*Shanghai Baby*（《上海宝贝》），Karin Hasselbatt，München：Ullstein Verlag，2001. Mian Mian：*La la la*（《啦啦啦》），Karin Hasselblatt，Köln：Kiepenheuer & Witsch，2000.

　　②　Karl Dedecius：*Vom Übersetzen. Theorie und Praxis*（《翻译的理论与实践》），Frankfurt/M. Suhrkamp Verlag（suhrkamp taschenbuch 1258），1986，S. 176.

（续表）

作家	作品名称	译者	译本名称	出版社	出版年份
巴金	《随想录》	Martin Helmut	*Gedanken unter der Zeit*	Diederichs Eugen	2007
北岛	《波动》	Irmgard E. A. Wiesel	*Gezeiten*	Frankfurt：S. Fischer Verlag	1990
北岛	《太阳城札记》	（Wolfgang Kubin 顾彬）	*Notizen vom Sonnenstaat*	Hanser Verlag	1991
北岛	《幸福大街13号：短篇故事集》	Eva Klapproth	*Straße des Glücks Nr. 13. Die Kurzgeschichten*	Frankfurt：S. Fischer Verlag	1992
北岛	《白日梦》	（Wolfgang Kubin 顾彬）	*Tagtraum*	Hanser Verlag	1997
残雪	《天堂里的对话》	Wolf Baus	*Dialoge im Paradies*	Berlin Projekt Verlag	1996
陈凯歌	《少年凯歌》	Stefan Kramer Hu-chun Kramer	*Kinder des Drachen*	Köln：Kiepenheuer	1994
陈丹燕	《一个女孩》	Barbara Wang	*Neun Leben：Eine Kindheit in Shanghai*（《九生》）	Zürich：Nagel & Kimche Verlag	1995
陈若曦	《归》		*Heimkehr in die Fremde*	Horlemann Verlag	1983
陈若曦	《尹县长的处决和其他文革故事》	Melina Yam	*Die Exekution des Landrats Yin und andere Stories aus der Kulturrevolution*	Hamburg：Knaur	1979
谌容	《减去十年》	Petra John	*Zehn Jahre weniger*	Verlag Volk und Welt Berlin	1989
戴厚英	《人啊，人》	Monika Bessert；Renate Stephan-Bahle	*Die grosse Mauer*	München：Hanser Verlag	1987

（续表）

作家	作品名称	译者	译本名称	出版社	出版年份
邓友梅	《烟壶》	Günter Appoldt	*Das Schnupftabakfläs Chch-en*	Peking：Foreign Languages Press	1990
多多	《笼中的男人：真实的中国》	La Mu	*Der Mann im Käfig. China，wie es wirklich ist*	Verlag im Freiburg，Basel，Wien	1990
多多	《回家：短篇小说集》	Irmtraud Fessen-Henjes	*Heimkehr：Erzählungen*	Stuttgart：Edition Solitude Verlag	1997
多多	《里程》	Jo Fleischle	*Wegstrecken*	Dortmund：Projekt Verlag	1994
张辛欣	《北京人——100 个普通人的自述》	Eva Müller	*Eine Welt voller Farben. 22 chinesische Portraits*	Aufbau Verlag	1987
舒婷	《舒婷诗集》	Ernst Schwarz	*Schu Ting*	Berlin neu leben verlag	1988
张洁	《世界上最爱我的那个人去了》	Eva Müller	*Abschied von der Mutter*	Unions Verlag	2000
冯骥才	《啊！》	Dorothea Wippermann	*Ach!*	1985 年由 Verlag Volk und Welt Berlin 授权 Köln：Eugen Diederichs Verlag 出版，1989 年 Verlag Volk und Welt Berlin 出版。	
冯骥才	《三寸金莲》	Karin Hasselblatt	*Drei Zoll goldener Lotus*	Herder Verlag	1994
冯骥才	《冯骥才选集》	hg. Helmut Martin	*Die lange Dünne und ihr kleiner Mann*	hg. von Helmut Martin	1994

（续表）

作家	作品名称	译者	译本名称	出版社	出版年份
高晓声	《高晓声代表作》（黄河文艺出版社，1987）	hg. Andreas Donath	Die Drachenschnur. Geschichten aus dem chinesechen Alltag（《风筝飘带：中国日常生活中的故事》）	Darmstadt u. Neuwied Verlag	1981
高晓声	《陈奂生的故事》	Eike Zschacke	*Geschichten von Chen Huansheng*	Göttingen：Laamuv	1998
高行健	《灵山》	Helmut Forster-Latsch, Marie-Luise, Gisela Schneckmann	Der Berg der Seele	Frankfurt：Fischer Verlag	2001
高行健	《夜游：对于戏剧的思考》	Martin Gieselmann	*Nächtliche Wanderung. Reflexionen（sic!）über das Theater*	Neckargemünd：Edition Mnemosyne	2000
高行健	《一个人的圣经》	Natascha Vittinghoff	*Das Buch eines einsamen Menschen*	Frankfurt：Fischer Verlag	2004
高行健	《"野人"的涅槃和其他中国剧本》	hg. Irmtraud Fessen-Henjes, Ania Gleboff	*Das Nirwana des "Hundemanns" und andere chinesische Stücke*	Berlin：Henschel	1993
高行健	《车站》	hg. Chang Hsien-Chen, Wolfgang Kubin, Arbeitskreis Moderne Chinesesche Literatur, FU Berlin	*Die Busstation*	Bochum：Brockmeyer	1988
顾城	《顾城——〈水银〉及其他》	hg. Hans Peter Hoffmann	*Gu Cheng—Quecksilber und andere Gedichte*	Bochum：Brockmeyer Verlag	1990

（续表）

作家	作品名称	译者	译本名称	出版社	出版年份
古华	《芙蓉镇》	Peter Kleinhempel 转译自英文	*Hibiskus, oder Vom Wandel der Beständigkeit*	Verlag Volk und Welt Berlin	1987
黑马，原名毕冰宾	《孽缘千里》	Karin Hasselblatt	*Das Klassentreffen oder Tausend Meilen M-ühsal*	Eichborn	2002
黑马，原名毕冰宾	《混在北京》	Karin Vähning	*Verloren in Peking*	Eichborn	2000
虹影	《背叛之夏》	Karin Hasselbatt	*Der chinesische Sommer*	Berlin：Aufbau Taschenbuch Verlag	2005
虹影	《孔雀的叫喊》	Karin Hasselblatt	*Der Pfau weint*	Berlin：Aufbau Tb Verlag GmbH	2007
虹影	《K》	Martin Winter	*Die chinesische Geliebte*	Berlin：Aufbau Verlag	2004
虹影	《饥饿的女儿》	Karin Hasselblatt	*Tochter des großen Stromes*	Berlin：Aufbau Verlag	2006
李国文	《花园街五号》	Marianne Liebermann	*Gartenstraße 5*	Berlin：Projekt Verlag	1989
陆文夫	《美食家》	Ulrich Kautz	*Der Gourmet*	Diogenes	1983
鲁彦周	《天云山传奇》	Eike Zschacke	*Die wunderbare Geschichte vom Himmel-wolken-berges*	Berlin：Verlag Volk und Welt Berlin；Bornheim-Merten：Lamuv Verlag	1981, 1983
棉棉	《糖》	Karin Hasselblatt	*Deine Nacht mein Tag*	Köln：Kiepenheuer & Witsch	2004
棉棉	《啦啦啦》	Karin Hasselblatt	*La la la*	Köln：Kiepenheuer & Witsch	2000

（续表）

作家	作品名称	译者	译本名称	出版社	出版年份
莫言	《红高粱家族》	Peter Weber-Schäfer	*Das rote Kornfeld*	Reinbek bei Hamburg：Rowohlt Tb. Verlag	1993
莫言	《天堂蒜薹之歌》	Andreas Donath	*Die Knoblauchrevolte*	Reinbek bei Hamburg：Rowohlt Tb. Verlag	1997
莫言	《酒国》	Peter Weber-Schäfer	*Die Schnapsstadt*	Reinbek bei Hamburg：Rowohlt Verlag	2005
莫言	《透明的红萝卜》	Susanne Hornfeck u. a.	*Trockener Flu*	Berlin：Projekt Verlag	1997
莫言	《枯河及其他故事》	Susanne Hornfeck	*Trockener Fluß and andere Geschichten*	Berlin：Projekt verlag	1997
舒婷、顾城	《一堵堵墙之间：中国现代抒情诗》	Rupprecht	*Zwischen Wänden. Moderne chinesische Lyrik*	München：Simon & Magiera	1984
舒婷	《双桅船》	Ernst Schwarz	*Archaeopteryx*	Berlin：Neues leben Verlag	1984
舒婷	《双桅船》	Christine Berg	*Archaeopteryx*	Dortmund，Projekt Verlag	1996
苏童	《罂粟之家》	Peter Weber-Schäfer	*Die Opiumfamilie*	Reinbek bei Hamburg：Rowohlt	1998
苏童	《米》	Peter Weber-Schäfer	*Reis*	Reinbek bei Hamburg：Rowohlt	1998
苏童	《妻妾成群》	Stefan Linster	*Rote Lateme*	München：Goldmann Wilhelm	1992

（续表）

作家	作品名称	译者	译本名称	出版社	出版年份
苏童	《红粉：中国作家苏童的妇女形象》	Susanne Baumann	*Rouge. Frauenbilder des chinesischen Autors Su Tong*	Dortmund：Projekt Verlag	1996
王蒙	《夜的眼》	Irmtraud Fessen-Henjes	*Das Auge der Nacht*	Zürich：Unionsverlag	1987
王蒙	《活动变人形》	Ulrich Kautz	*Rare Gabe Torheit*	Frauenfeld：Waldgut	1994
王蒙	《蝴蝶》	Klaus B. Ludwig	*Der Schmetterling*	Peking：Verlag für fremdsprachige literatur	1986
王安忆	《荒山之恋》	Karin Hasselblatt	Kleine Lieben	Hanser Verlag	1988
王朔	《玩的就是心跳》	Sabine Peschel	Herzklopfen heißt das Spiel	Diogenes	1995
王朔	《顽主》	Ulrich Kautz	Oberchaoten	Diogenes	1997
卫慧	《我的禅》	Susanne Hornfeck	Marrying Buddha	München：Ullstein Verlag	2005
卫慧	《上海宝贝》	Karin Hasselbatt	Shanghai Baby	München：Ullstein Verlag	2001
乌热尔图	《森林骄子》	Marie-Luise Latsch；Hulmut Latsch	*Sohn des Waldes*	Waldgut	1981
西川	《鹰的话语：西川诗文集》	Peter Hoffmann	*Die Diskurse des Adlers. Gedichte und poetische Prosa*	Projekt Brigitte Höhenrieder	2004
肖开愚	《写在雨天：诗集》	Raffael Keller	*Im Regen geschrieben. Gedichte*	Frauenfeld：Waldgut Verlag	2003

（续表）

作家	作品名称	译者	译本名称	出版社	出版年份
肖开愚	《沉默，沉默》	Olaf Wegewitz, Raffael Keller	*Stille Stille*	Wortraum-Edition	2001
杨炼	《大海停止之处》	Wolfgang Kubin	*Der Ruhepunkt des Meeres*	Stuttgart：Edition Solitude Verlag	1996
杨炼	《诗集：三个组诗》	Huang Yi und Albrecht Conze	*Gedichte. Drei Zyklen*	Zülich：Ammann Verlag	1993
杨炼	《面具与鳄鱼》	Wolfgang Kubin	Masken und Krokodile	Berlin Aufbau Verlag	1996
杨炼	《朝圣：诗集》	Karl-Heinz Pohl	*Pilgerfahrt. Gedichte*	Innsbruck：Handpress	1987
余华	《许三观卖血记》	Ulrich Kautz	*Der Mann，der sein Blut verkaufte*	Stuttgart：Klett-Cotta	2000
余华	《活着》	Ulrich Kautz	*Leben*	Stuttgart：Klett-Cotta	1998
扎西达娃	《系在皮绳上的魂：西藏小说家》	Alice Grünfelder	An den Lederriemen geknotete Seele. Erzähler aus Tibet	Zürich：Unionsverlag	2004
翟永明	《称之为一切》	Wolfgang Kubin	*Kaffeehauslieder*	Weidle	2004
张洁	《只要无事发生，任何事都不会发生》	Michael Kahn-Ackermann	Solange nichts passiert, geschieht auch nichts.	München：Hanser Verlag	1987
张洁	《世界上最疼我的那个人去了》	Eva Müller	*Abschied Von der Mutter*	Berlin：Unionsverlag	2000

（续表）

作家	作品名称	译者	译本名称	出版社	出版年份
张洁	《爱，是不能忘记的》	Claudia Magiera	*Das Recht auf Liebe；Drei chinesische Erzählungen*	München：Simon & Magiera	1982
张洁	《方舟》	Nelly Ma Michael Kahn	*Die Arche*	München：Frauenoffensive	1985
张洁	《沉重的翅膀》	Michael Kahn-Ackermann	*Schwere Flügel*	München：Carl Hanser；Berlin：Aufbau Verlag（1986）	1985
张贤亮	《男人的一半是女人》	Konrad-Herrmann	*Die Hälfte des Mannes ist Frau*	Berlin：Neues Leben Verlag	1990
张贤亮	《男人的一半是女人》	Petra Retzlaff	*Die Hälfte des Mannes ist Frau*	Frankfurt a. M. u. a.：Limes Verlag	1989
张贤亮	《绿化树：1984 年中华人民共和国的一部长篇小说》	Beatrice Breitenmesser	*Die Pionierbäume. Ein Roman der Volksrepublik China des Jahres*	Bochum：Brockmeyer	1984
张辛欣	《在同一地平线上》	Marie-Leise Beppler-lie	*Am gleichen Horizont*		1987
张辛欣	《三套谈话记录》	Petra John，Otto Mann	*Drei Gesprächsprotokolle*	Berlin Verlag Volk und Welt Berlin	1989
张辛欣	《色彩缤纷的世界：22 个中国人的肖像》	Eva Müller	*Eine Welt voller Farben. 22 chinesische Portraits*		1987
张辛欣	《北京人》	Helmut Martin	*Pekingmenschen*，Köln	Köln	1986
张辛欣	《我们这个世纪的梦》	Gaotkoei Horizont	*Traum unserer Generation*	Bonn：Engelhardt-Ng	1986
张枣	《春秋来信》	Wolfgang Kubin	*Briefe aus der Zeit*	Eisingen：Heiderhoff	1999

附表 4 德国汉学家关于中国当代作家作品的译介研究著作

作者	著作书名	出版社	出版年份
Wolf Baus	*Can Xues Berichte aus der Wildnis*（《残雪：来自荒野的报告》）	Dortmund：Berlin projeke verlag	1996
Beate Geist	*Die neue Menschheit in chinas Großstädten. Eine Untersuchung zur chinesichen Gegenwartsliteratur*（《中国大城市中的"新人类"：中国当代文学研究》）	Hamburgz：Institute für Asienkunde	2003
Birgit Häse	*Einzug in die Ambivalenz. Erzählungen chinesischer Schriftstellerinnen in der Zeitschrift Shouhuo zwischen 1979 und 1989.*（《进入暧昧：1979—1989 年〈收获〉杂志中的女作家》）	Wiesbaden：Harrassowitz	2001
Carolin Blank & Christa Gescher	*Gesellschaftskritik in der Volksrepublik China. Der Journalist und Schriftsteller Liu Binyan*（《中华人民共和国的社会批判》）	Bochum：Brockmeyer	1991
hg. Cheng Ying	*Frauenstudien. Beiträge der Berliner China-Tagung 1991*（《女性研究：柏林1991 年中国研讨会论集》）	München：Minerva	1992
/	*Die barfüßige Ärztin. Klassenkampf und medizinische Versorgung. Chinesissche Bildergeschichte*（《赤脚医生，阶级斗争和医疗保健》）	Berlin：Oberbaum verlag	1973
hg. Eva Klapproth，Helmut Forster-Latsch & Marie-Luise Latsch	*Das Gespenst des Humanismus. Opppsitionelle Texte aus China von 1979 bis 1987*（《人道主义的幽灵：1979 年到 1987 年中国的反对派文本》）	Frankfurt：Sendler	1987
Ernst Schwarz	*Das gesprengte Grab. Erzählungen aus China*（《崩开的墓穴：中国短篇小说》）	Berlin：neu leben verlag	1989

（续表）

作者	著作书名	出版社	出版年份
Fang Weigui	*Das Chinabild in der deutschen Literatur 1871—1933*（《德国文学中的中国形象（1871—1933）》）	Frankfurt/ M. / Bern/ New York： Peter Lang	1992
Flemming Christiansen	*Die demokratische Bewegung in China— Revolution im Sozialismus?*（《中国的民主运动——社会主义中的革命?》）	München：Simon & Magiera	1981
Folker E. Reichert	*Begegnung mit China，die Entdeckung Ostasiens im Mittelalter*（《遇见中国：在中世纪发现东亚》）	Jan Thorbecke Verlag	1992
hg. Frank Meinshausen	*Das Leben ist jetzt. Neue Erzählungen aus China*（《生活在此时：中国的新小说选》）	Frankfurt： Surhkamp	2003
Glemens Treter	*China neu erzählen. Su Tongs Erzählungen zwischen Vergangenheit und Gegenwar*（《重新叙述中国：介于过去和当代之间的苏童叙述》）	Dortmund： Projekt Verlag	1999
Hans Peter Hoffmann	*Gu Cheng：Eine dekonstruktive Studie zur Menglong-Lyrik*（《顾城——一个对于朦胧诗的解构研究》），2 卷	Frankfurt：Peter Lang Verlag	1983
Hans Peter Hoffmann	*Die Poesie des Südens. Eine vergleichende Studie zur chinesischen Lyrik der Gegenwart*（《南方的诗：关于中国当代诗的一个比较研究》）	Dortmundz： Projekt Verlag	2000
Harnisch，Kubin	*In Hundert Blumen. Moderne chinesische Erzhlungen. Zweiter Band，1949—1979*（《百花齐放：中国当代小说 1949—1979》）	Frankfurt/ M.：Suhrkamp	1980
hg. Heiner Roetz und Ines-Susanne Schilling	*China in seinen biographischen Dimensionen*（《中国传记之维》）	Harrassowitz	2001

（续表）

作者	著作书名	出版社	出版年份
Heinz-Dieter Assemann und Karin Moser	*China's New Role in the International Community*：*Challenges and Expectations for the 21st century*（《中国在国际社会中的新角色：21世纪的挑战和期待》）	Peter Lang Frankfurt	2005
Heinrich Böll	*Das Heinrich Böll Lesebuch*（《废墟文学自白》）	München：dtv	1983
hg. Helmut Hetzel	*Frauen in China*，*Erzählungen*（《中国妇女：短篇小说集》）	München：dtv	1986
Ida Bucher	*Chinesische Gegenwartsliteratur. Eine Perspektive gesellschaftlichen Wandels der achtziger Jahre*（《中国当代文学：80年代社会变迁的视角》）	Bochum：Brockmeyer	1986
hg. Jochen Noth	*Der Jadefelsen. Chineseche Kurzgeschichten*（*1977—1979*）（《玉崖：1977—1979年的中国短篇小说》）	Frankfurt：Sendler	1981
Karl Jaspers	*Lao-tse*，*Nagarjuna*，*Zwei asiatische Metaphysier*（《老子和龙树——两位亚洲神秘主义者》）	München	1993
Kathrin Ensinger	*Leben und Fiktion. Autobiographisches im erzählerischen Werk der chinesischen Autorin Lin Bai*（《生活与虚构：女作家林白小说当中的自传因素》）	Münster：LIT	1999
hg. Llyod Haft	*Words from the west. Western Texts in Chinese Literary Context. Essay to Honor Erik Zurcher on his Sixty-fifth Birthday*（《来自西方的词语：中国文学语境中的西方文本——许理和65岁生日纪念文集》）	Leiden：Centre of Non-Western Studies	1993
hg. Irmtraud Fessen-Henjes，Fritz Gruner，Eva Müller	*Erkundengen. 16 chinesische Erzähler*（《考察：16位中国小说家》）	Berlin：Verlag Volk und Welt	1984

（续表）

作者	著作书名	出版社	出版年份
Helmut Martin	*Translation of Chinese Literature from mainland China and from Taiwan：The German Experience*（《中国大陆和台湾文学的德语翻译》）	Schöne Dritte Schwester, Dortmund, projekt verlag	1996
hg. Helmut Martin	*Cologne-Workshop 1984 on Contemporary Chinese Literature*（《1984 年关于中国当代文学的科隆研讨会》）	Köln：Deutsche Welle	1986
Helmut Martin, Christiane Hammer 编	*Die Auflösung der Abteilung für Haarspalterei. Texte moderner chinesecher Autoren*（《现代中国作家文本的解构阅读》）	Rowolht：Reinbek bei Hamburg	1991
Helmut Martin	*Bittere Träume. Selbstdarstellungen chinesescher Schriftsteller*（《苦涩的梦：中国作家的自述》）	Bonn：Bouvier	1993
Helmut Martin	Christiane Hammer：*Chinawissenschaften—Deutschsprachige Entwicklungen：Geschichte，Personen，Perspektiven*（《德语世界的汉学发展：历史、发展、人物和视角》）	Hamburg：Institut für Asienkunde	1999
Martin Krott	*Politisches Theater im Peking Frühling 1978 "Aus der Stille"von Zong Fuxian. Übersetzung und Kommentar*（《1978 年北京之春的政治话剧——宗福先的〈于无声处〉：翻译和评论》）	Bochum：Brockmeyer，	1980
Monica Basting	*Yeren. Tradition und Avantgarde in Gao Xingjians Theaterstück "Die Wilden"*（《野人：高行健剧本〈野人〉（1985）中的传统与先锋》）	Bochum：Brockmeyer	1988
Monika Gänßbauer	*Trauma der Vergangenheit —Die Rezeption der Kulturevolution und der Schriftsteller Feng Jicai*（《过去的创伤——对文化革命的反思和作家冯骥才》）	Dortmund, project verlag	1996

(续表)

作者	著作书名	出版社	出版年份
Natascha Vittinghoff	*Geschichte der Partei entwunden. Eine semiotische Analyse des Dramas von Sha Yexin*(《摆脱党史：对沙叶新话剧的一个符号学分析》)	Projekt Verlag	1995
Qiu-hua Hu	*Literatur nach der Katastrophe. Eine vergleichende Studie über die Trümmerliteratur in Deutschland und die Wundenliteratur in der Volksrepublik China*(《劫后文学：德国废墟文学和中华人民共和国伤痕文学的比较研究》)	Peter Lang	1991
Raffael Keller	*Die Poesie des Südens. Eine vergleichende Studie zur chinesischen Lyrik der Gegenwart*(《南方的诗：关于中国当代诗的一个比较研究》)	Projekt verlag	2000
Rainer Schwardz	*Gewohnt zu sterben*(《习惯死亡》)	Berlin：edition q	1994
Reinhard May	*Ex oriene lux，Heidegger werk unter Ostasiatischen Einfluß*(《东方影响下的海德格尔学说》)	Stuttgart	1989
Reinhold Jandesek	*Das fremde China. Berichte europäischer Reisender des späten Mittelalters und der frühen Neuzeit*(《中世纪和现代中国的欧洲报告人》)	Centaurus	1992
hg. Rudolf G. Wagner	*Literatur und Politik in der Volksrepublik China*(《中华人民共和国的文学和政治》)	Frankfurt：Suhrkamp Publ	1983
Sabine Kojma	*Bilder und Zerrbilder des Fremden. Tibet in einer Erzählung Ma Jians*(《异域的形象，以及歪曲的形象——马建一篇小说中的西藏》)	Bochum：Brockmeyer	1992

（续表）

作者	著作书名	出版社	出版年份
Stefan Hase-Bergen	*Suzhouer Minnizturen. Leben und Werk des Schriftstellers Lu Wenfu*（《苏州袖珍画：作家陆文夫的生平和作品》）	Bochum：Brockmeyer	1990
Thomas Harnisch	*Chinas neue Literatur. Schriftsteller und ihre Kurzgeschichten in den Jahren 1978 und 1979*（《中国新文学：1978 和 1979 年间的作家和他们的短篇小说》）	Bochum：Brockmeyer	1985
Ulrike Solmecke	*Zwischen äußerer und innerer Welt. Erzählprosa der chinesischen Autorin Wang Anyi 1980—1990*（《在内外两重世界之间：中国女作家王安忆的小说 1980—1990》）	Berlin Projekt Verlag	1995
Umberto Eco	*Das offene Kunstwerk*（《开放的艺术作品》）	Frankfurt	1973
hg. Valerie Lawitschka，Paul Hoffmann，Jürgen Wertheimer	*Die Glasfabrik. Gedichte chinesisch-deutsch*（《玻璃工厂》）	Tübingen：Konkursbuch	1993
Wolfgan Bauer	*China und die Hoffnung auf Glueck*（《中国人的幸福观》）	München	1971
Wolfgang Kubin	*Die Chinesische Literatur im 20. Jahrhundert*（《20 世纪中国文学史》）	Muenchen：KG Saur	2005

第三章　中国当代文学在德国的
译介与研究个案分析

　　"没有哪个时代的中国文学像 20 世纪中国文学那样,如此详尽地得到记录,如此一再地被翻译,如此深入地被文学研究者所挖掘,可谈到其文学价值,也没有哪个时代像它那样多地招受争议。"①这是顾彬为其编撰的《20 世纪中国文学史》所撰前言中的第一句话。如其所言,20 世纪是德国汉学历经曲折、螺旋上升、终究越来越走向繁荣的一个百年。② 在这个百年里,德国对于中国文学的翻译和研究较以前任何一个百年都要详尽、细致,争鸣四起,这种情形在中国改革开放以后表现得尤其明显。

　　对于德国的翻译者和研究者而言,接触中国当代文学的动机,与其说是单纯从审美的角度把握中国文学,不如说是用其"异域眼光"发现"被遮蔽"的由文学作品所反映的社会真相。文学首先是作为社会学考察的对象进入汉学视野当中的,他们最初看待中国当代文学,几乎没有按照艺术审美的标准,而是更看重作品的社会学"史料"价值。他们希望从表层文本进入隐含文本,而这个隐含文本所表达的情绪,也正是他们所希望了解的更真实的情绪。这种心态随着中国改革开放的不断推进而有所改变,汉学学者渐渐不再单纯从政治、而更多从文学本身来看待当代文学作品,此时优秀的世界文学成了他们衡量这些中国作品的一个价值坐标。显然,他们所认可的"文学标准"要求很高,用这种标准来看待当代文学,也就是说,以语言表现力、形

---

　　①　参见 Wolfgang Kubin：*Die Chinesische Literatur im 20. Jahrhundert*(《20 世纪中国文学史》),München：KG Saur，2005，S. 1。

　　②　关于德国汉学在 20 世纪发展的百年历史,参见何培中主编:《当代国外中国学研究》,北京:商务印书馆,2006 年,第 128 页。

象塑造力、精神穿透力等来要求"文革"后的中国文学,他们的评语往往并不高,批评多于称赞。

比如顾彬对中国当代文学抛出的种种惊世骇俗的论断①,与他长年以来对中国文学执着坚持的实际情形反差颇大,又或许多少有被媒体断章取义之嫌,然而,那些犀利的话语,也在某种程度上确切地反映了中国当代文学在德国汉学视野中的尴尬地位。在这种整体性的批判背景之下,那些在德国汉学视域里获得广泛关注与由衷肯定的中国当代作家就显得格外难能可贵。本章将选取在德国影响颇大的作家张洁和阿城作为个案,细致分析其作品在德国的传播和接受,并试图借此找寻到那些在德国(或者可以进一步延伸至整个欧洲和海外)获得更多赞誉的中国当代作家作品的某些典型个性气质。同时,在德国遭到诸多批判的作品也将被分类探讨,它们也许因为过于政治化或者商业化而被认为丧失了文学的独立品质与特有美感,又或许仅仅因为夹杂了某些政治或者商业元素而被某些汉学学者过度阐释,看作被主流话语所操控并且缺乏勇气与担当的作品。

第一节　被接受的两个典型

选择张洁作为个案进行分析,首先当然由于她创作的小说《沉重的翅膀》②在海外的无限风光。它被译成多国文字,也是迄今为止德国销量最大的中国当代小说。《沉重的翅膀》本身的题材、张洁本人的女性身份和人生故事以及她在民族寓言书写中的现代主义情感体验,使她成了和时代潮流呼吸与共的中国女性的象征,也代表了在德国备受欢迎的中国作家的一种

---

① 2006 年 12 月,《重庆晨报》曾以"德国汉学家称中国当代文学是垃圾"的醒目标题,称顾彬在接受"德国之声"访问时,以"中国当代文学是垃圾"等"惊人之语""炮轰中国文学"。随即,多家国内和境外媒体迅速转载这个报道,引起中国读者和学者的抗议或不屑。2007 年 3 月在世界汉学大会题为"汉学视野下的 20 世纪中国文学"圆桌会议上,顾彬再次炮轰中国当代文学,引起了在场中国学者的强烈反应。

② 《沉重的翅膀》见 Michael Kahn-Ackermann:*Schwere Flügel*,München:Carl Hanser,1985,Berlin:Aufbau Verlag,1986.

类型。

选择阿城，则是因为阿城的小说获得了德国汉学学者的诸多关注和肯定，是中国当代文学在德国备受喜爱的另一种类型。阿城的"右派"家庭背景、知青身份与小说同名电影的对外传播、小说中传统技法和现代意识的融合、"天人合一"的道禅神韵和无为淡定的处世哲学，拥有可被德国汉学界多样解读和不断诠释的种种内涵，也暗合了德国读者对于现实中国与传统中国的多重阅读期待。

张洁和阿城作为当代作家中被德国读者广为熟悉和被汉学学者颇为赞赏的两个典型个案，与其作品一道集中了中国文学在海外获得更多关注的诸多元素，也代表了接受更多赞誉的两种类型。

一、张洁在德国的译介与研究

张洁不仅在中国当代文学史上拥有毋庸置疑的地位，而且在海外文学界与汉学界中同样享有极高的知名度。她的小说《沉重的翅膀》是迄今为止德国销量最大的中国当代小说，截至 1987 年，汉泽尔出版社就已出版了七版，总发行量为 8 万到 10 万册。令人惊叹的是，这部在中国学界虽说记录在册、但如今已然淡出人们视野的作品，在 1980 年代的欧美其他国家也有过类似在德国的辉煌业绩。可以说，张洁和她的小说《沉重的翅膀》成了当代文学在海外译介传播历史上一个难以超越的经典和标杆。这部小说在德国乃至整个海外的风行热潮与销售奇迹，应该是各种历史的、时代的、自身的、他者的缘故综合作用的结果，或许还有一些偶然的因素，我们甚至可以说，它是一个无法复制的成功个案。

考察这一个案在对外传播中所呈现出的诸多特征，会发现它与同期海外影响力颇大的其他作品如张辛欣的《北京人》、戴厚英的《人啊，人》等小说有着一些相似的元素。小说中对改革阵痛下社会矛盾的呈现，填补了此前海外读者中国经验的空白，刷新了他们对于老旧中国的印象。故事对中国人爱情婚姻与现实生活的描绘，使得海外读者对于中国人真实的生活场景尤其是中国女性有了更切实深入的了解。作家的女性身份、人生经历以及由创作引发的国内文学界诸多争议,激起了海外读者对其本人与作品阅读和了解的兴趣。作家与主流话语的既共鸣又疏离的关系,以及作品中对于民族寓言书写与作家本身敏锐的现代主义情感体验的互动交融,更构成了西方学者与读者对作品保持持续关注的情感基础。《沉重的翅膀》这个偶然个案与其他同期在德国热销的中国当代作品之间的这些相似性,共同勾勒出了这一类备受赞誉作品的典型特征。

(一) 对改革阵痛下中国社会的描绘

《沉重的翅膀》着重于描写十一届三中全会之后中国城市工业改革所面临的困境。小说初稿脱稿于 1981 年 4 月 16 日,是用长篇小说的形式来及时反映社会问题,写的是 1981 年 1 月 1 日之前一年中发生的事情。当其他作家还沉浸在"文革"之后的"伤痕"或者"反思"的时候,张洁以其女性的敏感及时地感知到了时代动向,最早在文学作品中开始了对于改革的描述以及思考。她的小说中不仅有对改革的憧憬与期盼,而且看到了改革所面临的重重困难。更为难得的是,这部小说所揭示的矛盾,不是一般的基层单位或普通的社会生活中常见的矛盾,而是某重工业部高层领导之间的矛盾,部长、副部长之间以至国务院某副总理及相关部门之间的矛盾。描绘这样高层的领导,揭示的问题又是这样直接尖锐,这在新中国成立以来的文艺作品中,还从未有过。因此,在长篇小说领域,《沉重的翅膀》不仅第一个写了改革,而且第一次写了高层领导的不同政治态度、思想作风、道德观念以及个人品质的尖锐对立和斗争,对于现实的揭示既形象生动,又真实深刻。

这样的作品,无论对于当时的国内读者,还是国外读者,在当时都有着振聋发聩的感染力。在国内,人们高度赞扬作者直面现实的勇气,这部小说的影响不仅仅限于文学界,还引起了工业部门、经济界的关注。当时人们对这部作品的关注和争议首先是题材价值,把作品当作生活教科书来看待,这与伤痕文学、反思文学所引起的社会效应是相似的。读者的这种反应和作家的创作出发点是相符的,在《我为什么写〈沉重的翅膀〉》一文中,张洁说:"我的思想老是处在一种期待的激动之中。我热切地巴望着我们这个民族振兴起来,我热切地巴望着共产主义在全世界的胜利,让全人类生活在一个理想的社会之中。"①很明显,是作家对社会的责任感驱使着作家去写作,这样的写作动机在那个时代是具有普遍性的。而在国外,美国的《基督教科学箴言报》刊登专文,称《沉重的翅膀》是中国第一部拥护邓小平路线的政治小说。紧接着,国外多家出版社出版不同的外文版本,出现了"十三个国家翻译出版《沉重的翅膀》的盛况"②。

《沉重的翅膀》以对中国社会最迫近、最真实的事件与现实的呈现,获得了海外(包括德国)读者的关注——这部小说成为隔绝数十年之后的西方社会窥见中国时代变革的一个窗口。《沉重的翅膀》德文译者阿克曼认为该小说的畅销原因起码有两个:"一个是《沉重的翅膀》确实写得不错,很有文学翻译价值;第二,因为那个时候德国人对中国,特别是改革开放之后的中国并不了解,这本书以文学的形式来记录这个信息,所以小说很受欢迎,不完全是文学方面的原因。"③

阿克曼的这一评价也很好地解释了《沉重的翅膀》虽然产生过广泛的社会影响,但后续的研究文章并不多的现象。《沉重的翅膀》译介至德国数年之后,有人批评这部作品:"从社会学的角度看,《沉重的翅膀》确实有其价值和意义,但用小说的标准去衡量时,又让人觉得它过于粗糙,没有生动精彩的情节营构,也没有具备性格内蕴的艺术形象。"④在这样的评价中,《沉重的翅膀》从故事结构到人物形象,都是不够"艺术"的,这无疑符合实际,连张洁自己也说:"《沉重的翅膀》的社会意义,大于文学意义。"⑤

(二) 对中国人爱情婚姻与现实生活的勾勒

《沉重的翅膀》对于 1980 年代德国读者的吸引力,在于它不仅表现了当时中国社会的政治斗争,还用细腻的笔墨表现了中国人的爱情家庭生活。

---

① 张洁:"我为什么写《沉重的翅膀》?",《读书》,1982 年第 3 期,第 24 页。

② 荒林:"存在与性别,写作与超越——张洁访谈录",《文艺争鸣》,2005 年第 5 期,第 93 页。

③ 参见 Interview von Michael Kahn-Ackermann("阿克曼访谈"),*Frankfurt allgemeine zeitung*, July 8, 2008.

④ 林为进:"历史的限制,现实的选择:重评第二届茅盾文学奖获奖作品",《当代作家评论》,1995 第 2 期,第 34 页。

⑤ 张洁:"交叉点上的风景",《长篇小说选刊》,2010 年第 3 期,第 65 页。

在表现女性情感方面,作品中有很多生动的细节是从人物出发的,触摸到了人物的灵魂层面,体现了张洁对女性爱情、命运的深刻思考,也呈现出新时期中国女性的生存状况。小说通过对不同家庭生活矛盾的具体描写,揭示了人物的内心世界,提出了令人深思的时代伦理问题。

对于小说中每一对人物的感情关系,张洁都做了精心的设计,他们分别代表着各种不同的婚姻爱情模式:吴国栋与刘玉英是"贫贱夫妻百事哀";万群与方文煊是"有情人难成眷属";郑子云与夏竹筠是表面上的"模范夫妻";陈咏明与郁丽文是真正和睦融洽的夫妻;郑圆圆和莫征是勇敢追求自由爱情的年轻恋人。这些或恩爱、或凑合的感情关系,在小说叙述中多次受到来自叙述人的质问,作者以此探讨的是理想的婚姻模式。在《沉重的翅膀》中读者再一次听到了《爱,是不能忘记的》中的声音,那是女性作家特有的艺术视角,即便是写改革大题材,也离不开对两性问题的关注。中国改革和中国女性这两个话题,成为《沉重的翅膀》获得德国读者以及汉学学者关注的两个亮点,顾彬曾经总结该小说在德国风行的原因,"因为读者希望去了解中国的社会,中国的女人"①。

显然,张洁的女性体验与性别意识深刻地影响了她的文学发展以及她对于革命历史与社会现实的理解,贯穿在创作中的这种强烈的女性意识,也使得她此前、此后创作的一系列小说都得到了德国汉学界的关注与赞誉。张洁的创作,不仅接通了中国现代以来女性写作的历史,同时也呈现出个人与社会之间的张力。《爱,是不能忘记的》②书写个人的情爱故事,却引发了一场关于择偶标准、婚姻家庭和伦理道德的大讨论。《方舟》③常被人称作中国第一部女权主义小说,但张洁曾多次表示她并非"女权主义者",一再声言自己是一个"炽热的马克思主义者和爱国主义者"。因为在她看来,妇女

---

① 参见 Interview von Wolfgang Kubin("顾彬访谈"),*China Daily*,September 9,2008.

② Zhang Jie:*Das Recht auf Liebe:Drei chinesische Erzählungen*(《爱,是不能忘记的》),Claudia Magiera,München:Simon & Magiera,1982,S. 89 - 115

③ Zhang Jie:*Die Arche*(《方舟》),Nelly Ma,Michael Kahn,München:Frauenoffensive,1985。

的解放只能寄望于全人类的解放,寄望于社会和民族的进步。因此,我们不难理解张洁在"改革小说"中所自然生发的女性视角,正如她在书写女性篇章的同时,也将眼光投向更广阔意义上的政治书写与现实批判一样。张洁后期作品又回归女性生命本体,回归母爱、自我与艺术,这一倾向清晰地呈现在她的《世界上最疼我的那个人去了》①、《无字》及《无字》之后的作品中。

(三) 女性身份、人生经历以及由创作引发的国内文学界诸多争议

德国汉学对于《沉重的翅膀》的关注,也包含着对于作家张洁本人的关注。张洁的女性身份、曲折的人生经历以及由创作引发的国内文学界多次争议,都成为汉学学者颇感兴趣的信息。

张洁的个人经历很独特。她的父亲董秋水曾经是东北军中的一员,投奔延安过程中遗弃了张洁母女,有一段时期又到香港加入进步刊物《时代批评》,建国后返回大陆做人民文学出版社的编辑,并致力于"民盟"的工作,后被打为"右派"。张洁从小与母亲生活在一起,两人相依为命,含辛茹苦,在动荡中度过了凄寒的漫长岁月。抗日战争时期,她们在桂林谋生,后又辗转到陕西,直到解放。贫寒困苦的家庭境遇,坎坷艰辛的生活经历,使得张洁自幼就深深感到寂寞和孤独,尝尽辛酸,坚强倔强。张洁的人生是母亲的又一翻版,她早年经历了不幸的婚姻,离婚后留下了一个女儿,曾独自支撑着艰难的生活。张洁和母亲的婚姻不幸,让她深深地体会到作为一个现代知识女性"自立"的艰难。张洁的第二任丈夫孙友余,曾任第一机械工业部副部长,是早年的地下党员,1980年代初,他因为与张洁的婚外恋情轰动全国,两人苦恋多年,最后却以分手告终……这些个人的生命印痕也清晰地呈现到了张洁的小说创作之中。《爱,是不能忘记的》中"我"的母亲暗恋老干部、"我"的父亲在"我"很小的时候就和母亲分手了,何尝不是张洁自己的人生写照。

---

① Zhang Jie: *Abschied Von der Mutter*(《世界上最疼我的那个人去了》), Eva Müller, Berlin: Unionsverlag, 2000。

不仅是作家的人生经历,《沉重的翅膀》这部作品在中国所引起的众多争议、曲折的出版和获奖经历,尤其是这一切曲折历程所折射的中国社会复杂形态,也成为海外学界颇感兴趣的内容。《沉重的翅膀》最初发表在 1981 年第 4、5 期的《十月》杂志,同年人民文学出版社出版了单行本。在写作初始,张洁就得到出版社主编的鼓励,特别是编辑韦君宜的大力支持。对于张洁来说,韦君宜不仅仅是艺术上的老师,也是精神支持者和政治保护者。《沉重的翅膀》受到了批评和压制后,韦君宜亲自找胡乔木和邓力群等人做疏通和解释工作,通过努力才有了《沉重的翅膀》的最后问世。[①] 小说发表之后,迅速引起社会的广泛关注,1981 年人民文学出版社、《文艺报》编辑部、《十月》杂志社先后召开了座谈会,在一次座谈会上张洁说到作品的艰难问世过程忍不住痛哭。[②] 从第一稿问世发表到第四次修改改定,历时两年半,在修改的过程中,张洁参考了广大读者、文学批评界和文学编辑的意见,在更广泛的意义上说,这篇小说是群众"集体创作"的。但关于这部作品的争议,包括政治上的指责不绝如缕,特别是参评"茅盾文学奖"的过程十分曲折,经过艰难的历程,《沉重的翅膀》才于 1985 年获第二届"茅盾文学奖"。

（四）与主流话语既共鸣又疏离的关系

随着张洁《沉重的翅膀》被介绍至海外并且在西方各国引起轰动,国外对张洁的评介也渐渐增多。西方读者之所以对这部作品青睐有加,是因为它所反映的正在变革中的中国现实,在某种程度上改变了他们对于"老旧中国"的想象。由于中西文化的差异,西方论者对于张洁作品的理解接受也呈现出不一样的面貌。张洁那些在国内反应平淡的作品,如《未了录》、《漫长的路》等,却得到了他们的重视,这些作品中所表达的深刻的孤独感和生命意识,在西方读者那里似乎更容易引起共鸣。《沉重的翅膀》一书的德文译者阿克曼更以别具一格的文本细读,揭示出张洁作品容易被人忽略的侧面,即"混乱、孤寂和没有爱情",而这种近似于"现代主义"的情感体验,是当时

---

① 何启治、黄发有:"用责任点燃艺术——何启治先生访谈录",《文艺研究》,2004 年第 2 期,第 73 页。

② 李福莹:"打破藩篱的一系列'重拳'",《深圳晚报》,2009 年 5 月 11 日。

的中国读者并未明确意识到的。

张洁作品中与新时期文学主潮既合流又疏离的关系,与作品中对于民族寓言的书写,以及作家本身敏锐的现代主义情感体验的互动交融,更构成了西方学者与读者对张洁持续关注的情感基础。一方面张洁是最早在"新时期"文坛奠定地位的作家之一,在 20 世纪 80 年代中期以前屡获国家级文学奖项,这也表明她是一个主流作家。但另一方面,张洁及其作品一直伴随争议,《爱,是不能忘记的》《方舟》《沉重的翅膀》都曾引起激烈的论争。她以她的敏感和勇气试探着(或者说挑战着)主流的文学政治规范和性别规范的界限。进入 80 年代后期,张洁的创作势头大为减缓、影响逐渐减弱,在某种程度上甚至被忽略和遗忘了,这固然与文学潮流的更迭有关,但也与张洁越来越主动地远离中心话语和主流话语有关。2005 年她凭借三卷本的长篇小说《无字》再度荣获茅盾文学奖,这一经历也耐人寻味,有汉学家认为,这样一部"忏情录"式的作品,表达出的偶然的、宿命论的历史观和悲剧的生命体验,尤其是第三部对政治集团权力斗争的书写,几乎是对《沉重的翅膀》的一次反叛。①

二、阿城在德国的译介与研究

作为中国对象本身的知青阿城,作为中国故事叙述者的作家阿城,以及作为中国传统文化的传播者阿城,或者更多的是以上几种身份合而为一的文化象征者阿城,拥有被德国汉学界多样解读和不断诠释的种种内涵。阿城既个人化又具代表性的生命经历与体验,其小说中超前的现代意识和浓厚的道禅神韵,暗合了欧洲读者对于现实中国与传统中国的多重阅读期待,也集中了中国当代作品受到海外汉学褒扬的诸多典型因素。因此,分析德国汉学视野中的阿城小说也就具备了样本意义。

---

① Birgit Häse:*Einzug in die Ambivalenz. Erzählungen chinesischer Schriftstellerinnen in der Zeitschrift Shouhuo zwischen 1979 und 1989*(《进入暧昧:1979—1989〈收获〉杂志中的女作家》),Wiesbaden:Harrassowitz,2001.

（一）"右派"家庭、知青记忆与同名电影

与共和国同龄的阿城，从"右派"之子到知识青年，从"寻根"作家到移居海外的自由人，其命运在他的同辈知识分子中并不显得离奇。阿城小说进入德国汉学视野之初的 1980 年代，正是与世隔绝近三十年的神秘中国重新敞开国门之时，阿城的典型经历与蕴含其中的中国知识分子集体记忆，勾勒出了中国自 1950 年代以来的诸多社会事件与历史发展脉络。研究阿城及其创作，也因此成为德国汉学接近他们的研究对象"中国"的便捷途径，他们同时深信，通过这条途径所获的信息远比中国官方报刊上的言论更加切实生动。

德国汉学对于中国当代历次政治运动格外关注，阿城的"右派"家庭背景无疑切合了这种关注。无论是在马汉茂的阿城专访中，还是在汉雅娜关于《棋王》的评论里，都提到了阿城的父亲、电影评论家钟惦棐的"右派"背景，"阿城是被多次发配到劳改所的电影人钟惦棐的儿子"①，"家庭出身带来的负罪感使得阿城的童年生活色调灰暗，习惯于沉默寡言"②。从阿城的个人成长角度而言，因为受到父亲牵连，从小诸事不顺，命运的曲折和无奈在很大程度上影响了他的个人风格和处世方式，这些研究可以看作对于阿城小说创作"知人论世"的一种方法。然而汉学学者更为看重的，是钟惦棐 1957 年被打成"右派"的原委和建国以后中国知识分子的不幸遭遇，以及这些政治运动背后的国家意识形态控制。

"右派"是汉学研究的一个敏感话题，在汉学学者的批评实践中，那些与"右派"、发配边疆或流亡国外等事件有着诸多关联的作家，显然比在作协体制下安然生存的作家们更容易获得同情和理解。究其原因，一方面是由于德国学者的地域和视野限制，海外汉学对于"右派"作家和流亡作家在原始

---

① 汉雅娜："处于现代化痴迷之中的文化交流——中华人民共和国的文学及在其中的作者和德语图书市场政策的作用"，收入《德国汉学：历史，发展，人物与视角》，郑州：大象出版社，2005 年，第 645 页。

② Helmut Martin：*Bittere Träume. Selbstdarstellungen chinesescher Schriftsteller*（《苦涩的梦：中国作家的自述》），Bonn：Bouvier，1993，S. 126。

资料和翻译研究方面具有优势,对于后续研究者有着较强的先入为主的引导作用。另一方面,当代中国在德国的形象摆荡在恶魔与神话的戏剧性变迁之间,西方主流意识形态的影响,不可避免地发生在这些成长于日耳曼学术传统和德国文化体系中的汉学学者身上,尤其体现在他们对中国当代作品翻译研究的选择与取舍上。

中国的"文革"时期正是联邦德国汉学体系重建繁荣和 1968 年大学生抗议运动影响全德的阶段。德国汉学作为将中国推向神话乌托邦地位的主流力量,同样也是事后对现实中国进行冷静回归和反思的先驱和媒介,于是,1970 年代之后的知青文学所展现的"中国真实而残酷的生存图景"[①],成为德国汉学界着意搜寻和分析的民间文本。

尽管阿城常常被中国批评界划作"寻根"一派,但无论是小说主人公的身份还是作者用笔最多的故事情节,无论当时的文学客观语境还是写作主体的可能意愿,《棋王》都算得上是一篇知青小说。关于阿城的知青身份,是每一篇德语评论文章开篇必论的话题,阿城下乡的辗转经历也被多次详细描述。"这位出身于北京的知青在农村度过了相当一部分年轻时光(1968—1979),先是在陕西和内蒙古,然后主要在云南(1969—1979),在云南时先在西双版纳山区,然后在昆明(自 1970 年起)。"[②]更有学者一针见血地指出阿城以及其他"寻根"作品中"知青文学"的特质:"这个时期的中国作家也在寻求着精神的源泉以及意识形态以外的、自己那具有乡村特点的神秘表现形式,并随后产生了大量关于乡愁的神话。这一文学流派的本质作用在于,这些作家在他们无忧无虑地被剥夺了自我的、'遗失'了的青少年时代中,重又找回了自我。"其他"寻根"作家"像韩少功,或曾引起激烈争论的、去过西藏

———————————

①　Liang Yong: Zhiqing-Literatur: über die aufs Land verschickten Jugendichen("知青文学:关于发送到农村的青年人"), hg. Helmut Martin: *Cologne-Workshop 1984 on Contemporary Chinese Literature*(《1984 年关于中国当代文学的科隆研讨会》),Köln: Deutsche Welle, 1986, S. 239。

②　顾彬:《20 世纪中国文学史》,范劲等译,上海:华东师范大学出版社,2008 年,第 342 页。

的摄影家马建，都会把他们以前的经历融入边缘的文化和叙述的传统中去"①。

阿城在海外汉学界的影响，多少还和他在 1990 年代以后常年旅居美国有关，"近水楼台先得月"的优势，存在于研究者和被研究者双方的立场和视角。这期间不得不提到陈凯歌电影的传播作用，同样曾是知青的导演陈凯歌早在 1988 年戛纳电影节上便奉献了一部根据阿城的同名小说改编的电影《孩子王》。故事描写的是云南贫穷边远小镇上一位教师的经历，也是一个理想主义者的"文革"经历。"他不顾所有当局干部的反对，忍受着物质和精神上的贫困，通过自己的努力，向他的学生们传授着自信和尊严，从心灵上帮助他们。"②

这部电影使得阿城在西方评论界里崭露头角，并且引发了汉学学者对于阿城其他作品尤其是他最重要的作品《棋王》的关注。从阿城以及莫言、苏童等作家在国外被接受的过程看来，由陈凯歌、张艺谋执导的走向国际的电影即便不是这些小说原作获得赞誉的最重要的原因，也至少为这些小说的海外接受提供了一个关键契机。尽管汉学学者了解中国文学并不依赖于电影作品，但影像资料毕竟为他们提供了选择的机缘。更重要的是，电影是德国普通民众了解中国的一个重要途径，民众的兴趣和需求又或多或少地影响了专业学者翻译和研究的选择。自李安执导的《色·戒》放映以来，德国大学汉学系中国文学课程里讲授张爱玲小说的比例有所增大，便是一个明证。

（二）传统技法中的现代意识

作为得到德国学者广泛肯定与赞赏的作品，《棋王》恰恰是一部几乎没有任何西方叙事技巧的小说，其行文也未必符合西方读者的阅读习惯，事实

---

① 汉雅娜："处于现代化痴迷之中的文化交流——中华人民共和国的文学及在其中的作者和德语图书市场政策的作用"，《德国汉学：历史，发展，人物与视角》，郑州：大象出版社，2005 年，第 646 页。

② 汉雅娜："处于现代化痴迷之中的文化交流——中华人民共和国的文学及在其中的作者和德语图书市场政策的作用"，《德国汉学：历史，发展，人物与视角》，郑州：大象出版社，2005 年，第 646 页。

上,它被翻译成德文的过程并不顺利。然而,小说里中国传统技法和蕴含于其中的现代意识的反差与融合,恰恰是《棋王》在海外获得成功的原因之一。不同于西方文学传统的中国小说技法,呼应着不同于中国同时期其他小说的超前意识,异民族的文化陌生感,又呼应着与西方相通的现代精神。

　　《棋王》蕴含着非常鲜明的中国民间小说传统,里面的诸多故事情节都可以与其民间来源一一对接。例如王一生向拾荒老人学棋的情节,来源于民间传说中各种拜师学艺的故事;王一生的象棋大战,有着历史演义和英雄传奇中以一胜多的影子;而他"棋人合一"的至高境界也是中国传统文化"天人合一"境界的变体。阿城小说唤醒中国读者回归久违的传统,复苏了人们心中潜藏着的传统审美心理积淀,同时,它也引领着德国读者进入到一个与西方小说完全相异的情景中,小说中的传奇色彩更引发了他们对于传统中国文化的惊叹与神往。"对于贫乏环境下幸福生活的可能性,王一生做了示范","王一生以对下棋的投入和忘我,完成了自我和棋艺的合一,并展现了一种困顿时代的精神力量"①。

　　惊叹与神往之余,德国汉学对王一生的"吃"和"棋"的痴迷给予了多样阐释。有的人看重的是小说对于"文革"时期知青生活里"饥饿"经验的真实表述,"来自物质的饥饿使王一生充满对'吃'的热情,来自精神的饥饿(比如小说中提到由于家庭出身的原因,王一生从小性格孤僻而形成的精神寂寞)使他陷入了由'棋'所带来的精神自由自得状态的沉醉"②。阿城对"吃"的令人惊诧的细致描写和对"棋"近乎精神信仰的膜拜,表现的是下乡岁月的物质困顿和前路渺茫带给城市知识青年的严重恐惧。

　　有的人强调小说所展现的人类在困苦中对抗这种"饥饿"的力量——不同于浮士德进取型人格理想的"无为"生存心态和斗争意志。《棋王》倡导的是与世无争的境界,"下棋是他(王一生)的一切,除此之外只需要吃得好,生

---

　　①　顾彬:《20世纪中国文学史》,范劲等译,上海:华东师范大学出版社,2008年,第343页。
　　②　汉雅娜:"处于现代化痴迷之中的文化交流——中华人民共和国的文学及在其中的作者和德语图书市场政策的作用",收入《德国汉学:历史,发展,人物与视角》,郑州:大象出版社,2005年,第646页。

活乐趣立刻臻于完满,无欲无求便自能体会到生存之乐"①。王一生作为一个中国传统审美人格的象征和百折不挠意志的代表,体现的是道禅精神和老庄哲学的"灵性的胜利"。

有的人发掘了阿城小说不同于同时期其他小说的特质,"阿城和韩少功不同,放弃了对"文革"时期农村知青生活的可怕描写"②,"其格调迥异于同写知青的张承志、梁晓声等作家狂热的理想主义和浪漫激情"③。阿城对于知青生活的抒写,发掘了知青在无可奈何的历史情境下转而自我安慰的心理状况。他花费大量的笔墨讲述王一生、"我"和脚卵的家庭背景,那种字面上的豁达超脱和字背后的愤懑隐忍,是主人公王一生或者作者阿城遭受长期精神压抑之后的生存之道。顾彬还指出阿城在《棋王》中"颠覆性"的创造,在那个日常生活叙述被人鄙视,更难以被写入文学的年代里,小说特立独行地展现了对于"吃"的日常性挖掘。

综上所述,《棋王》尽管处处流露着民间传奇的痕迹,但并没有被当作传统小说来解读,相反它被认为是一部以现代意识、现代观念统摄民间题材的小说。"阿城写王一生对于'吃'和'棋'的执着,是按照一种现代性的思维逻辑去塑造'人',并完成对'人'的阐释,是一种现代性的唯物主义思维。"④《棋王》中传统技法的"异",激发了德国读者对于"文革"真实生活和中国式生存哲学的探索,而小说中现代意识的"同",则交汇出了东方智慧与西方精神的共鸣。这种探索与共鸣的对照交织,融通了德国学者对于传统中国与现实中国的领悟。

(三) 道家精神的跨文化魅力

德国汉学对于中国当代文学的接受和传播,热衷的恰恰不是那些深受

---

① Karl Rospenk:A Cheng (VR China). Anspruchslose Daseinsfreude("阿城〈中华人民共和国〉:无欲无求的生存之趣"),*Frankfurter Allgemeine Zeitung* 05/07/1994。

② 顾彬:《20世纪中国文学史》,范劲等译,上海:华东师范大学出版社,2008年,第343页。

③ Xiaobing Wang-Riese:*Zwischen Moderne und Tradition. Leben und Werk des zeitgenössischen Schriftstellers*,*Zhang Chengzhi*(《现代和传统之间:当代作家张承志的生平和作品》),Peter Lang,Frankfurt,2004。

④ 陈晓明:"论《棋王》——唯物论意义或寻根的歧义",《文艺争鸣》,2007年第4期,第133页。

西方影响的作品,而是那些保持着中国传统审美意蕴的作品,阿城小说中的中国道家文化,正是德国汉学最为津津乐道的话题。他们认为王一生体现了"中国精神的传统力量","为了不屈服于宏大姿态言说的乌托邦,为了在困厄中也不沉溺于绝望","依靠回到人们从道家和禅宗实践中早已熟知的入定态度,获得了灵性的胜利"①。在贫苦又迷茫的年代里,作品中那些年轻鲜活的生命依然生气勃勃,也善于苦中作乐,蕴含在小说中的无为而为的入定态度和乐观豁达的精神力量,令深陷后现代工业社会异化之途的欧洲读者心驰神往。对中国文化传统的看重,甚至把中国文化中与西方文化不同的部分,当作拯救西方弊病之良药,这并不是第一次。对道家的推崇早在"一战"以后的德国思想界就风靡一时,此后对老庄哲学群贤毕至的壮观景象更是此起彼伏,每每在西方自身遭遇深重精神困顿之时,这种对于来自中国"他者"的庄禅智慧的热衷与推崇,就显得格外炽烈,1980 年代以来,"道"再一次被当成了拯救西方精神危机的灵丹妙药。②

　　德国人眼中道家文化的积极部分主要体现在其对人与自然和谐关系的构建中。在自然观里,中国的天人合一(天人感应)思想得到了无比的推崇。在大多数德国人的理解中,中国的天人合一思想避免了人与自然的差异,使自然在人面前得到了充分的尊重,从而使人与自然处于一种和谐的关系中。德国现代化发展进程势不可挡,对自然关联的失落也就不可逆转,富有忧患意识的德国汉学学者首先在中华文化的天人感应思想中见到了医治那种失落的希望,因而对此大张旗鼓地进行宣传。在行为方式上,道家的自然无为态度也得到了空前的推崇。

　　德国汉学渴望从中国当代文学中摄取一种与日耳曼文化相异的因素,通过对中德文化差异部分的诠释,获得一种对于自身文化互补互参的东方途径。汉学不仅仅是对象,更是方法。为了解决德国的问题,他们找到了中

---

　　①　Karl Rospenk：A Cheng (VR China). Anspruchslose Daseinsfreude("阿城〈中华人民共和国〉：无欲无求的生存之趣"),*Frankfurter Allgemeine Zeitung* 05/07/1994。

　　②　卜松山："时代精神的玩偶——对西方接受道家思想的述评",刘慧儒、张国刚等译：《与中国作跨文化对话》,北京:中华书局,2003 年,第 75 - 94 页。

国，或者说，在认识中国的路上，他们发现了给予德国问题以希望的曙光，比如道家思想的处世智慧。总之，他们意在通过对中国文学的研究从外部了解中国，经由中国再返回自我和思考自我。

值得一提的是，阿城的小说语言呈现的也是道家的淡泊超脱，又不乏中国民间语言的幽默，浅近晓白却蕴含深意。在德国汉学界赞誉颇多的其他一些中国当代作品，如陆文夫的《美食家》、冯骥才的《神鞭》、邓友梅的《烟壶》等小说中，我们也不难发现类似的语言特征。

由此可见，阿城小说对于中国当代文学在德国被接受的代表性意义至少有三点。一是题材。"右派"、"文革"、"知青"、"流亡"……一切引起中国社会巨大震动的政治运动或政治转向，都是汉学家关注的焦点。不可否认，意识形态无论对中国的文学创作，还是对德国的汉学研究都存在着深刻影响，尽管影响的方面有所不同。二是气度。德国文学自身的传统，使得在这个学术传统里成长的汉学家更加看重文学创作的气度与深度，而不是夸张的情节或者诡谲的语言。阿城小说采用的形式是中国民间传奇的手法，表现的内核是现代意识和现代观念，反差的张力铸就了作品的气度。三是中国文化传统。贯穿于阿城小说的庄禅哲学与淡泊、超脱、"天人合一"的生存境界，为德国汉学提供了来自"他者"的异域视野与文化启示，西方精神世界借此收获了一种东方式的生存智慧，以期缓解他们在自身文化体系内难以挣脱的精神困境。

第二节　批判的两种倾向

德国汉学对于中国当代文学的批判，比较集中地表现在对其缺乏独立品格、过于政治化和商业化这两种倾向的批评上。在某些汉学家看来，政治化写作和商业化写作，是影响中国当代文学水准、束缚中国当代文学发展的两大顽疾。这种批评无疑与德国人对文学独立品格的理解有密切关系——较之于中国的批评家，他们更重视文学的超越性和严肃性。而无论是政治化写作还是商业化写作，从纯文学的标准来看，都难以产生佳作。这种"前理解"决定了他们的视野,不可能期待他们过多地给出很高评价。

对于这两个倾向的批评不限于德国汉学界,中国也有,但德国汉学界批判的角度和力度在中国是罕见的。所谓角度的独特,主要是指德国汉学对中国当代文学政治化写作的批评(鉴于 1980 年代以前的当代文学与中国政治公认的过于密切的关系,本章对于"批判"的研究,只针对在中国学界看来与政治已然保持了一定距离的 1980 年代之后的文学),不仅针对政治意识浓厚的伤痕文学,而且针对曾经红极一时的反思文学、改革文学和朦胧诗,以及被誉为先锋作家的格非、苏童和莫言等人的创作——发掘其意识形态的烙印。独特的角度从另一方面也说明了批评的力度——一种直率的、尖锐的、不留情面的、直指痼疾的批评。这种批评给人启发,促人思考:是我们久居其中不觉其严重态势,还是德国人事先的理论预设免不了偏见,总是试图寻找蛛丝马迹,总是在鸡蛋里面挑骨头?

批评的力度更多指向商业化写作。中国批评家受"两分论"的影响,喜欢将文学作品做正反两方面的论述,不像德国同行,有一说一,有二说二,态度强硬,言语尖刻。姑且不论其对错得失,这至少能表明他们在进行文学批评时强烈的参与感和责任感。就此而言,无论中国的作家还是批评家,都应该感佩他们的敬业精神。看看德国人的做派,我们不能不为中国当代文学的现状和出路担忧。以市场为导向,向钱看,中国作家的与时俱进,批评家的见怪不怪,是否意味着当代中国的文学已经被商品经济集体招安?

一、饱受诟病的政治化写作

主流意识形态如影随形,在 1980 年代上半期的中国文学中表现得最为突出鲜明。这是来自政府的推动还是"文革"思维的惯性,是作家自觉的选择还是客观环境的限制,德国汉学学者的意见并不一致,但这种与政治紧密结合的写作影响了作家的独立思考,有损于作品的文学价值,则是公认的事实。

伤痕文学开启了 1980 年代的中国文学,它表现并鞭挞了一个荒诞的年代,感动了无数的中国人,也赢得了无数的赞美。朦胧诗、反思文学和改革文学等,作为同时期的文学浪潮,也在中国产生了非同寻常的反响。回顾中国评论界过去对它们的评价,有的作品被看成现实主义传统的回归,有的作品被认为具有高度的悲剧意识,有的作品被视为"人"的回归。① 然而,站在今天的理论高度,在多维视野中审视这些文学,我们发现,于时代而言,它们的确振聋发聩,但于文学而言,它们却并非像以往评论所说的那样尽善尽美。德国学者在远离这些文学思潮产生的现实土壤和文化背景的地方,对这种政治文学的批评是完全不讲情面的,他们对作品中浓重的主流意识形态话语非常反感,在他们看来,这些作品只不过借文学表达了国家意志。

即使对于后来的寻根文学、先锋文学——中国评论界认为已经基本摆脱政治话语束缚的作品——德国学者也能挑出许多隐含的意识形态因素。这种隐含的意识形态在作品中常常表现为叙述者的分裂,而这必然导致作品带有两面性,同一篇作品中的作家立场往往是摇摆不定的,他们到底为谁说话、站在哪一边,让人难以捉摸。他们在消解崇高或者讽刺控诉之余会"不合时宜"地来个光明的尾巴,尽可能地保持一种主流姿态。这种摇摆不定的写作态度让德国读者感到既困扰又失望。

(一)"文革"式话语方式及思维方式

从"地下诗歌"到"朦胧诗",这种由隐而显的过渡表明,朦胧诗潮与"文革"有着无法割舍的互动和互证关系。新潮诗歌的形式是新的,精神内核则是来自与富国强民紧密关联的"五四"启蒙思想,所以尽管较之以前诗人们更强调人性和自我,然而,国家的道路、民族的命运仍然是朦胧诗人思索的最重大的主题。朦胧诗人在对诗歌创作的反思和对自我价值的探寻之后,最终把自己摆在了"历史见证人"的位置,其实现自我价值的途径即为后人提供历史的见证。② 朦胧诗尚且如此,直接触及政治、带有明确政治意图的伤痕文学、知青文学、反思文学、改革文学等,当然更不会例外。作品主题惊人的一致性,是它们共同的特色。对于作家诗人而言,这也许是出自一种集

---

① 参见陶东风、和磊:《中国新时期文学三十年(1978—2008)》,北京:中国社会科学出版社,2008 年,第 56 - 66 页。

② 参见常文昌主编:《中国新时期诗歌研究史料》,济南:山东文艺出版社,2006 年,第 33 - 37 页。

体无意识,深重的灾难过后,政治激情的呼唤成为一种惯性,宏大叙事自然是用来表达内心对国家期望的一种方式。然而,这种表达,以德国学者的标准来看,严重地削弱了文学的表现力。本节以德国汉学学者对刘心武、卢新华、舒婷、丛维熙、王蒙、高晓声等作家作品的解读为个案,展现德国汉学界对作品中无处不在的"文革"式话语的批判。

1. 对二元对立结构模式的批判

德国学者首先批判的是这一时期作品中普遍存在的二元对立结构模式,这一模式被看作"文革"式话语最典型的表达方式。比如刘心武的《班主任》,就很明显地表现了以张老师为首的一些人如何去感化、教育"文革"的受害者(谢惠敏及宋宝琦等人)①。这种模式直到后来冯骥才的小说《啊!》②,才由于作家的笔触深入人物的心理深层,更多地探讨"文革"带来的人性劫难,才有所减弱。

2. 对口号式呼唤的批判

德国学者还对这一时期作品中口号式的呼唤与光明的结局深表不满,认为这是"文革"式话语的另一种存在方式。口号式的呼唤让他们觉得不自在,顾彬甚至认为直到今天这种口号式的激情话语及其衍生模式还广泛地存在于中国当代文学创作中。③《伤痕》中的一段话最为典型:

> 妈妈,亲爱的妈妈,你放心吧,女儿永远不会忘记您和我心上
> 的伤痕是谁戳下的。我一定不忘华主席的恩情,紧跟以华主席为

---

① 参见 Don J. Cohn：*Liu Xinwu. Black Walls and Other Stories with an Introduction by Geremie Barme*(《刘心武:〈黑墙〉及其他故事》),Hong Kong：Renditions(译丛),1992。

② Feng Jicai：*Ach!*(《啊!》)Dorothea Wippermann, Köln：Eugen Diederichs Verlag, 1985；Verlag Volk und Welt Berlin, 1989。关于德国的冯骥才作品研究,可参考甘默霓的博士论文。Monika Gänßbauer：*Trauma der Vergangenheit—Die Rezeption der Kulturevolution und der Schriftsteller Feng Jicai*(《过去的心灵创伤——对"文革"的接受以及作家冯骥才》),Dortmund, Project Verlag, 1996,S. 21。

③ 顾彬在评价北岛的诗歌《回答》时曾说,"这首诗的文字非但不超脱,而且呼吸着中国一直流行到了今天的激情",类似的表述还有很多,参见 Wolfgang Kubin：*Die Chinesische Literatur im 20. Jahrhundert*(《20 世纪中国文学史》),München：KG Saur 2005,S. 303。

首的党中央,为党的事业贡献自己毕生的力量!①

这种口号式的、宣言式的话语,"表达了人们对新生活的积极向上的憧憬与渴望,以及新时代女性对于自身自尊的坚定态度"——不仅当时的中国评论家这么肯定它们,而且那时的中国读者也极度热衷于这种表达方式。然而,这种决心书式的内心表白、宣言式的姿态叙述,包括读者们的热情接受,都被德国学者认为是"文革"八股式文体的惯性存在,认为中国人仍然生活在以往的政治话语框架之中,所以才会那样说话。

汉学家们批判这样的言语方式不仅在小说中,在诗歌中也同样存在,像舒婷的朦胧诗代表作《祖国啊,我亲爱的祖国》,其结尾也用了这样的句式:

> 那就从我的血肉之躯上
> 去取得
> 你的富饶、你的光荣、你的自由;
> ——祖国啊,
> 我亲爱的祖国!②

事实上,这首诗细读之下是有深意的,诗的意蕴也并不局限于歌颂祖国。然而,这首诗被选入中国的中学语文课本,多年来中学老师都是以"歌颂"来带领学生解读它的。这种误读与诗的标题以及诗中无处不在的呼告有很大的关系,这也更多地证明了从"文革"走过来的人们的思维习惯,因为歌颂祖国从来都最能满足人们的阅读期待。当然,从另一个角度看,德国学者从这首诗中看到的更多的是"怨诉"③,这首诗是否如他们所看到的那么

---

① 《伤痕》德语版见 hg. Jochen Noth:*Der Jadefelsen. Chineseche Kurzgeschichten*(*1977—1979*)(《玉崖:1977—1979 年的中国短篇小说》),Frankfurt:Sendler,1981,S. 131 - 135。

② Shu Ting:*Archaeopteryx*(《双桅船》),Ernst Schwarz,Berlin:Neues leben Verlag,1988,S. 107.

③ 参见 Wolfgang Kubin:Mit dem Körper schreiben:Literatur als Wunde. Bemerkungen zur Lyrik Shu Tings(《以身体写作:文学作为创伤——评舒婷的抒情诗》),*Drachenboot*,1(1987),S. 15 - 22。

"怨诉",尚无定论,但这恰好说明了发现"怨诉"的题旨是最能满足德国人的阅读期待的。

　　3. 对"光明的结局"的批判

　　对于德国学者而言,还有一种让他们感到困惑的阅读感受,就是那个时代几乎每篇作品的末尾都是那种黑暗即将过去、光明即将来临的信念,主人公总是充满自信与力量地"向前看"。《班主任》的结尾:"这时,春风送来沁鼻的花香,满天的星星都在眨眼欢笑,仿佛对张老师那美好的想法给予着肯定和鼓励……"①包括汉学家们公认的文学水准较高的小说《啊!》的结尾,也是一串莫名其妙的省略号,似乎意味深长地隐喻着什么,而其所隐喻的那点意思又早已在作品的叙述中表达得淋漓尽致了。这种"光明的尾巴"无疑是"文革"式文学样式的一种延续。作品最后对未来的美好期待和必胜信念几乎成了例行公事。② 事实上,这样的方式至今仍然广泛存在于中国中小学作文教学当中,因为大多数中小学语文老师都深受这一文学样式的影响。

　　4. 对于高大隐忍的人物形象的批判

　　汉学家们认为"文革"式的话语惯性还表现在对人物形象的塑造上。丛维熙《大墙下的红玉兰》中的葛翎、路威、高欣等人身上所表现的那种英雄气概和完美的道德品格,不仅极易让人想起"文革"中被制造出来的一批批英雄形象,而且让它们的德国读者不得不怀疑作家笔下的历史是否具有真实性:在当时的政治环境下是否真的会有对局势如此清醒的人?③

　　而王蒙笔下那些受尽人间不公正待遇和命运折磨,却始终对党忠贞不

---

　　① 《班主任》德语版见 hg. Jochen Noth:*Der Jadefelsen. Chineseche Kurzgeschichten (1977—1979)*(《玉崖:1977—1979 年的中国短篇小说》),Frankfurt:Sendler,1981,S. 136 - 142。

　　② Feng Jicai:*Ach*!(《啊》),Dorothea Wippermann,Köln:Eugen Diederichs Verlag,1985, S. 198。

　　③ 参见 hg. Rudolf G. Wagner:*Literatur und Politik in der Volksrepublik China.*(《中华人民共和国的文学和政治》),Frankfurt:Suhrkamp Publ. ,1983,S. 56 - 58。

渝、毫不怀疑的共产党员更是让他们感到惊讶：这是忠诚还是愚昧？① 然而，"好人遭殃——生不逢时——坏人当道——光明结局"似乎已经成了继"伤痕文学"之后所谓的反思文学的道德化创作模式了。他们看到，在这些文学中，为祖国和人民担忧是其政治热忱的焦点，所以其笔下揭露的都是历史和社会的悲剧。同时，作家也再一次以人民的代言人自居，小说中的主人公不是知识分子就是革命干部（这正是"文革"中直接受害、"文革"后需要安抚的一个群体），而且总是被塑造成为含冤蒙羞、无怨无悔的受害者，小说在情节上和党的政治意图保持着高度的一致。

5. 对作家"党的代言人"身份的批判

德国汉学学者敏锐地指出，在这一时期的文学作品中，作家常常以人民代言人的身份申诉苦难，控诉历史，小说在今昔对比、忆苦思甜的叙述中，最后往往归结为歌颂党和党的现行政策。在这一看似自然的情感流淌中，作家很顺利地将话语立场转变成了有利于国家统治的立场，作家也从所谓人民的代言人，转化成了国家的代言人、党的代言人。德国学者对于这种代言身份转化的批评，或许在他们并不是很清楚，在中国，国家、党和人民的立场在原则上是一致的，并没有不同，因此对于伤痕文学、反思文学、改革文学等作品中作者的"立场转换"问题，在中国的批评界中是看不到的——这是否会成为"如影随形的意识形态"的另一个明证呢？

以反思中国农村历史的文学作品《李顺大造屋》为个案，汉学学者特别提到了这部小说中的这种"立场转换"，作者高晓声是这样描写土改时期他的造房子（建设社会主义）理想的：

　　一个翻身的穷苦人，把造三间屋当作奋斗目标，也许目光太短浅，志向太渺小了。但李顺大认为，他是靠了共产党，靠了人民政府，才有这个雄心壮志，才有可能使雄心壮志变成现实。所以，他

---

① 参见 Thomas Harnisch：*Chinas neue Literatur. Schriftsteller und ihre Kurzgeschichten in den Jahren 1978 und 1979*（《中国新文学：1978 年和 1979 年间的作家和他们的短篇小说》），Bochum：Brockmeyer，1985，S. 29.

是真心诚意要跟共产党走到底的。一直到现在,他的行动始终证明了这一点,在他看来,搞社会主义就是"楼上楼下,电灯电话"。主要也就是造房子。不过,他认为,一间楼房不及二间平房合用,他宁可不要楼上楼下。他自己也只想造平房,但又不知道造平房算不算社会主义。至于电灯,他是要赞成的。电话就用不着,他没有什么亲戚朋友,要电话做什么?给小孩子弄坏了,修起来要花钱,岂不是败家东西吗?这些想法他都公开说出来,倒也没有一个人认为有什么不是。①

在"文革"期间,高晓声的"楼房不及平房合用"和"电话坏了修不起"成了"恶毒攻击社会主义"的证据,作家也因此遭受压制和迫害。但在上面这一段文字当中,更多的是一种表白:"他是靠了共产党,靠了人民政府","才有这个雄心壮志,才有可能使雄心壮志变成现实","他是真心诚意要跟共产党走到底的"。

对于这种表白,学者们的看法也有不同。瓦格纳把它完全看成为即将到来的改革政策做鼓吹的政策文学,并且以缜密的逻辑,花费大量的笔墨证实这部小说的确是中华人民共和国缔造神话的一部分。② 梅仪慈认为李顺大是中国农民的一个"新形象",中国农民在作家笔下不再是毛教条的图示,他想把农民身上的弱点和长处、可笑和可爱之处都写出来,并且企图把农民变成"真正的国家主人翁"③。顾彬则指出这部小说是对于中国革命的批判史,但这种批判隐藏在上面那一类的"表白"当中,因此能够在那个年代的政

---

① Gao Xiaosheng:*Geschichten von Chen Huansheng*(《陈奂生的故事》),Eike Zschacke 译并作序,Göttingen:Laamuv,1988,S. 78.

② 参见 Rudolf G. Wagner:*Inside a Service Trade. Studies in Contemporary Chinese Prose*(《在服务事业之内:中国当代散文研究》),Harvard-Yenching Institute Monograph Series 34. Cambridge, Mass.:Harvard University Press,1992,P96。

③ 参见 Mei Yi-tsi Feuerwerker:*Ideology, Power, Text, Self presentation and the Peasant "Other" in Modern Chinese Literature*(《中国现代文学中的意识形态、权力、文本、自我表现与农民"他者"》),Stanford University Press,1998,p. 128 – 134。

治氛围中不受排挤,这些"表达"实际上含有一种反讽的意味。① 后来的王朔深谙此道,并且把这种以反讽消解崇高的手段发挥到了极致——当然高晓声的本意和王朔大有不同。

抛开汉学家的论点,我们冷静地回顾一下这一时期的文学,尤其是它们发生的历史时刻和社会背景,会由衷地感受到,伤痕文学对于这种"文革"式话语的选择和延续更多的是出于一种惯性。面对长久蓄积内心的难以倾诉的情感与理想,很难想象作家会在文体样式上做出多么深思熟虑的选择,那时的他们不可能重点考虑小说应该如何写和写成什么样子的问题。这样就更表明了,这种文体在无意之中成了积蓄已久的政治焦虑的修辞表达形式。而在反思文学和改革文学中,作家渐渐冷静下来,开始有了一些对于小说形式和艺术上的思考,但是总的来说,意识形态还是一种根深蒂固的主流姿态的自觉表达。柯恩提出,从中国当代文学理论语境看,伤痕文学、反思文学和改革文学在相当程度上仍是革命现实主义和革命浪漫主义相结合的作品。说它是革命现实主义,是因为它在用缓变的意识形态话语解构某种既定的意识形态(如控诉十年"文革"、揭示人生悲剧、描写社会改革变迁的境况);说它是革命浪漫主义,是因为它更多的是直接用缓变中的意识形态话语去再现缓变中的时代语境。② 仔细阅读这些文学文本,我们会发觉,这样的说法是不无道理的。

(二) 分裂的叙述者

德国汉学对于中国当代文学的观察,尤其注重作者、叙述者和作品中主人公的同异之辨,因为他们常常是貌合神离或貌离神合的。尤其是叙述者,往往代表着作者的意图,而在主流意识形态的影响之下,叙述者的立场和作者的立场又会出现事实上的分歧。在"伤痕"文学中,善恶观念与是非判断

---

① 参见 Wolfgang Kubin:The Status of Chinese Literarure in the 21 st Century("21 世纪中国文学的状态"),Heinz-Dieter Assemann & Karin Moser:*China's New Role in the International Community:Challenges and Expectations for the 21 st century*(《中国在国际社会中的新角色:21 世纪的挑战和期待》),Peter Lang Frankfurt,2005,P. 231。

② 参见 hg. Don J. Cohn:*Liu Xinwu. Black Walls and Other Stories with an Introduction by Geremie Barme*(《刘心武:〈黑墙〉及其他故事》),Hong Kong:Renditions,1992,S. 132。

往往是同步进行的,读者能很明显地感受到作家的立场,那就是和国家主流意识完全一致,甚至自愿选择作为国家政策宣传工具的立场。但是,这种与政治紧密关联的鲜明立场是随时代和文学的变化而变化的。这种变化可以从某些反思文学和改革文学的文本中看出来,尤其到了寻根文学、先锋文学,作家对挖掘人的内心世界更为关心,对语言形式也更加注重,这也就使得文学与政治的关系出现了疏离的情况,只是在这个疏离的过程中,由于意识形态依然如影随形,作家的立场在同一个文本中经常前后矛盾。这在德国汉学家那里,常常被解释为作家为公开发表作品而做的一种狡黠而无奈的妥协。这样的妥协正好造成了叙述者的分裂。本节将以德国汉学对张贤亮、苏童、格非的译介研究为个案,分析他们对于叙述者的分裂以及文本中隐含的意识形态影响的批判。

1. 对“自我人物化”的批判

在 1980 年代的文学文本中,叙述格局可以概括为两种程式。一种是叙述者转化为故事中的启蒙者形象,通过“自我人物化”完成向读者表达其思想意识的职能。张贤亮的《土牢情话》、《绿化树》的男主人公,是作家着意刻画的中国男性知识分子的形象。而顾彬认为这部在当时被看作中国当代文学代表的作品,如今却因其隐含的意识形态而让人不忍卒读。他给出了如此尖刻的评价:“这位当时名噪一时的作家如今在经商,他的小说价值可能不在其文学性,而更在于提供了一份可笑的中国男性精神人格分析——不是自愿的可笑。”①

更让德国人感到不可思议的是,被劳改的人离开劳改农场后居然对劳改生活有着很温馨的回忆,作家张贤亮竟然对劳改生活怀有情诗一样的虚假记忆。张贤亮关于劳改生活的半自传体小说《男人的一半是女人》曾经在中国风靡一时,在这部小说中,他以深情的笔触回忆劳改时期的生活,在困苦饥饿中,“我”遇到了马缨花这样一个回族女人。正是与这个浑身充满活

---

① 参见 Wolfgang Kubin: *Die Chinesische Literatur im 20. Jahrhundert*(《20 世纪中国文学史》),Muenchen: KG Saur 2005,S316。类似的观点见 Bonnie S. McDougall: *Fictional Authors, Imaginary Audiences*(《虚构作者、想象听众》),The Chinese University Press,2003,p. 64 - 66。

力的女人的相遇，"我"学习了下层人民的优秀品质，理解了生活，提高了道德水平，从一个小资产阶级知识分子转变成一个马克思主义者。马缨花象征的是"人民"，张贤亮通过她说明，我们的"人民"善良、纯朴、富有同情心、乐观、感情丰富、聪明、贤惠，而且有着浓郁的传统观念。张贤亮二十年的劳改经验给中国文学史贡献的是马缨花这样一个生动而接近于作者臆想的女人，如此完美的女人（人民）似乎让劳改都值得了。[1] 张贤亮重点突出的还有"我"这个小资产阶级知识分子向马克思主义者的转变。然而在读者那里，这些政治表白却被劳改生活充满诗意的想象所"遮盖"了：

> 让我惊奇的是她面庞上那南国女儿的特色：眼睛秀丽，眸子亮而灵活，睫毛很长，可以想象它覆盖下来时，能够摩到她的两颧。鼻梁纤巧，但很挺直，肉色的鼻翼长得非常精致，嘴唇略为宽大，却极有表现力。
>
> 她的黑发十分浓密，几根没有编进辫子里的发丝自然地卷曲着，在黄色的灯光下散射着蓝幽幽的光彩。她的耳朵很纤巧，耳轮分明，外圈和里圈配合得很匀称，像是刻刀雕出的艺术品。
>
> 她的脖子颀长，圆滚滚的，没有一条褶皱，像大理石般光洁；脖根和肩胛之间的弯度，让我联想到天鹅……[2]

在今天看来，这种对女人身体的细节描述更可能是张贤亮自己性想象的投射。面对这样美丽的女人，一个对"我"有情有义的女人，作家怎么会后悔去劳改呢？张贤亮通过"自我人物化"将自己、叙述者、小说主人公合而为一的时候，那些与主流意识密切相关的部分，包括其对于马克思主义的认

---

① 参见 Kwok-Kan Tam：Sexuality and Power in Zhang Xianliang's Novel *Half of Man is Woman*（"张贤亮小说《男人的一半是女人》中的性与权力"），*Modern Chinese Literature*，5.1.1989，p. 55 - 72。

② Zhang Xianliang：*Die Hälfte des Mannes ist Frau*（《男人的一半是女人》），Konrad-Herrmann，Berlin：Neues Leben Verlag，1990，S. 241。

识、对于人民的认识，等等，在德国读者那里都被有意地忽略掉了。

2. 对格非、苏童等先锋作家的"叙述策略"的批判

另一种叙述格局是叙述者与故事的分离，叙述者不参与故事的发展，他们往往作为旁观的叙述者出现，整个故事的发生、发展不会因为他们参与叙述而产生任何实质性的变化。在这些叙事中，当文本中的人物无法完成作者的观念时，就出现了叙述者人格与人物人格的分离。这种分裂被汉学学者挑选出来，作为中国当代文学政治化写作的呈堂证供。

中国批评家对政治化写作的批判很少涉及先锋小说，因为先锋小说的主题充其量是一种虚拟政治，日常的现实政治在先锋小说中几乎找不到。先锋作家对于过去历史的重写或者诠释一般不会受到太多意识形态的约束，而且不管对历史做了多大程度的重构，也不管这种重构多大程度上触犯了主流观点，在关键时刻，久经考验的中国作家还是能非常自觉地站在政治可靠的方向上。这一点恰恰为德国学者所诟病，认为是中国作家缺乏勇气和社会担当的明证。顾彬认为，在格非、苏童的小说创作中，这种叙述者的分裂表现得较为明显。因为他们叙述的故事情节本身未必是完全符合意识形态的，或者至少存在不太符合主流意识的可能性，但他们会自觉地、适时地选择或者添加一些符合政治正确的元素放在自己的小说中，从而能在出版审核与人性抒写中获得一种游刃有余的平衡。

比如在格非的《迷舟》中，作家提供了一个扣人心弦的神秘故事以及所有与之相关的一切：秘密被暗示，预言被发出，命运被追问。在这个故事中，有几个突出的矛盾：儿子和父母之间的孝道，效力于不同军队、不同道路的兄弟之间的情感，旅长和别人妻子之间的感情，主人公和警卫员之间的关系，人生责任和爱情之间的选择，等等。最后，格非在政治上的处理可谓面面俱到——谁在关键的时刻站到了错误的一边，而且为了一桩昔日的恋情便疏忽了职守的人，注定要从历史上"消失"。①

---

① Zhao Yiheng：*The Lost Boat. Avant-grade Fiction from China*《迷舟：中国的先锋小说》），London：Wellsweep，1993，pp. 77 - 100。

又比如苏童的"新历史小说"。苏童喜欢标新立异地重写民国故事,在他的笔下,所谓普通人,不是受害者,而是凶手。苏童热衷和擅长于将历史重构,通过重构展现不同于教科书的历史状貌。不过评论者认为,苏童也十分懂得在读者期待和审批政策当中的分寸拿捏。他在处理短篇小说《罂粟之家》的结尾时,非常自觉地保持了政治路线正确的措辞风格:

> (工作队长)庐方说他从此原宥了死者(农会主席)陈茂的种种错误,从此他真正痛恨了自焚的地主刘老侠,痛恨那一代业已灭亡的地主阶级。
>
> 一九五〇年冬天工作队长庐方奉命镇压地主的儿子刘沉草,至此,枫杨树刘家最后一个成员灭亡。[1]

对于这些的细节分析,德国人的关注是否太过于迂执了?这种处理策略(权作策略),是作家的一种生存智慧还是一种语言戏仿,或者是利用语言差异的构造来获得更多文本张力?这恐怕连作家本人都未必回答得了,他在写作时没有考虑到的东西不见得不存在于他的潜意识当中,因而也不见得不会表现在他的作品中。但德国汉学学者的观点,至少为我们提供了在他们的知识背景和文化底蕴为基础的阅读中另一种阐释的可能。通过有别于我们的阐释渠道,我们不仅可以直接获得观察和评价中国当代文学创作利弊得失的新视角,而且可以顺着这个新视角去探求德国汉学的思维方式和文化视点,再从中德跨文化视域中重新思考自我的瓶颈和出路。

二、屡遭指责的世俗化写作

从 1980 年代中期开始,随着中国城市改革的正式启动,市场经济冲击下的文学创作,开始摆脱先前国家意识形态的强势控制,但同时也面临另外

---

① Su Tong: *Die Opium familie*(《罂粟之家》), Peter Weber-Schäfer, Reinbek bei Hamburg: Rowohlt, 1998, S. 302。

一个严峻的问题——世俗化写作下文学价值的逐渐消逝。作家们在向世俗化的现实生活妥协与认同、放弃自己神圣职责而与普通谋生者等同的同时，开始逐步把文学推出了精神领域，从而使文学失去了自身的色彩，异变为人们日常性的消费品。如果说"十七年"及"文革"时期的文学因为过于强调"神圣"、"崇高"的一面而使当时的文学创作失之偏颇，伤痕文学、反思文学和改革文学中强烈的国家意识形态又破坏了文学的独立性品格，那么，1990年代以后大多数作家的创作，则由于过于强调"世俗"而导致了消解崇高、沉溺欲望的另一种偏颇。虽说在这两者之间找到一个协调点确属不易，但对于文学创作而言，任何一种极端化都会带来灾难。

20世纪最后的20年，关于"人性"解放的神话似乎发展到了极致，人的自然性一再地被提升、放大，正如王晓明所叙述的那样："这是在打开'所罗门的瓶子'。当我们再次回顾时，发现它已变成无法控制的魔鬼，一切都变得无法克制，无法规范，更无法收拾。"①中国当代文学的"价值缺失"，很大程度上就在于作品中人的自然性的泛滥。当一切崇高都被消解，一切欲望都可以泛滥的时候，文学的精神力量便被削弱并近于消逝，作家的责任退场，文学在摆脱政治的束缚之后，陷入了新的严峻窘境和困境。

德国学者对当代文学中世俗化倾向的评价远远低于中国批评家，本节将以王朔、卫慧、棉棉等作家为个案，对在德国汉学视域中遭受批判的作品进行考察，并借此一窥德国人对于文学的严苛标准和严肃态度。事实上，汉学学者对于世俗化文学批判的立场之强硬，语言之尖刻，让我们不得不反省中国批评家对待文学商品化的暧昧态度。

（一）对消解崇高的世俗倾向的批判

1. 备受冷遇的"新写实"小说

中国当代文学形成世俗化潮流，"新写实"小说难辞其咎。"新写实"所展现的种种世俗形态，所肯定的感性成分与欲望追求，从疏离意识形态话语的效应来看，应该说不乏积极意义，这些积极意义也已经多次被国内研究者

---

① 王晓明：《所罗门的瓶子》，杭州：浙江文艺出版社，1989年，第57页。

所论证。然而,"新写实"文学在德国与中国是冷热两重天,德国对于"新写实"小说的态度比较冷漠,翻译和研究成果也比较少。① 这与"新写实"小说对世俗生活具体形态的残酷描绘有关,"新写实"小说将一种平庸琐碎的生活解释乃至最后规定成为人们唯一的存在方式,世俗生活中痛苦、丑恶、无奈的一面被放大了,而德国读者所希望看到的温情、诗意、崇高的一面却毫无踪影。

"新写实"文学的代表作,无论是刘震云的《一地鸡毛》、池莉的《烦恼人生》,还是方方的《风景》,所着重展现的都是世俗生活中消极的一面,作品对于现实人生以及世俗的态度表现得妥协、无奈和麻木。之前小说中被强调的理想、信仰和神圣等主题,在"新写实"小说创作当中变得无比淡薄和稀缺。汉学学者评价道:"他们的作品中不再有什么值得追求的东西,占主导地位的是事实性的平凡。经典性格和高尚理想都在此退场,'小人物'的烦恼才是正解。"②"没有什么会引发一个丰富含义的情节,所有的政治期待和人生希望,都让位于不带感情的、有时是冷漠甚至是嘲讽的自然主义书写方式。"③

"新写实"小说沉迷于平庸,反映了中国在向市场经济社会转型中精神的滑落,在尊重人性的同时,也开启了当代文学消解崇高的创作潮流。当这种潮流有一天被另外一群比"新写实"作家更年轻、对生活更冷漠的作家所接受和发扬光大时,当代文学也就不可避免地走向了一种无根无望的虚无主义。在 1990 年代以后,当王朔、韩东、卫慧、棉棉等作家将残存在"新写

---

① 德国汉学家对于"新写实"小说的翻译,除了刘震云小说《单位》的节译本以外,就只有方方的《风景》和池莉的《烦恼人生》,见 Eva Müller：Postmoderne Entwicklungen in der chinesischen Literatur und das Werk chinesischer Erzählerinnen der Gegenwart("中国文学中的后现代发展和当代女作家的作品"),hg. Christiane Hammer und Bernhard Führer：《中国的自我理解和文化身份：文化中国》,S. 157 - 170。研究文章参见 Thomas Sturm：Zwischen den Diskursen. Die chineseche neorealistische Erählung("话语之间：中国的'新写实'小说"),*Oriens Extremus 40*(1997), S. 102 - 152,基本上是关于"新写实"小说的概念分析。

② 参见梅薏华：同上,S. 163。

③ 参见 Thomas Sturm：Zwischen den Diskursen. Die chineseche neorealistische Erählung("话语之间：中国的'新写实'小说"),*Oriens Extremus 40*(1997),S. 134。

实"作品中对终极价值的一点点怀疑都弃之如无物时,已经无法指望他们会高尚地对待精神事物。以前文学中"光明的尾巴"给人的感觉是假模假式,现在文学中琐碎污秽的事相成了真金白银,这又何尝不是对崇高精神形态的另一种遗漏,对丰富人性的一种抹杀呢?①

2. 并不畅销的王朔

这些作家中的很多人对于"文革"历史并没有太多的记忆,但"文革"后弥漫一时的精神虚无意识,对他们的精神成长产生了重要影响。他们自认为生长在一个消解经典、亵渎神圣的年代。② 正如有人所说的:"我们想要解读经典,但周围的喧嚣不断侵蚀内心的宁静,而且更可怕的是,经典和神圣在这个时代里不再具有绚丽的光环,它们不止一次地被叩问甚或亵渎。"③价值与意义的来源的缺乏,导致了迷茫中的一代人很快沉溺到了消费主义与后现代主义所营造的欲望扩张、神圣消解的氛围之中,于是他们不止一次地站出来宣称自己是"坚定的虚无主义者","怀疑在我这里就是怀疑,不仅是对信仰的怀疑,同样也是对不信的怀疑"④。而这样的价值基点将他们推向了反意义、反价值、反崇高的怀抱,也正因这个缘由,这些作家对于一切理想、信仰、情感等精神性价值和意义的拒绝甚至嘲讽都是毫不留情的。

精神的价值在文学中失去重量,最早也是最典型的是王朔的"痞子文

---

① 参见 Wen-Hsin Yeh: *Cross-Cultural Readings of Chineseness. Narratives, Images and Interpretation of the 1990s*(《中国性的跨文化阅读:90 年代的叙事、映像和阐释》), University of California Press, 2000, p. 213.

② "文革"后,精神虚无意识弥漫一时,参见 Heinrich Böll: *Das Heinrich Böll Lesebuch*(《废墟文学自白》, München: dtv, 1983, S. 96 - 100)。伯尔在中国有着极大的影响,北岛等人主编的《今天》杂志创刊号发表了伯尔的《废墟文学自白》,当时的标题是"谈德国的废墟文学"。德国汉学对于中国"文革"后精神虚无的研究见 Qiu-hua Hu: *Literatur nach der Katastrophe. Eine vergleichende Studie über die Trümmerliteratur in Deutschland und die Wundenliteratur in der Volksrepublik China*(《劫后文学:德国废墟文学和中华人民共和国伤痕文学的比较研究》), Peter Lang, 1991,该书认为中国在"文革"后的民族心态与德国"二战"以后有类似之处。

③ 参见孙友峰:"也说说'我们这一代人'",《读书》,1998年第9期。

④ 韩东:"为穷人和弱者的写作质疑",见林舟:《生命的摆渡——中国当代作家访谈录》,深圳:海天出版社,1998年,第176页。

学"。很多德国学者在他们对王朔的评介中都提到,王朔的写作从一开始就带有很强、很自觉的市场意识,当别的作家还在从自己的主体精神出发来创作时,他就已经开始从读者和市场的角度来写作了。评论者认为,王朔精明地看到了精英文化是如何在金钱和市场的冲击下失去权威性的,也敏锐地看到市民意识和文化恶俗一面的不可遏止性以及可能拥有的巨大市场。他将世俗话语搬进文学以猛力冲击精英的启蒙话语,其结果是在庞大的世俗市场需求的支持下,借用痞子玩世不恭的话语开辟了一个新天地。① 不可否认的是,王朔具有极高的叙事天赋,这是他的作品在商业上获得成功的一个重要原因(并不是每一个热情投向市场的作家都能像王朔那样受到欢迎②),不管是恋爱故事、侦探小说,还是社会讽刺作品,不管是书刊还是电视剧本,他都轻松驾驭并且获得市场的认可与回报。

然而王朔在德国图书市场上并不如中国市场春风得意,相反其小说销量平平,甚至屡遭败仗,这与王朔的世俗化写作息息相关。王朔留给德国读者和评论界的整体印象并不好,他们更多地把他定义为"放荡不羁的文人"③和"文学市场化的弄潮儿"。事实上,他在接受德国电台的采访时也坦率地承认,是纯粹机会主义导致他写出面向媒体的快餐式消费文学,是虚荣心驱使他加入了中国作协。④ 批评者认为,王朔本人的文学才华和其作品商业运作的成功使得他对精英文化的颠覆是致命的,他的创作引领了当代文学颠覆传统、消解崇高的风潮,他所开创的痞子语言启发了后继者将文

---

① 参见 Karl Rospenk:Wang Shuo,*Literatur nachrichten*(《文学新闻》)39,1993,S. 6-8。

② 德国汉学界普遍认为,步其后尘的作家黑马(原名毕冰宾,是 D. H. 劳伦斯的中国译者)对王朔的效仿和依附是徒劳无功的。黑马的作品《混在北京》和《孽缘千里》都被介绍到了德语世界。参见 Hei Ma:*Verloren in Peking*(《混在北京》),Karin Vähning,Eichborn,2000;Hei Ma:*Das Klassentreffen oder Tausend Meilen Mühsal*(《孽缘千里》),Karin Hasselblatt,Eichborn,2002。

③ 参见 Agentur für Lügen. Pekings Boheme als Zyniker-Idyll:Mit Oberchaoten gelang dem Schriftsteller Wang Shuo ein Schelmenroman aus dem China der Gengenwart("谎言的代理:作为玩世不恭的偶像—北京放荡不羁的文人:作家王朔的《顽主》是如何成为当代中国的流浪汉小说的"),*Der Spiegel*,Nr. 20,12. 5. 1997,S. 196.

④ 德国 WDR 电台曾经于 1996 年 1 月 8 日播出该访谈。

学语言推向狂欢化的境地。①

当然,德国汉学家中并不乏王朔的欣赏者。王朔的嬉笑怒骂、玩世不恭、敏捷锐利和肆无忌惮,他对"文革"语言和领袖语录的信手拈来,使得他的作品成了语言杂糅的盛宴。阿克曼特别看重王朔把北京方言转换成文学语言的行为,认为他"创造了一种新的文学语言"②。王朔的译者莎沛雪(Sabine Peschel)和考茨(Ulrich Kautz)也都认为有必要把被称为"痞子文学"的北京粗话,用一种接近的方式在德文中传神地表达出来。但是这个愿望很难实现,因为王朔的语言含义丰富,并非北京方言的简单转换,而是对一切秩序和判断比如上下、好坏、父子、神圣和亵渎的一种置换与解构,这些隐含的东西很难为他国学者所能体验,或者即使理解也很难创造出相应的德语表达方式,这或许也是他在德国图书市场并不畅销的一个原因。

(二) 对沉溺欲望的世俗化倾向的批判

不同于前辈作家将人生意义、生命价值归附于社会现实的创作观念,从1980年代后期开始,深受市场经济影响的作家,在作品中将欲望进行了无限制的夸大。德国学者对于这种沉溺欲望的世俗化写作深表失望,认为这些作品消解崇高,拒绝信仰,早已丧失了文学的高贵感和责任感,价值空缺带来的无所适从,演变成了盲从现实的实用主义,性和物质欲望成为人们唯一的价值所在。

1. "新写实"小说的欲望叙事

最早集中展现欲望的必然性与合理性一面的,是"新写实"小说的一批作品。梅薏华从女性文学角度解读池莉、方方小说创作中对欲望的呈现,认为欲望在她们的文本中并非个体性事件,而是足以将欲望主体淹没的关系众多的"他者"。"新写实"将人的意义、生命价值归附于世俗现实,如衣食住行、油盐柴米、吃喝拉撒等种种日常的琐碎,以及生儿育女、男欢女爱、生老

---

① 参见 Christiane Hammer: Modisch chaotisch. Wie das Enfant terrible Wang Shuo vermaktet wird("时髦的混乱:孟浪后生王朔是怎样走向市场的"), *Neue Zürcher Zeitung*, 28. 7. 1997, S. 15.

② 参见张璐诗:"阿克曼:与阿城们一见如故",《新京报》2006年11月21日。

病死的痛苦与幸福，其价值支撑既可以指向人的天伦之乐和自我实现的幸福，也可以是受到了世俗道德诸种规定制约的欲望满足。梅薏华的研究文章中也包括了对后来的林白、陈染、海男等女性写作的阐释，认为她们笔下的欲望书写，虽然不同于池莉、方方，但仍然更多的是一种姿态，和1990年代文学中的纯粹欲望叙事有很大不同。①

2.《废都》的欲望叙事

贾平凹的《废都》出版，引起了众多汉学学者的惊诧和苛责，因为它意味着在这场市场大潮中严肃作家也开始了创作转向。② 虽然这部作品表现的是知识分子在社会急剧转型时的迷惘和失落的情绪，是知识分子在新时期的那种社会英雄角色被市场经济的现实削弱后的无所适从，但评论者认为其中大胆直露的性描写，充当了引领中国当代文学肉欲化潮流的先锋。

3."新生代"和"70后"的欲望叙事

在"新生代"的创作中，欲望主旨得到了更为赤裸裸的呈现，或者说"新生代"作家的欲望书写更为个体化、身体化、物象化。在德国汉学学者看来，"新生代"作家对欲望的张扬，不仅挣脱了道德伦理的规范，甚至丧失了基本的理性牵制。欲望永不可能得到终极满足，主人公将自己投入欲望的狂热追逐之中，比如在朱文的《段丽在古城南京》中，欲望只是欲望，不夹杂任何文化色彩，它只与身体、原始冲动、本能需求有关，叙事成了物质符号的堆砌。③ 再比如卫慧、棉棉等"70后"作家，消费主义与享乐主义成为她们坚

---

① 参见 Eva Müller：Postmoderne Entwicklungen in der chinesischen Literatur und das Werk chinesischer Erzählerinnen der Gegenwart（"中国文学中的后现代发展和当代女作家的作品"），Christiane Hammer und Bernhard Führer：《中国的自我理解和文化身份：文化中国》，S. 168。

② 参见 Sun Jianxi：Jia Pingwa and his Fiction（"贾平凹和他的小说"），Ying Bian：*The Time is not Ripe. Contemporary China's Best Writers and Their Stories*（《时机并未成熟：中国当代作家及其小说》），Foreign Language Verlag，1991，S. 99 - 111. David Pattinson 翻译的 Touch Paper 见 S. 112 - 148.阐释见 Ylva Monschein：Alles im Zerfall? Kunst und Leben in Jia Pingwas Feidu，Verfallende Hauptstadt（"一切都在颠覆吗？——贾平凹《废都》，倾覆之都"），*Minima sinica* 1/1996，S. 88 - 110。

③ Zhu Wen：Duanli in der alten Stadt Nanjing（"段丽在古城南京"），Frank Meinshausen：*Das Leben ist jetzt. Neue Erzählungen aus China*（《生活在此时：中国的新小说选》），Frankfurt：Surhkamp，2003，S. 65 - 92。

信不疑的人生信条,物质利益成为主宰其情感的内在逻辑。对物的依恋,对享乐主义的追求使得在"70后"作家的创作中,物质话语成为文本的鲜明标志。①

　　除了对于物质生活的极度依恋,汉学学者对于卫慧和棉棉的批判更多地集中在她们对情欲的极致化描写,文本在她们那里,仿佛就是为了实现对于欲望的无节制表现。在棉棉的小说《糖》里,棉棉如记日记一样,记录着"我"的酗酒、吸毒、与众多不同男人性交的经历,并将其作为这部小说的全部内容:

　　　　在我看来我和酒的关系是柔和的,亲密的……酒的最大作用是可以令我放松让我温暖。我开始寄情于酒精。

　　　　我开始和不同的男人睡觉,我冷了很多,我懂得了性交和做爱的不同,仿佛性让我找到了另一个自己。

　　　　我曾经试过各种毒品,海洛因只是其中对我影响最大的。我的肺已千疮百孔,我的声带已被毒品和酒精破坏。②

　　他们批评卫慧创作的《上海宝贝》,进一步提升了这种所谓的"美女文学"里顽固存在的病态和堕落。小说的主人公 Coco 纠缠在一个叫天天的中国男人和一个叫 Mark 的德国男人之间,情欲成为小说中贯穿始终、随处可见的描写:

　　　　站在顶楼看黄浦江两岸的灯火楼影,特别是有亚洲第一塔之称的东方明珠塔,长长的钢柱像阴茎直刺云霄,是这城市生殖崇拜

---

　　①　参见 Beate Geist: *Die neue Menschheit in chinas Großstädten. Eine Untersuchung zur chinesichen Gegenwartsliteratur*(《中国大城市中的"新人类":中国当代文学研究》),Hamburg: Institute für Asienkunde,2003,S. 66－74。

　　②　Mian Mian: *Deine Nacht mein Tag*(《糖》),Köln: Kiepenheuer & Witsch, 2004,S. 132－135。

的一个明证。轮船，水波，黑黝黝的草地，刺眼的霓虹，惊人的建筑，这种植根于物质文明基础上的繁华，只是城市用以自我陶醉的催情剂，与作为个体生活在其中的我们无关。

情欲就是情欲，只有用金钱和背叛才能打击随时会发生的由肉欲转为爱的危险，原来我一直都害怕会真正迷恋上马克，再也离不开这份火烫，刺激，爽透的地下情。①

情欲描写的赤裸与夸张，配合书的封面上"美女作家"卫慧的朦胧身影，以及"在中国大陆遭禁"的字样，《上海宝贝》有效地赢得了德国图书市场。面对全球化的浮躁情绪，面对德国普通读者对于中国女性"身体写作"的猎奇和出版社对于经济利益的追逐，学者们在否定和批判之外，剩下的似乎也只能是焦虑与无奈了。②

---

① Wei Hui：*Shanghai Baby*（《上海宝贝》），Karin Hasselbatt，München：Ullstein Verlag 出版，2001。

② 参见：Beate Geist：*Die neue Menschheit in chinas Großstädten. Eine Untersuchung zur chinesichen Gegenwartsliteratur*（《中国大城市中的"新人类"：中国当代文学研究》），Hamburg：Institute für Asienkunde，2003。

第四章　影响中国当代文学在德译介与研究的外部因素

德国汉学对于中国当代文学的译介与研究,不仅是对中国或者中国文学本身的反映,同时也是德国社会运行发展状况的一个投影。影响中国当代文学在德国译介与研究的外部因素包括三个方面。一是在20世纪百年历史中德国政治格局、经济发展、外交政策对于其汉学发展的影响,这些影响直到今天仍然以各种方式持续于汉学研究中,并且辐射到了中国当代文学的译介和研究。二是德国汉学在精神上与1968年欧洲学生抗议运动的复杂联系,这里蕴含有德国学者和读者走近中国以及中国当代文学的重要精神渊源。三是长久以来尤其是20世纪之后德国的中国形象,固有的中国形象很大程度上决定了汉学学者进行译介研究时对中国当代文学的选择和批判,相应地,新的译介研究成果又会在某种程度上更新之前的中国形象,如此循环往复,螺旋上升。

第一节　德国政治经济状况对中国当代文学译介研究的影响

20世纪德国的社会政治格局与经济发展,对德国汉学的发生和转向产生了决定性的影响,这些影响持续至今,并且不同程度地辐射到了对于中国当代文学的译介与研究中。我们将从四个历史阶段或者说历史事件来分析这些外部因素。一是世纪初殖民主义的对华政策,它既是德国汉学学科创建的最重要的推动力,也是今天汉学研究中"欧洲中心主义"的历史渊源和思想背景。二是三四十年代的纳粹统治,它一方面使刚刚崛起的德国汉学遭受重大打击,另一方面也给美国以及其他国家输送了大量汉学移民,可视为现今欧洲和美国汉学路数迥异、势均力敌的一个重要转捩点。三是数十年的冷战局势,不仅造成了两德汉学研究的彼此隔绝与各自发展,更遗憾的是阻碍了学术资源的共享与学术视角的融合。四是两德统一之后的新局面,使得汉学面临着各种挑战,挑战既包括在院系调整中遭受直接损失的原民主德国汉学研究力量和一些汉学势力较小的原联邦德国高校,也包括新的社会热点的转移和财政紧缩政策等对整个德国汉学发展的影响。

一、殖民主义与欧洲中心主义

德国专业汉学的建立与第一次世界大战之前的德国帝国主义和殖民主义关系密切。1887 年在柏林成立的东方语言学院是德国第一个专门介绍非欧洲语言及其相应国情的学术机构,其建立的缘由和培训的目标却都是非学术性的:为了弥补瓜分世界时德国在中国和非洲所耽误的那部分“损失”。东方语言学院的课程仅限于语言和国情,主要为帝国利益和殖民管理服务,具体而言是为派往中国青岛的外交官提供语言培训。而德国第一个汉学正教授职位的设立——我们通常把它看作德国汉学的开端,出现在汉堡的殖民研究所——“殖民研究所”这个名称很清晰地标明了汉学首创者和资助者的利益。1902 年至 1914 年以帝国主义利益为动机的吐鲁番探险,对汉学专业的确立也起到了促进作用,尽管人们最初未曾预料到这一附带的积极效应。海尼士甚至认为,吐鲁番研究“把汉学和东方学联系到了一起,并因此在德国首次被公认为一门学科”①。事实上,1912 年柏林大学设立汉学教席的主要动机,即对在汉学领域有重大意义的吐鲁番发现进行评估。

德国汉学与殖民主义的紧密联系,还体现在汉学家们提供的中国知识与形势判断对于当时德国政府对华政策的深刻影响。德国对中国市场的经

---

① Erich Haenisch: Sinologie (“汉学”), *Aus Fünfzig Jahren deutscher Wissenschaft* (*Festschrift für Friedrich Schmidt-Ott*) *Hrsg.* Von Gustav Abb. Berlin, 1930, S. 262 - 274, hier S. 269.

济扩张,不仅依靠军事武力和殖民掠夺,而且需要利用文化的影响培养弱国对于德国的长期依赖。于是,德国政府想要利用当时中国在 19 世纪末 20 世纪初进行教育改革的机会,向中国施加自己的影响,并进一步推行其殖民和文化政策。李希霍芬、福兰阁、佛尔克、卫礼贤等汉学家被德国政府邀请来,为其政策制定提供咨询,并在起草、修改和实施相关外交政策时起到了决定性的作用。

　　李希霍芬提出要维持德国的长久优势,需以日本为前车之鉴,将中国的劳动力和生产率保持在尽可能低的水平,并且不支持对中国年轻人进行技术培训。尽管由于欧洲殖民势力之间的激烈竞争,德国政府没有接受李希霍芬的观点,但他的建议在一定程度上对德国政府产生了影响,从而多少影响了其帝国计划。佛尔克与李希霍芬一样强调德国的经济利益,但他不反对培训中国人,并且提交了关于在中国建立德国学校的报告,报告对于该学校的教学内容、模式、选址等内容进行了详细的规划。佛尔克的建议获得了帝国当局的认可,尽管没有全面付诸实施,但其种种具体建议,在德国政府着手准备建立一系列学校的过程中都产生了决定性的影响。福兰阁主张移植帝国文化到中国并使德国在此过程中获得经济利益,他代表德国与中国政府进行谈判,说服中国政府承认青岛的德国大学,并设想和实践了"中方参与、德方领导"的管理模式。卫礼贤作为基督教新教同善会所属学校的校长,也在德国殖民地范围内大力支持并从事推行德国教育工作。由此可见,20 世纪初的德国汉学家们不仅极力美化德国在中国的殖民主义行径,并且积极参与其中,而并没有如我们想象中或者某些文章中所说的那般,运用有关中国的知识去解释甚至化解这种权力和文化的冲突。

　　以上的事实表明,德国汉学从一开始就打上了殖民主义的深刻烙印,这种密切关系在学术研究上体现为,"文明化"的范式主导着这一时期处于初级阶段的德国汉学。他们认为,中国尚未文明化,西方的任务就是使这个国家及其民众文明化,即按照西方的模式"开发"中国。这种"开发",包括文化的、政治的、经济的,甚至军事的,而"文化开发"的社会政治功能是要为所有领域的中国开发提供信息,并最终程度不一地参与帝国的扩张观念。这种

"文明化"范式事实上也反映了当时大多数欧洲知识分子的思想：进步的欧洲文明优越于不发达国家、劣等种族和社会，而这些国家、种族和社会应该通过欧洲人的干预和影响来实现"文明化"。

这种"文明化"的思维范式直到今天仍然影响着德国汉学的中国研究思路，很多学者对于中国有着某种天然的西方优越感，理所当然地就把中国、亚洲、伊斯兰划入全球力量对比中的次要位置。比如今天的现代化概念，正如在世纪之交的文明化概念一样，其中也包含了中国必须按西方模式进行现代化的观念。而对于中国文学或者中国思想的评价，则习惯于完全站在西方立场考察俯视，以是否符合西方的价值观作为评判标准。20 世纪初的"文明化"范式发展到今天，最为典型的表现，即活跃于人文社会科学领域包括汉学领域的"欧洲中心主义"。这种傲慢与偏见展现在中国当代文学的译介和研究上，即德国汉学整体上对于中国当代文学的集体漠视与多重误解，他们中大多数对当代文学要么毫无兴趣，甚至嗤之以鼻，要么难免有异域猎奇和政治窥探的心态。在这些深受"欧洲中心主义"思维影响的汉学家们看来，中国当代诗歌的创作，只是对西方现代诗歌的低劣翻译的低劣模仿，而当代小说，更是停留在对于西方 19 世纪现实主义和浪漫主义的东施效颦阶段，没有研究价值。即使像弗雷德里克·杰姆逊这样严肃的学者，也至多是把它们作为第三世界国家的意识形态和民族寓言来加以解读。当然，随着冷战的结束，汉学领域里纯粹的、保持着相当独立性的中国文学学术研究已经越来越多，汉学家们对于中国当代文学的作品翻译和研究报告不仅为不懂中文的外国人更多地了解中国提供了一些文学模板，也为我们这些以中文为母语的中国人对于自身的认识增添了资料上、理论上，尤其是视角和方法论上很多宝贵的、可供借鉴的精神资源。

二、纳粹统治与汉学移民

1933 年至 1945 年的纳粹统治，给德国汉学研究带来了两个方面的影响。一方面，多数大学汉学系被破坏，图书馆被查封，书籍被销毁，刚刚崛起的德国汉学在组织建制与硬件设施上遭受了重大打击。一系列的军事行动摧毁了很多重要的汉学机构和藏书,柏林、莱比锡和哥廷根的研究生班以及法兰克福的中国学会也遭到破坏。因为战乱,佚失了相当一部分在艰苦条件下收集起来的汉学资料和博物馆藏品,以及佚散在伦敦的汉学家孔好古的遗产,这些损失非常惨重,因为它们都是非常宝贵而又无法替代的重要研究资料。另一方面,大批反对纳粹的汉学家因为政治或种族等原因不得不出走国外,汉学人才的短缺不仅使得德国汉学在纳粹统治期间几乎处于停滞状态,而且也导致战后德国汉学学科的恢复步履艰辛。战争以及纳粹统治,导致在 20 世纪二三十年代渐成规模、蓄势待发的德国汉学,因此而丧失了和平的外部环境,也错过了这个原本可以蓬勃发展的时期。由于各种阴差阳错与机缘巧合,使得德国汉学从这一次错失良机到下一次东山再起,又经历了漫长的二三十年时光。

我们将重点分析因为纳粹统治导致的这一次汉学迁移为移民国尤其是美国汉学带去的人才机遇,以及对于世界汉学的版图分布与发展轨迹产生的巨大影响——此次汉学迁移在一定程度上为当今国际汉学的研究状况尤其是美国汉学的繁荣做下了一个注脚。1933 年,纳粹夺权成功,4 月 7 日旋即颁布了臭名昭著的《重建职业公务员法案》(Gesetz zur Wiederherstellung des Berufsbeamtentums)①,一时间,"狭隘的畛域之见,血腥与傲慢使汉学这一学科遭到了灾难性的打击"②。

那时德国汉学学者一般将面对三种命运。一是留守德国。为数不多的这一部分汉学家在纳粹统治时期的政治倾向显而易见,他们之中至少有相当一部分曾是早期党内成员和纳粹主义的赤裸裸的支持者③,因而获得了

---

①　此法案是剥夺所有被认定为"非雅利安人",尤其是犹太人的德国公民服务权利(包括大学)的正式纲领。判定是否为犹太人的一条充分标准是祖父或祖母有犹太血统。法案也用于驱逐政治上的反对势力。

②　Wolfgang Bauer:*Studia Sino-Mongolica*(《汉蒙研究》),第 8 页。

③　据傅吾康为福华德写的讣告(《远东》,1980 年第 27 期,第 148 页),海尼士(1880—1966)是战争结束伊始联邦德国汉学学者中唯一一位在政治上没有瑕疵的学者。他在纳粹政权下的高贵行为,见 Erika Taube:"海尼士:刚正不阿一例",莫利兹:《新研究中的汉学传统形象》,莱比锡大学出版社,1993。

当政者的直接利益。

二是在中国"冬眠"。例如傅吾康、马丁(Ilse Martin)、福华德、霍福民和罗越(Marx Loehr),许多汉学家羡慕他们在遥远中国的德中学会氛围缓和,于学术上得天独厚,甚至还能有所作为,只需不时地对当时的统治者及其理念表明态度。但近年来的研究表明,在中国学术界颇有名望的德中学会并非一个纯粹的学术机构,它当时实际上直接受到德国驻华使馆的控制,汉学家福华德、罗越也都是纳粹党的成员,学会里还常常放映德国纳粹的电影。正如托马斯·詹森所说:"仅从学会的半官方性质和财政上对德国政府的依赖而言,我们就不能期待德中学会能对纳粹采取一种中立甚或是绝对公然的拒绝态度。"①

三是迁移至他国进行汉学研究。《重建职业公务员法案》颁布以后,汉学系里"非雅利安人"学者被开除出大学,还有一些德裔学者,因为公开反对纳粹,受到纳粹恐怖威胁,也作为反当权者被驱逐出境。在纳粹政权期间,绝大多数从事汉学的青年学者和一部分业已确立学术地位的中年学者,被迫离开了自己的祖国,迁往他地尤其是美国继续其学术生涯,德国大学里原本正在逐步形成的汉学专业人才梯队出现了明显停滞和倒退。离开德国的汉学家中,有些在离开之前已经享有盛名,如西门华德(Walter Simon)、科恩(William Gohn)、白乐日(Stefan Balazs)、霍古达(Gustav Haloun)、申德勒(Bruno Schindler)、艾伯华(Wolfram Eberhard)等。申德勒还把当时德语汉学唯一重要的专业期刊《泰东》(Asia Major)带到了他流亡的英国②。这一串长长的名单表明,汉学学者不仅把单个个体,同时也把整个汉学领域及其学术方法带到了国外。这次迁移是德国汉学研究历史中最为惨痛的一次精神断裂,这样的断裂在中国艺术史、社会史、经济史、民族学、语言学等研究领域尤为明显。

---

① 托马斯·詹森(Thomas Jansen):"对北京中德学会在 1933—1945 年间所从事工作的几点说明和质疑",马汉茂编:《德国汉学:历史、发展、人物与视角》,郑州:大象出版社,2005,第 176 - 193 页。

② 傅海波:《汉学》,伯尔尼:A. Francke,1953,第 10 页。

　　叶乃度曾在1948年德国汉学战后重建时期望一些移居国外的汉学家能够回到德国,但是这样的愿望没能实现,这些学者离去之后绝大多数再未回归。唯一在其活跃期回归的是施华兹,他于1960年离开中国加入德意志民主共和国;李华德和艾锷风在正式退休之后回到了蒂宾根和波恩居住;其他所有汉学家均未回德国,只有白乐日、艾伯华和傅汉思不定期地作为访问学者回国。这样的局面在其他学科中并不典型,很多自然学科和其他人文社会学科的学者在战后都回到了德国。造成汉学学科这一局面的原因大致有以下三个。

　　一是美国汉学科研条件的优势。移居国外的德国汉学学者,许多都是当时年富力强、精力充沛、才华出众的学者,如魏特夫和艾伯华等,他们移居至美国之后,发现美国汉学能够提供更为有利的条件来发展他们新的学术兴趣点和学术研究方法。二是这些汉学移民大多数(除了雷兴和西门华德之外)是在移居美国之后首次获得教授职位的任命,这与汉学学科在德国的相对弱小以及德国教授名额稀少和晋升困难密切相关。而德国国内的汉学研究正经历一次领头人的更新换代,魏德明于1930年去世,接着福兰阁、佛尔克和纳色恩先后退休,因此这些移民美国的汉学学者们也几乎不能感受到他们与之前所属的机构和同事之间还有密切联系,也难以接到真正打动人心的回国邀约。三是德语环境对于汉学学者而言比较不重要,相比英语环境它甚至是一种劣势。因为美国强势文化的扩散,英语越来越成为国际汉学最为重要的用语,其地位的抬升,和纳粹统治期间德国学者移民美国并大幅度削减了以往在汉学领域的德语使用频率密切相关。这些迁移的学者,离开的不仅仅是地理概念上的德语地区,而且在移民后的教学与写作中也丢掉了德语,而这一语言扬弃的历史转折所带来的冲击,又通过这些汉学移民的学生们的薪火传承而得以延续扩大。

　　在讨论纳粹统治给德国汉学造成的巨大损失和持续后果的同时,我们也应该看到接纳这些移民的美、英、法等国的汉学研究,都迎来了重大的收获。尤其是战后美国汉学的蓬勃发展,与德国汉学移民的工作成就密不可分。他们移居美国后,获得了新的环境,接受着新的挑战,他们的学术研究也因此有了新的动力与新的资源。他们为美国汉学的战后兴旺,包括对于中国现当代文学研究的细致深入,以及国际汉学领域里与欧洲传统汉学分庭抗礼甚至风头更甚的"中国学研究"、"美国学派"的产生和繁荣,提供了最为珍贵的人才资源。或者,从另一个角度来说,这也是德国汉学在特殊的政治局势中,在国际汉学整体发展中的另一种运行轨迹与贡献方式。

三、冷战局势与两德隔绝

从第二次世界大战结束到德国统一的 45 年间,德国经历了复杂的政治变革,对于德国汉学的发展产生了重要的影响。20 世纪六七十年代中国爆发的"文化大革命"不仅影响了中国历史,也影响了国际社会,尤其深刻影响了德国的中国学研究(德国 1968 年大学生抗议运动与德国汉学以及中国当代文学之间的互动关系,下文将有专门分析)。20 世纪七八十年代对于中国和德国同样都是变革的时代,社会政治和经济发生了深刻的变迁。1978年,中共十一届三中全会召开,确立了"改革开放"的路线,中国经济步入了快速发展的轨道,经历了从计划经济体制向市场经济体制的社会转型。同期,德国经济在战后也实现了历史性的发展。但是,在德国国内政治上,这一时期前联邦德国和前民主德国还处在由于冷战对抗所造成的国家分裂局面之中,处于不同的政治制度和意识形态之下。因此,就整个德国的汉学研究而言,其学科发展和分布是不均衡的,而且学术研究无法实现融合发展。

"二战"以后,联邦德国和民主德国的汉学研究以及中国文学研究都开始恢复和重建,但演进历程各不相同。民主德国和新中国都在 1949 年立国,又同属社会主义阵营,所以两国学术交往相当频繁,既有中国学者应聘去民主德国传播汉学,也有北京大学等高校接纳多批民主德国留学生,包括后来成为东德著名汉学学者的梅薏华(Eva Müller)、费路(Roland Felber)、贾腾(Klaus Kaden)、蒂洛(Thomas Thilo)、穆海南(Refiner Mueller)、尹虹(Irmtraud Fessen-Henjes)等人。

但到了 60 年代初,随着中苏进入意识形态冷战期,中国与民主德国的关系也急转直下。此时整个民主德国的汉学研究处于停滞状态,一些汉学家甚至不得不放弃了汉学研究,如二战以前就很著名的汉学家魏勒和韦德玛耶。汉学著作和文学译作此时也不能出版,如梅薏华在北京大学留学时曾将老舍的话剧《茶馆》译成德文,60 年代回到民主德国之后由于两国关系紧张而不准出版,稿本也被捣成纸浆。汉学教学和研究也被破坏,民主德国莱比锡大学东方学系所设汉学专业,是德国汉学三大学派之一莱比锡学派的发源地,此时被撤销,改为东亚研究所,汉学资料和设备因此丧失殆尽,直到两德统一后的 1993 年,莱比锡大学才重新设立汉学系,其间教学和研究中断了三十年。据德国学者坎鹏(Thomas Kampen)的统计:从 1945 年两德分治到 1989 年两德统一的 45 年间,民主德国学者出版的汉学著作仅为240 多册,只相当于联邦德国波鸿大学一个专业刊物或一个北威州的汉学出版物数量。80 年代后,中国和民主德国关系解冻,汉学教学开始复苏,但随着 1989 年的两德统一,东德汉学家又一次成为政治牺牲品——他们不被西方世界信任,许多人找不到工作。

相比之下,联邦德国境内的大学汉学系的战后恢复起伏波动较少,发展也较快。"二战"结束后第二年,慕尼黑大学恢复了汉学专业,不久又正式恢复中国文化系。紧接着哥廷根大学、柏林自由大学和法兰克福大学也分别在 1953 年、1956 年、1962 年恢复了汉学系。60 年代中期以后,经济开始起飞,随着文化教育的发展,一批大学新设了汉学系,如波恩大学(1954)、马尔堡大学(1957)、科隆大学(1960)、海德堡大学(1962)、明斯特大学(1962)、维尔茨堡大学(1965)、鲁尔大学(1965)、爱尔兰根大学(1967)等。

70 年代以后,联邦德国的汉学教学和研究进入了兴盛期。其内在的动力有两个:一是联邦德国在七八十年代的经济起飞,二是 1972 年与中国建交以及继之的中国"改革开放"。1972 年中德建交后,一些年轻的德国汉学学者获得赴中国深造和访学的机会,其中就有后来在中国文学研究上取得了斐然成就的学者,如后来曾任波恩大学汉学系主任的顾彬(Wolfgang Kubin)、科隆大学汉学系主任的嵇穆(Gimm Martin)、波鸿大学汉语系主任马汉茂(Helmut Martin)、海德堡大学汉学系首任主任鲍吾刚(Wolfgang Bauer)、继任主任教授瓦格纳(R. G. Wagner)、波恩大学教授法伊特(Veit

Veronika)等。

民主德国与联邦德国在冷战期间的分裂局面,不仅导致了两德汉学研究发展的各自为政,而且因为两德的长期隔绝,双方的汉学成果包括中国当代文学的译介和研究成果均无法交流融通。比如,张辛欣的报告文学作品《北京人——100 个普通人的自述》在两德各有译本,分别由民主德国的梅薏华教授和联邦德国的马汉茂教授翻译成德文。① 类似的事例是冷战时期两德汉学资源无法共享、学术力量重复建设的明证,当然,它们对于我们今天的研究有其独特价值:两个德国对于同一部作品的相同或不同翻译方式、细节取舍以及价值评估,也为我们今天了解冷战期间两德的汉学研究路数与立场提供了一个蓝本。

在冷战时期两个阵营的彼此隔膜中,民主德国的汉学家损失更大。其一,民主德国的汉学家们受到国家和政府意识形态的约束更加明显,他们的选题、立场、经费、组织等,在很大程度上不由他们自己决定,而由政府相关部门统一规划制定,有较强的计划性和集体性。第二,他们的选题很多与民主德国的对华政策直接相关,属于"保密"级别,而这些机密的研究成果根本无法发表,甚至直到今天也无法被搜寻检索——它们或被尘封、或被销毁,作者也像其著作一般永远不被提及或被人遗忘。第三,民主德国的汉学学者们,在冷战那几十年的时间中,几乎没法参加任何一个欧洲范围或世界范围(属于所谓的"西方世界")的汉学组织和汉学大会,导致他们的研究成果在很长一段时间内无法与世界同行进行交流和传播,这显然大大削弱了他们在国际汉学圈中的学术影响力。

四、统一格局与转型发展

1990 年至今的二十多年时间,是世界相对和平与经济全球化快速发展的时期。冷战结束后,德国实现了国家统一,经济、社会和政治发展进入了

---

① Eva Müller: *Eine Welt voller Farben. 22 chinesische Portraits*(《色彩缤纷的世界:22 个中国人的自述》),Aufbau Verlag,1987. 另一个版本见 Helmut Martin: *Pekingmenschen*,Köln:1986。

新的历史阶段,并作为一个经济大国在世界经济发展中发挥着重要的影响力。期间,中国与欧盟的经济合作继续发展,两国之间的经济关联度进一步增强,中国成为德国重要的海外市场,两国之间的经济互动和依存进一步加深。据德国联邦统计局的统计,德中之间的进出口贸易在历经 20 世纪八九十年代较为平稳的增长后,进入 21 世纪获得了进一步的发展,中国与德国成为重要的贸易伙伴,经济、贸易和文化联系交流更加广泛深入。

中国经济在 20 世纪 90 年代持续快速增长,城市化、市场化和现代化进程不断推进,从计划经济向市场经济的转型进一步加快,经济社会结构发生深刻变化,出现了新经济组织、社会组织和社会阶层。进入 21 世纪以来,在经济全球化的背景下,中国经济日益融入世界经济,全球影响进一步显现。中国经济的发展以及在社会变迁中所发生的深刻变化,成为世界政治、经济发展的重要现象,德国汉学研究特别是当代中国研究的重要性日益突显。因此,深入研究中国,客观认识中国,成为德国汉学研究的重要学术使命。对中国的研究已经不再仅仅是个别学者的个人学术兴趣,而成为整个社会的一种现实需求。这种社会需求转化为德国汉学研究的重要推动力,客观上推动着德国中国学的转型发展。

所谓转型,是指汉学研究从中国历史传统文化为主的研究型汉学,转向以中国现代社会经济、当代文学和现代汉语为主的实用型汉学,这似乎是 20 世纪初德国汉学教学和研究倾向的某种回归。这种倾向实际上从 80 年代后期就已露出苗头。中德建交后,两国在社会、经济、文化等各个领域的交流不断加强,德国的报纸、杂志、广播电视等新闻媒体上关于中国的报道大量增加,并出现一些专门介绍中国甚至是中国文学的杂志,如《新中国》、《中国文学杂志》、《中文教学》、《竹叶》、《龙舟》等。介绍和研究中国的书籍也明显增多:80 年代中期德国每年出版的关于中国的新书约 400 种左右,但到 1990 年,仅乌特·石勒这一家出版社提供的《德文东亚书籍供货目录》里中国类书籍就近 2 000 种。

经济上的"中国热"促使德国需要更多懂得汉语和了解中国国情的人来适应这种新的变化,于是各大学纷纷设立汉学系。德国现有 113 所综合性大学,其中约有近 30 所大学设有汉语专业或汉学系。已有的汉学系也大都对自己的专业方向重新定位,重新编排专业课程设置,转向以中国现代社会经济、当代文学和现代汉语等实用型教学和研究为主。法兰克福大学汉学系在 2001 年之前,主要研究中国古代哲学、中国古代文字学、中国古代文学等,而 2001 年初,该校汉学系学术研究和培养人才的方向和形势发生了根本性的变化,研究重点转到中国现当代文学和现代汉语方面。有的大学汉学系在指导学位论文时则以当代中国的社会经济为主导,如汉堡大学汉学系学生硕士论文的 80% 以上是关于中国现代经济与社会问题。随着专业方向的改变,课程设置上也发生了相应的变化,传统课程被称为"汉学一类",在此之外,又增加了当代社会经济方面的内容和现代汉语的教学和实践,称为"汉学二类"。

第二节　1968 年抗议运动与德国汉学
对中国当代文学的关注

德国汉学每一次兴衰荣辱的转向,都与欧洲的时代风气与思想潮流密切相关。其中,与中国当代文学的译介和研究关系最为紧密的事件与思潮,应属 1968 年的大学生抗议运动。1968 年 5 月,一股青年学生"造反"的浪潮突然席卷了包括德国在内的整个欧洲大陆,史称"五月风暴"。该事件的最初动因是青年学生反对美国的侵越战争,深层原因是欧洲各国深刻而复杂的社会矛盾,主要外因则是由于受到了中国"文化大革命"的影响。

抗议运动很早就开始借用中国"文化大革命"的口号和标志了。巴黎的"五月运动"和以前的反权威运动,都倡议要进行一次"文化革命",而这显然是在效仿中国的"文化大革命"。抗议者们在红色的旗帜下游行,手持毛泽东的照片和红宝书,群情激昂,慕尼黑的游行示威者们甚至高呼:"我们是毛泽东的学生,我们只要动乱。"当然,对于中国的"文化大革命"表面上的这种效仿,并不是 1968 年运动与德国汉学发生关系的真正连接点。事实上,这两场运动除了共时性之外,几乎没有太多相似之处。1968 年的学生抗议运动是一场以反权威和反官僚为理想的运动,就此一点即与"文化大革命"的造反缘由大相径庭。后来也有西方媒体报道说这场运动受到了共产主义者的鼓动和控制,但至少在抗议运动的第一阶段,抗议者们更多的是出自一种道义上的反抗和自发的行动。就德国而言,在运动早期阶段(具体指从1966年、1967年的反越南战争示威游行到1968年6月"紧急状态法"出台的阶段),抗议者们既没有什么战略计划,也没有明确的目标,他们的举动由多种动机混淆在一起:试图进行高校改革的努力遭到了高校以及执政党的长期反对和压制;阅读哈贝马斯(Jürgen Habermas)后对于宪法原则和宪法实践之间巨大鸿沟的认知并由此而产生的激愤;对自己国家与美国军队在越南战场上的帮凶关系的恼怒……

由上面的分析可知,1968年运动的最初阶段,它与德国汉学于表面上并没有必然联系,参加抗议的大学生也并不局限于汉学系。然而,这场以中国为口号的运动,无论是在它的发生酝酿阶段,还是声势浩大的进展阶段,或是结束后的余声回响阶段,都确实与德国汉学尤其是汉学对于中国当代文学的关注存在着互为推动、互有影响的密切关系。

一、酝酿阶段:德国汉学对于中国形象的重塑

汉学与1968年运动的密切关系首先体现在运动酝酿阶段对于中国形象的重塑上。德国汉学对于理想化中国形象的塑造,很多与实际相差甚远的乌托邦般的描绘,经抗议者们的想象夸张之后变成了他们反击现实社会的最有力的精神寄托。事实上,早期的学生运动对中国知之不多,而且也对中国鲜有兴趣,他们只是借用了"文化大革命"的形式来引起关注。然而,不容忽视的是,这一阶段大学生对中国的认同,显然与德国汉学此时以及在此之前神化中国的种种文本密切相关。

这样的"神化",经历了两个阶段,先是毁灭冷战时在联邦德国被妖魔化的中国形象,再是把中国重新说成是"具体的乌托邦",塑造成与西方物化的消费社会相对立的一个形象。

1968年之前,已经有一部分不满联邦德国与苏联、美国关系的德国人,

开始对冷战中"红色中国"的陈词滥调提出质疑，于是那些与当局叙述有所不同的书籍和报道很快被这一部分人接受。比如：让·米尔达尔（Jan Myrdal）的《来自一个中国乡村的报道》（*Bericht aus einem chinesischen Dorf*），以中国农民采访实录的形式展现当代中国，里面的中国并没有饥肠辘辘的画面和血腥暴政的场景①；埃德加·斯诺（Edgar Snow）《红星照耀中国》德文版出版，毛泽东被描写成一位严肃的社会改革者，成功重塑了中国独特的执政风格和社会变革②……这样，一个崭新的中国形象首次获得在德国公众中传播的机会，在了解了这个中国形象之后，很多读者便开始与1960年代的"冷战"气氛、与苏联和美国的所谓"庇护"保持一定的距离。

毁灭了被妖魔化了的中国形象之后，一系列的文本开始引导人们对中国产生好感。最典型的汉学事例是早期的《时刻表》（*Kursbuch*）杂志及其关于中国问题的特约撰稿人汉学家姚阿西姆·施克尔（Joachim Schickel）所起到的突出作用。从1966年开始，这份对新一代大学生而言也许是最具影响力的杂志就定期发表关于中国的文章，而所有文章均由施克尔撰写、编辑。他给德国的青年读者带去关于当代中国的介绍，包括"鲁迅，文学和革命"、"毛泽东，一首尚未发表的诗"、"卷宗：中国、文化、革命和文学"、"中国的无政府主义"、"是群众的自我教育还是教育学正在进行改革"等文章，这些文章对于在德国现实中充满迷茫和愤慨的青年们格外具有吸引力。将中国魅力推向新高潮的是施克尔的著作《伟大的长城，伟大的战略》（*Große Mauer，Große Methode*），该书从梦想、创作、哲学等方面刻画了与资本主义西方相对的一种虚构形象，为了营造这一美好形象，施克尔选择放弃所有与中国现实相关的内容，甚至故意避免涉及它们。尽管这部作品更应该被当作文学作品来读，却被德国青年读者们误认为是关于中国现状的报道。事实上，施克尔曾经坦言自己对于中国的刻画存在着虚构和乌托邦式的特

---

① Jan Myrdal：*Bericht aus einem chinesischen Dorf*（《来自一个中国乡村的报道》），München，Nymphenburger 出版社，1966.

② Edgar Snow：Roter Stern über China，Frankfurt am Main：Fischer Taschenbuch Verlag，1974.

点,在"距离万里长城之外遥谈北京"(Peking, Beschrieben 10000 Meilen entfernt von der Großen Mauer)一文中,他明确写道:"于是,带着相隔万里之遥的惆怅,我下笔道出,我梦中的北京是个什么样子的"①——而这句话正是霍夫曼斯塔尔(Hugo von Hofmannsthal)《中国皇帝》(*Kaiser von China*)中的原话。可见,对该书的曲解,一方面归责于作者的误导,另一方面也源自读者的期待与想象,或者说,这样一个乌托邦中国的存在,正是德国汉学研究对象与德国现实复杂状态所激发出的来自远方中国的解决途径。

施克尔之外,Oberbaum 出版社和 Wagenbach 出版社,分别调查了马克思主义历史研究和政治经济学里所谓"中国模式"的理论基础。彼得·昆策(Peter Kuntze)在其著作《中国——具体的乌托邦》和《中国——内心的革命》中,把所谓"中国模式"翻译成了更能被广大读者群所理解的语言。②记者的游记作品如希尔德加特·哈穆-布鲁歇(Hildegard Hamm-Brucher)的《中国继续向前的跨越——一次教育之旅的感受》和汉斯·海格特(Hans Heigert)的《关于中国的推测》等作品,虽然一方面试图与中国保持距离,但另一方面又不可避免地在尝试着努力理解甚至迎合有关中国的各种现象。克劳斯·梅纳特(Klaus Mehnert)的《北京与莫斯科》强调了中国传统和西方传统之间不可逾越的差异,中国是一个不能以西方的、自由化的和个人主义的标准去衡量的国度——这种考虑到了文化差异的貌似客观的论点,恰恰使得所有对于中国的批判都失去了基础。可以说,1970 年代前后的德国汉学家、记者、出版社、杂志社和各种组织对于中国的热衷,对中国当代文学的译介和关注,以及把中国塑造成一个乌托邦和"真实存在的社会主义"的替代品的种种文本,为德国 1968 年抗议运动构造了一个既虚妄又坚实的思想基础。

---

① 姚阿西姆·施克尔(Joachim Schickel):《长城,伟大的方法——靠近中国》,斯图加特:Ernt Klett Varlag,1968,第 25 页。

② 彼得·昆策(Peter Kuntze):《中国——具体的乌托邦》,慕尼黑:Nymphenburger Verlag,1973;彼得·昆策:《中国——内心的革命》,法兰克福/美茵河畔:Fischer Verlag,1977。

二、开展阶段:运动引发的汉学系改革

1968 年运动与德国汉学的密切关系,在运动的开展阶段直接体现为在各大高校汉学系中引发的行动和改革。尽管在运动中,每个汉学系或研究所的情况完全不同,甚至在某些汉学系中,学生运动似乎无人察觉,没有带来任何现实变化,例如在维尔茨堡、法兰克福、海德堡等地,人们几乎感觉不到混乱。然而,在另一些地方,例如波鸿、柏林、慕尼黑,这些或具有悠久传统、或充满新兴力量的大学汉学系,在 1968 年运动中都成了冲突的焦点。

1971 年和 1974 年,波鸿大学刚刚建成的东亚学系爆发了激烈的冲突和抵制行为。抗议高涨的导火索有两条:一是汉学系里的跨学科研究对当代中国的强烈兴趣与古老的教席教授制度之间的矛盾,二是霍福民(Alfred Hoffmann)教授家长式的教学作风对青年教师和学生的抑制。就像其他几个研究所一样,波鸿的青年学者渴望将研究方向转向当代中国,大学生和助教们在声明中要求大学生被"真正授予现代汉语知识",而不必去学习"古代汉语以及台湾式的汉语"①。然而,资深教授们显然更青睐传统汉学,不愿为此做出任何改变,而在旧结构中,纯粹是由教授的喜好来决定诸如科研主题这样的课程内容。当然,波鸿大学汉学系研究重点的真正转变,并没有紧随着抗议运动而出现,而是在聘任了年轻的教席教授之后才得以成型。也就是说,青年学者的抗议最终改变了该系的研究方向,但没有改变教席教授的绝对权威。

比波鸿大学表现更为激烈的柏林大学汉学学者们,则在这场运动中扮演了"先锋"的角色。在 1970—1971 年冬季学期,柏林大学的课程重点便放在了当代中国上,只要看看当时的课程名称,我们便能了解这种转变的实质。这些新开的课程如下:《中华人民共和国政治经济学》、《中华人民共和国教育体系和社会主义建设》、《中华人民共和国农业、轻工业、重工业之间

---

① 鲁尔大学助教协会理事会和鲁尔大学学生会理事会(主编):《文献资料汇编》,波鸿大学,1971 年 12 月 10 日,第 13 页。

的关系》《毛泽东对苏联的〈社会主义政治经济学〉的分析批判》。① 当然，这种"马克思主义—社会学"导向的课程安排，是以放弃中文古汉语学习为代价的。课程内容的变化只是一个方面，更重要的一个方面是，那种将汉学作为古代学科的帝国主义理论追随者们的思想也遭到了严重批判。事实上，柏林大学的抗议运动甚至导致了课程形式和教授制度的变化，教席教授的统治地位在那一时期由大学生工作小组和辅导性训练活动小组所代替。从柏林大学东亚研究所 1968 年夏季学期被占领到 1970 年代中期，运动给汉学系带来了很大损伤。大学生们的极端活动把整个教学活动推到了瘫痪的边缘，传统汉学教授们的知识突然失去了市场，他们的课程被抵制取消，有时还遭遇暴力、受到驱散，超过 90％的汉学初学者在运动中陆续中断了学业。

　　与波鸿大学和柏林大学不同，慕尼黑大学汉学系在抗议运动中所受到的震荡没有那么激烈，对汉学传统的自我认知等批判问题，也没有单纯以当代作为导向，但 1968 年夏天仍然是当时年轻的汉学学者们难以忘怀的"英雄时代"。刚刚读完哈贝马斯和马尔库塞的大学生们，马上把他们的改革和反权威理论运用到实践当中，而汉学研究所则变成了运动公关工作和抗议组织的中心，包括印刷反对"紧急状态法"的传单、组织游行示威以及领导学生会组织等。汉学学者们此时的角色与他们的大学专业基本上没什么关系，因为没有任何一位参与者在那之前研究过当代中国，当代中国那时还全然在他们的兴趣之外，但抗议运动与中国的天然联系将汉学学者们推到了时代前列。最终，大学生们转变了兴趣，现代的中文日常语言被赋予很大的空间，中国现代文学和思想史也被更多论及，这或许为 1980 年代联邦德国所兴起的中国当代文学翻译热潮打下了一定的基础。在课程内容发生变化的同时，课程结构和教授制度没有任何改变，教授们没有做出妥协，他们拒绝重蹈柏林大学的覆辙。之后，随着高校框架法和巴伐利亚高校法的出台，

---

　　① 参见：《柏林自由大学姓名索引和课程索引，1973—1974 冬季学期》，柏林：柏林自由大学出版社，第 314 页。

大学生们在政治上的软弱也体现出来，以前的积极分子从政治活动中退出，开始关注他们的学术事业，或者告别学术工作实施其他的人生规划。当然，这一段往事，无论对于汉学研究、汉学课程、汉学系中的教授教师，还是对于今后活跃于汉学圈子内外的曾经的抗议者而言，都是一段造成了自我深刻改变的无法磨灭的经历。

三、影响阶段：运动带给德国汉学的转向

1968 年运动与德国汉学的互动关系，一方面如上所述表现为汉学对运动的推动和参与，另一方面则表现为运动对汉学研究的影响，这些影响为 1980 年代中国当代文学在德国的译介和研究奠定了坚实的思想和语言基础。

首先，学生运动推进了对当代中国的研究。20 世纪六七十年代中国在西方的形象与中国现实之间不容忽视的鸿沟并没有被认识到，有人认为这是由于当时的汉学忽视了对当代中国的研究。以德国汉学为例，1967 年整个联邦德国的十三位汉学教授中，只有一位专门从事当代中国研究，而 1945 年至 1970 年间关于中国的博士论文里，涉及 1840 年之前中国的有 25 篇，涉及 1840 年到 1949 年的有 25 篇，涉及当代中国有 22 篇，而这 22 篇中有 90％的论文并非在汉学研究中产生，它们主要涉及诸如司法、经济、地理等方面的内容。1970 年代抗议运动所提倡的“具有批判性的科学”，曾经要求摆脱传统的东方学，转向研究当代中国，这个转向无论在教学（前文已详述）或是科研方面均有所体现。从 1970 年代中期开始，汉学家尤其是年轻的汉学学者越来越将关注的目光投向了当代中国，1975 年至 1979 年完成的研究中国的硕士、博士论文，有一半都涉及现代和当代的主题，这为当代中国文学在德国的译介奠定了基础。

其次，学生运动提出了大学汉学教育应具有“重大的社会意义”这一话题。1973 年成立的“德中友好协会”（GDCF）给年轻的汉学学者提供了一个平台，让他们以“中国通”的身份在公众前展示自我，以此来获得良好反响——这样的社会关注度和反响度在之前的纯粹汉学工作领域是完全不敢

想象的。随着抗议运动浪潮逐渐退去,汉学学者再次回归过去平静的学斋生活,但抗议运动中的"辉煌"经历,无论对于汉学自身对"重大社会意义"的反思与追求,还是在整个高校体系中汉学学科地位的提升,都产生了长远的回响。中国当代文学作为认识中国社会的一扇窗户,给 1980 年代德国社会带来了崭新的形象和思想的冲击,因此,译介与研究中国当代文学与汉学学者们对于"社会意义"的追求之间形成了一种融合共通的关系。

再次,运动促使德国汉学在方法上开放中国学科,并使用历史学、社会学、文学等跨学科的方法进行研究。从这次运动以后,批判性东方学成为德国汉学的一种思路,比如对殖民主义与帝国主义关系的探讨、对现代化理论以及"中国对西方的反应"的研究,可以说很大程度上走在了世界汉学的前列。遗憾的是,这一方向尽管在德国起源时间较早,但学者们更多时候选择保持沉默,隔靴搔痒的探究没能形成良性的学术对话,直至无疾而终。然而这一方向在大洋彼岸的美国却被萨义德等学者深入阐释、发扬光大。而今,美国汉学以其文化辐射力和强势影响力,将这一研究路数带入世界汉学研究,也影响了德国汉学时至今日的中国当代文学研究方法。

最后,运动对于大学汉学系教授制度和工作风格产生了持久的影响。今天的德国汉学有一半以上的教授,正是那些当年在大学期间以主角或观众身份亲历了 1968 年抗议、后来又经过了动荡岁月的学者。1968 年运动无疑影响了他们研究教学的风格,他们对于中国的研究方法和整体认知与前一代汉学学者大相径庭。同时,尽管很多传统,包括不合理的传统依然存在于大学汉学系的运作实践中,但不可否认的是,较之过去,合作的、学究气更少的风格代替了原来教席教授制等级严明的交往方式。马汉茂教授领导下的波鸿鲁尔大学汉学系和顾彬教授领导下的波恩大学汉学系对于中国当代文学的集中关注、译介与研究,即这种合作的、集体的研究方式在中国当代文学研究领域的两个最典型代表。

第三节　德国的中国形象与中国
当代文学在德译介的相互影响

　　在德国的中国形象建构过程中,中国文学作品在德语世界的译介和传播逐渐成了一个重要的互动因素。原有的中国形象很大程度上决定了德国译者对中文作品的选择和阐释,以及读者对德文译本的接受和反馈,而隐含着固有形象的中国文学译介又必然会参与到之后的中国形象建构,如此循环往复,螺旋更新。1980年代以后,这样的互动关系尤为活跃,德国对中国当代文学的译介与研究在1980年代达到顶峰,无论是数量还是质量上都超过了以往任何一个时期。而这些译介作品通过对德国汉学学者和普通读者的辐射力和影响力,成为1980年代以后中国在德国的形象建构过程中的一个重要媒介。

　　中国在德国的形象经历着怎样的演变?中国形象在何种程度上介入了中国当代文学在德国的传播,而后者又在何种程度上更新了德国的当代中国形象?双方曾经、正在和将要产生怎样的影响?这种影响背后的主导性因素是什么?是中国的"他者"因素还是德国的自我因素?……显然,当代文学的译介与域外中国形象之间的这种密切关系,无论是在中国当代文学领域,还是形象学领域都没有得到充分的重视。我们将从摆荡在理想化与妖魔化两个极端的中国形象,当代文学在德国的传播与之前的中国形象之间既反省重构又继承延续的复杂关系,与之后的中国形象建构之间从紧密渗透到相对游离的不同阶段,以及在这一传播与接受的过程中"他者接受"与"自我观照"两种文化心理的共同影响等四个层面来思考和分析以上问题,试图为中国当代文学尤其是1980年代以后的文学在对德文化传播中的价值评估、当代中国的文化输出策略、对德国汉学的中国当代文学研究成果的批判接受,提供一些思路与参考。

一、理想化与妖魔化的中国形象

长久以来,对于大多数的德国人而言,中国都是一个遥远而陌生的国度。在专业学者以外的普通大众心中,并没有形成一个完整统一的中国形象,为数不多的一些中国印象往往是支离破碎、自相矛盾的。正如汉学家鲍吾刚(Wolfgang Bauer)所说:"欧洲对中国的兴趣一直是无理性的,是介于理想化(Idealisierung)和妖魔化(Verteufelung)之间的。"①从旅行家的引介,到传教士的宣扬,从启蒙家的称颂,到外交官的批判,从商人的肆意诋毁,到学者的理性剖析,随着过去几百年间"中国热"在德国一次次的高涨、消退与反拨,中国在德国的形象也善恶纠结,忽明忽暗,时而是纯美的桃花源、智性的乌托邦,时而是饥荒的大本营、恐怖的策源地。德国会对中国产生如此极端的两种印象,与整个欧洲社会与中国交往的历史、欧洲对中国的认识历程有着密切的关系。我们将这一历程分为五个阶段来简要叙述。

(一)旅行家的引介

据《马可·波罗游记》记载,他于 1275 年到达中国,并在 1275 年至 1291 年十七年间,以客卿身份在元朝宫中供职,其足迹几乎遍及中国当时所有的省市。1295 年回国以后,由马可·波罗口述,罗斯悌谦(Rusticano)手记的《马可·波罗游记》问世。游记用实录式的描述,介绍了那时中国社会生活的各个方面,尤其描述了中国充裕的财富、繁盛的人口和舒适的生活。这些描述被翻译传播以后,引发了欧洲社会极大的好奇心,人们争相传阅和翻印,一时洛阳纸贵。1477 年,该游记的德文译本出版,这也是中国形象第一次较为集中地出现在德语世界中。②

马可·波罗的游记写作,被学界看成"游记汉学"的典型代表作,它影响了之后几个世纪里欧洲人对于中国的看法。尽管后来这些看法有了跌宕起

① Wolfgang Bauer: Deutsch-chinesische Beziehung in der Vergangenheit und die daraus zu ziehenden Lehren("德中关系的经验和教训"), *Zeitschrift f. Kulturaustausch*, 1973, 24, S. 8。

② 参见:Illustrator: *Marco Polo A Journey Through China*(《马可·波罗游记》),Franklin Watts,2008.

伏的变迁,然而,一旦欧洲需要肯定中国、从中国寻找精神慰藉之时,这种美化中国的看法又会适时地出现于彼时的欧洲社会。

(二) 传教士的宣扬

从 1517 年起,由于宗教改革的冲击突破了中世纪经院哲学和神学的藩篱,欧洲社会进入了一个比较宽容地对待其他文化的时代。1540 年诞生的耶稣会(Societas Jesu)从 1552 年开始到中国传教。这一时期,到中国传教的耶稣会士有范礼安(Alexandre Valignani)、罗明坚(Michel Ruggieri)等人①,然而筚路蓝缕,艰难曲折,传教的效果并没有显现出来,直到 1583 年利玛窦(Matthieu Ricci)来到中国,才真正开启了耶稣会在华传教的辉煌时期。②

耶稣会士深知他们的传教事业面对的不是初民土人,而是有着数千年悠久文化的大国子民,所以他们从一开始就奠定了传教的基本策略,即摒弃以往其他教士的生硬做法,以求与中国文化相容。他们努力学习中国的语言和文字,采取一系列灵活的传教方针,比如通过基督教"华化"的形式以赢得同情和支持。利玛窦、汤若望(Jean Adam Schall von Bell)③等人还非常善于用科学知识、西洋器物敲门开路,扩大传教局面。从此前欧洲人面对中国瓷器、丝绸时的叹为观止,到这一时期中国人在西洋科技前的啧啧称奇,实际上已经昭示了明末以后中国在科技发展上的落后趋势。虽然从客观上而言,这些馈赠为此时日益封闭的中国注入了新鲜的科技之风,但并未引起中国最高统治者的重视和反思,他们还在做着"天朝大国"的痴梦,仅仅把它们当作西洋"朝贡"的赏玩之物,中国历史的可悲可叹由此可见一斑。随着耶稣会在中国传教的成功,欧洲的其他各会也相继派出教士来华。然而,这

---

① 范礼安和罗明坚的传教情况参见沈定平:《明清之际中西文化交流——明代:调适与会通(增订本)》,北京:商务印书馆,2007 年,第 40 - 78 页。
② 参见许理和:"17 至 18 世纪耶稣会研究",辛岩译,任继愈编:《国际汉学》第四辑,郑州:大象出版社,1999 年。
③ 参见邓恩:《从利玛窦到汤若望(晚明的耶稣会传教士)》,余三乐译,上海:上海古籍出版社,2008 年,第 56 - 89 页。

不但没有增大在华的传教力量，相反因为他们与耶稣会士就"礼仪问题"①发生的尖锐矛盾和争论，导致 1773 年教皇克勒门第十四颁布了解散耶稣会的命令。耶稣会传教士在中国的传教工作也至此结束。

传教士们致力于传教，同时因为他们对中国知识的勤奋学习而获得了另外一种身份——中国文化的研究者和传播者，这一时期的汉学也被称作"传教士汉学"。显然，汉学研究者和传播者的身份比他们原来传教士身份的影响要深广得多。利玛窦、汤若望都在中国生活了几十年，与当时中国的高官和学者为友，潜心研究中国的习俗和法律，这些都体现在他们之后的大量著作中。这些著作不仅给予儒、释、道、理学诸类观念形态的中国文化以精确品评，还给予了民俗风情、生活方式等实践形态的中国文化以详尽分析。例如，利玛窦曾在著作中谈到了中国的"君主政体"，中国的皇帝和老百姓都"很满足于自己已有的东西，没有征服的野心"，知识分子阶层依附于政权，也控制着政权，"宁愿做最低等的哲学家，也不愿做最高的武官，他们知道在博得人民的好感和尊重以及在发财致富方面，文官要远远优于武官"②。他还曾谈到中国人的"排外心理"，重礼节、讲友情的中国人却对外国人怀有极深的成见，"他们甚至不屑从外国人的书里学习任何东西，因为他们相信只有他们自己才有真正的科学和知识"，"越无知他们就越骄傲，可是一旦真相大白，他们就越自卑"③。

如果说 16 世纪之前的欧洲对中国的认识仅仅停留在神话阶段，那么，到了 17 世纪后期，传教士的著述则将中国形象光辉灿烂的一面由远至近都展示给了欧洲读者。彼时的游记侧重的是中国的地貌物产，而此时传教士的阐述则把重点放在了中国的社会体制和精神文明上。这种精神力量的召

---

① 所谓"礼仪问题"指的是：尊文祖之礼，祭祀之礼，祭天之礼。其问题实质在于，在天主教教义和中国文化传统之间有没有或有多少共通之处。这场论争，当然是服从于传教事业的，并且受制于天主教各派间的明争暗斗。

② 史景迁：《利玛窦的记忆之宫：当西方遇到东方》，陈恒、梅义征译，上海：上海远东出版社，2005 年，第 165－173 页。

③ 史景迁：《利玛窦的记忆之宫：当西方遇到东方》，陈恒、梅义征译，上海：上海远东出版社，2005 年，第 188 页。

唤引发了欧洲又一轮的"中国热"：中国的物品在欧洲流行，中国的艺术风格成为欧洲的时尚，更多的商人远渡重洋来冒险，欧洲学术界、思想界也把更多关注的目光投射到了中国。

（三）思想家的赞美与剖析

继马可·波罗和耶稣会传教士对中国的诸多积极正面报道之后，从 17 世纪下半叶到 18 世纪中叶这一百多年里，以法国启蒙思想家伏尔泰和德国思想家莱布尼茨为代表的众多欧洲文化巨人对中国文化亦多有赞美之辞。这甚至导致了在欧洲的启蒙风暴中，出现了一股浓厚的对中国文化的好奇和颂扬气氛，这些称道的话语无疑又一次给欧洲人眼中的中国形象赋予了理想的光环。

伏尔泰（Francois Marie Voltaire）经常在他的各种作品中谈到中国，对于中国文化的介绍和评述几乎终其一生。他崇拜孔子的学说，推崇中国的文化，在《哲学通信》（1734 年）中，他对中国家庭式的政制和皇帝、对中国的自然宗教以及在宗教问题上的宽容精神大加赞赏。[①] 在《诸民族风俗论》中，他更是系统地阐述中国的历史、法律、宗教、道德、科学、哲学和风俗等问题。[②] 伏尔泰对于中国文化的长期推崇实实在在地影响了中国在欧洲人心目中的形象，使得中国在这一时期成了除印度和波斯以外在欧洲最受欢迎的"宠儿"。

莱布尼兹（Gottfried Wilhelm Leibniz）是近代德国思想界对中国文化倾注了很大兴趣、耗费了很多精力的学者。他一生结交了不少耶稣会的朋友，正是从他们那里，他获得了大量直接关于中国的知识和信息，从而使他在近代欧洲的中国文化研究中处于极其突出的地位。在莱布尼茨眼里，古老的中国"是一个大国，它在版图上不次于文明的欧洲，并且在人数上和国家的治理上远胜于文明的欧洲"。中国的道德令莱布尼茨倾倒不已，因为这是"一个极其令人赞佩的道德"，而中国的哲学，"富有权威，远在希腊人的哲

---

① 参见冯契：《冯契文集（第十卷）：哲学讲演录·哲学通信》，上海：华东师范大学出版社，1998 年。

② 伏尔泰：《风俗论》，梁守锵译，北京：商务印书馆，1997 年，第 245－246 页。

学很久很久以前"。① 莱布尼茨认为,中国在政治、伦理、道德等方面都优于欧洲文化,相比之下,欧洲相形见绌。莱布尼茨不仅倾注一生对中国文化进行研究,而且还大力促进欧洲各国成立专门的学术机构来研究中国。由于他的倡导,当时欧洲社会对中国发生兴趣并抱有相当好感的学者并不罕见,尤其是他的德国学生和后继者。莱布尼茨的两大弟子佛朗克(A. H. Franke)和沃尔弗(Christian Wolff)②是直接的受惠者,而沃尔弗的学生毕芬革(Büffinger)曾著《古代中国道德说并政治说的样本》一书,书中尤其推崇中国政治与道德相结合的传统,把中国皇帝看作哲人,把中国看成理想之都,并表达了希望以中国为楷模建设德国的愿望。

影响德国人对中国看法的另外一位文化巨人是歌德(Johann Wolfgang von Goethe),歌德对于中国文化的评价,对德国和整个欧洲社会的影响都极其深远。歌德与中国的初次相遇,源自法兰克福他父亲房间里墙上的蜡染壁挂,那上面绘有中国式的花卉。这一经历颇具代表性,很多德国汉学学者第一次发现中国并激发对于中国的研究兴趣,往往也是缘于对中国饰品、文字、文学等的某一次偶然接触。后来,64 岁的歌德开始了第一段集中研究中国的时期,他向那时在魏玛逗留的德国著名中国学家克拉卜罗(Klaproth)请教中国语言文字的奥妙,此后便有了他的中德合璧抒情诗的产生和流传。③ 歌德生平第二个集中研究中国的时期是 1826 年至 1827 年,在此期间,他读了不少中国的戏曲、小说和诗歌,如《百美图咏》、《好逑传》、《玉娇梨》、《花笺记》等,并认为:"中国人有成千上万这类作品,而且在我们的远祖还生活在野森林的时代就有这类作品了。"从这些有限的、非主流的中国文化材料中,这位思想和文学巨人透过文学作品,看到了道德礼仪在中国的社会政治功能,"中国的礼节可为其文明的代表","正是这种在一

---

① 莱布尼茨:"《中国近事》序言",收入夏瑞春编:《德国思想界论中国》,陈爱政译,南京:江苏人民出版社,1995 年,第 3 - 17 页。

② 参见秦家懿编译:《德国哲学家论中国》,北京:生活・读书・新知三联书店,1993 年,143 - 168 页。

③ 参见赵勇编:《歌德》,沈阳:辽海出版社,1998 年,第 301 - 333 页。

切方面保持严格的节制,使得中国维持了几千年之久,而且还会长存下去"。另外,歌德还赞赏中国文化中的"天人合一",天与人、自然与人生和谐一致的追求,认为中国是"静态的文明的民族"。这也是歌德对包括中国在内的东方文明的形象概括。他写道:"⋯⋯静态的民族常以宗教精神纳入于他们的技术之中。他们事前的工作和材料准备非常认真和精确,在进行工作时,按部就班,备极工巧。他们进行工作,像自然那样从容不迫,他们所制作的器物,更是文明的进步较速的国家所不能仿效的。"讲到中国的民族时,歌德从他那普遍人性的哲学信念出发,认为中国是一个和德国很相似的民族,还说:"中国人在思想行为和情感方面几乎和我们一样,使我们很快感到他们是我们的同类人。"①

除了以上几位名人外,这一时期还有许多伟大人物均展现出了对于中国文化的兴趣,如孟德斯鸠(Charles Louis de Secon-dat Montesquieu)、赫尔德(Johann Gottfried von Herder)、黑格尔(Georg Wilhelm Friedrich Hegel)等。与传教士不同的是,他们提出了很多对中国的独特见解,其中不乏批评与否定。

1760 年以后,伏尔泰对中国的热情有所降温,他说:"人们因为传教士和哲学家的宣扬,只看见了中国美好的一面,安逊(Lord Anson)首先指出我们过分将中国美化,孟德斯鸠甚至在教士的著作中发现中国政府野蛮的恶习,那些如此被赞美过的事,现在看来是如此不值得,人们应该结束对这民族智慧及贤明的过分偏见。"②歌德也认为"不应该认为中国人⋯⋯就可以作为模范,对德国人而言,古希腊罗马文化才是典范"③。

黑格尔用冷峻的理性主义和严密的思辨哲学,将关于中国的材料进行了前所未有的整理与爬梳,从而得出了有关中国文化的独特观点。他认为中国的行政机构是基于"家长政府的原则,臣民都被看作还处于幼稚的状态

---

① 歌德:《歌德谈话录》,朱光潜译,北京:人民文学出版社,1978 年,第 78 - 112 页。
② 参见艾田蒲:《中国之欧洲》,许钧、钱林森译,桂林:广西师范大学出版社,2008 年,56 - 78 页。
③ 歌德:《歌德谈话录》,朱光潜译,北京:人民文学出版社,1978 年,第 78 - 112 页。

里",这就造成"一切都是由上面来指导和监督"的习惯,造成"几乎等于一种奴隶制度"的表象,造成对人的肉体和精神任意侮辱的刑罚。"不要简单地以为中国的法制不健全,因为中国是伦理化的法律"①,等等。

赫尔德眼中的东方文化则是处在一个"完全静态"中的社会制度,"这种制度一旦建立,它又以对人们的政治和思想的禁锢,来确保自己的长存"。他还指出,中华帝国实际上是"一个裹以丝绸、画以象形文字和涂以防腐香料的木乃伊,它们体内循环的是一只冬眠鼠的体内循环"②。

作为那个时代最杰出的思想家,孟德斯鸠、黑格尔、赫尔德等人从来没有到过中国,甚至不懂中文,但是他们敏锐地意识到了中国文化对于欧洲社会的意义,而他们给予中国的评价与批判也往往具有超时空的力量。中国学者喜欢把伏尔泰等人对中国的赞扬看作中学西渐史上的一段佳话,而认为持批评或否定观点的学者就是对中国文化缺乏宽容。然而,这些批评的意见即便有失偏颇,却也并非全无道理,如果中国人能更早地得知这些来自"他者"的批判,对于自身的反省或许也不会等到西洋大炮打开国门之后了。

(四)商人的诋毁与外交官的批判

从 18 世纪后期起,中国在欧洲(德国)的形象便急转直下,对中国的批评越来越多,越来越尖锐,就像之前的赞美一样,这一时期的批评也发展到了偏执和不公正的程度。之所以造成这种局面,一方面是由于晚清帝国经济、政治、社会文化上既外强中干又夜郎自大,另一方面则要归因于欧洲社会飞速发展以及随之膨胀的扩张主义。羽翼已丰的欧洲不再感觉到东方文化的吸引力,而清朝在与欧洲各国的交锋中屡遭败绩、不堪一击,以及中国各种令人难以置信的腐败现象,都强化了欧洲对中国的轻蔑和鄙视的态度,中国形象因此一落千丈。这一点,可以从对中国人的称呼中看到,当时欧洲一个普遍流行的名词是"chinaman"(中国佬),这是一个对中国人充满种族

---

① 黑格尔:"东方世界",收入夏瑞春编:《德国思想界论中国》,陈爱政译,南京:江苏人民出版社,1995 年,第 110 - 134 页。

② 赫尔德:"中国",收入夏瑞春编:《德国思想界论中国》,陈爱政译,南京:江苏人民出版社,1995 年,第 81 - 92 页。

优越感、充满轻蔑目光称呼。在德国流行的"schlitzaugen"（眯缝眼），不仅是侮辱性的中国人代名词，也成了描写中国人性格特征——"狡猾、阴险、欺诈"的同义词。

在此期间，首先是从事东方贸易的商人们在报告书中关于中国社会的描述，如中国下层社会民众的残忍、冷漠和野蛮，官员的专横、贪婪和腐败等，直接影响了欧洲的中国形象，成为欧洲人对中国印象先入为主的因素。相比传教士，商人们更多接触的是中国社会的底层群众和底层官吏，中国人的排外习俗让他们很难受到礼遇，而中国人自给自足的经济形态和对于新鲜事物的拒斥态度又使得他们要在中国获得财富没有想象中那么容易，所以他们笔下出现这样的中国形象并不奇怪。而传教士们接触的是达官贵人、学者文人，甚至是最高统治者，加之自身的官爵地位，使得他们很少看到中国社会底层状况，和周围人谈论的也都是形而上的问题，而中国传统读书人又最善于将道德文章呈现于表面之上，因此传教士对中国政治制度的赞美也在情理之中。

以上是从中国客观情形的角度分析，如果从这些撰写者描述中国境况的动机来观察，会发现欧洲中国形象的前后落差，更多地受到了欧洲人自身主观因素的作用。传教士出于顺利传教的愿望，自然倾向于把传教之地描述成一个文明而适合传教的国度；启蒙思想家出于鞭笞欧洲社会的动机，也乐于把中国想象成一个和欧洲构成强烈反差的完美社会。但在这个阶段，欧洲已经开始走上侵略欺压中国之路，那么在大众舆论上自然更侧重将中国描述成贫穷落后、蛮荒愚昧之地，从而为殖民主义行径提供更多的理论支持。事实上，从19世纪下半叶起，欧洲各国均加强了对中国民族性和国民性的探讨，而这些探讨多数都带有明显的殖民主义烙印和"欧洲中心论"的优越感。

（五）两种形象的纠结

欧洲（德国）的中国形象，在某种程度上并非"中国的"形象，而是"欧洲的"形象，是欧洲社会根据自身发展需要，在一定的社会资料之上加以想象和夸张的虚拟之象。因此，欧洲的中国形象常常游走在"理想化"与"妖魔化"的两端。当他们对自身社会现实不满时,通过理想化中国来获得一种域外支持或慰藉,当他们恐惧、嫌恶以及企图侵略中国时,又会通过妖魔化中国来达到一种舆论造势之目的。中国形象在欧洲社会的跌宕起伏,在世界政治经济格局风起云涌的 20 世纪,显得特别典型与频繁:从世纪初的"黄祸"惊慌到"一战"以后对老庄哲学的崇尚,从 1950 年代开始的"红祸"恐惧,到 1970 年代"毛主义乌托邦"的想象,欧洲视野中的中国形象在可怕与可爱的轮回与纠结中变得越来越复杂。

在 20 世纪之初,从传教士、军人、政客的报道到小说、诗歌等文学文本,西方文化表述中的中国形象,基本是贫困肮脏又混乱邪恶的地狱,相关讨论一般都集中在有关"黄祸"与义和团的恐怖传说上。其中"黄祸"是有关中国形象的一种极端意识形态化的心理原型,在一般人的头脑中,只要一想到中国庞大的人口,而且已经有上百万中国人涌到了其他国家,人们就会不寒而栗。欧洲国家的面积小,人口少,对庞大的人口尤其敏感,对他们来说,面对亚洲人口之泛滥,欧洲如果没有技术上的领先,根本就无法应对。这一时期的西方社会想象中,一方面是种族主义、帝国主义意识形态视野里的"黄祸"中国,而另一方面,乌托邦化的中国形象也在悄悄复兴,有人开始将中国描述为智慧、宁静、纯朴的人间乐园。第一次世界大战摧毁了启蒙运动以来形成的现代资本主义的意识形态自信,许多欧洲知识分子开始反思欧洲现代文明的意义,同时通过重新"发现"东方文明的价值,少数知识精英们甚至开始想象中国传统哲学以及生活旨趣能够给陷入贪婪仇杀中的"没落"的西方以某种启示,中国形象也因此开始转变。"黄祸"恐慌淡化了,哲学家们开始像他们两个世纪前的先辈那样引用中国同行的话,只是此时老子、庄子比孔子更重要了。值得注意的是,此间欧洲的中国形象的所谓转变,主要体现在精神方面,但在物质上,贫困、落后、充满饥荒与瘟疫的中国形象并没有改变。

1949 年中华人民共和国成立成为中国形象另一个大的转折点。以美国为首的西方世界对中国出现一个统一强大的共产党政权,基本上持敌视与恐惧的心态。这种对集权与革命的敌视,无法不影响到那时的德国。这一阶段邪恶的中国形象与前一阶段美好的中国形象同样不真实,1950年代初联邦德国的中国形象,进入历史上最黑暗的时期——"红色中国"是一个野心勃勃、极富侵略性、有称霸全球企图的政权。但在1960年代"左翼"思潮的影响下,德国的中国形象又重新表现出一种美化的乌托邦化倾向,红色中国变成了"美好新世界",而当德国乃至整个欧洲再次将中国想象为乌托邦的时候,中国事实上正经历着可怕的"文化大革命"。同样出于社会意识形态的原因,民主德国在1950年代对中国给予了精神上的极大同情和支持,很多汉学学者也是在这一时期来到中国留学并在以后的汉学研究中做出了颇多贡献。但这种同情和支持随着1960年代中苏关系的破裂和政治格局的改变消失了。从此以后直到1970年代末,中国在民主德国的出版界都是一个禁忌的话题。

回顾1980年代之前德国的中国形象,总是在这种纯朴与邪恶、可敬与可怕之间轮回纠结,即使是在同一时代,不同意识形态背景也会产生不同的甚至完全相反的中国形象。世纪初的"黄祸"恐惧与对老庄哲学宁静中国的向往并存,共和国成立后的"红祸"形象与"美好新世界"的传奇同在。中国形象不仅仅是对中国本身的反映,更多的是德国社会文化结构中正统意识形态与激进批判精神的差异表现,是他们对于自身自信与怀疑、希望与失望、肯定与批判等种种思考的一种体现。

二、反省重构与继承延续的复杂关系

上文对于德国在1980年代之前中国形象的梳理和介绍,构成了理清中国当代文学在德国的译介和传播与原有中国形象的复杂关系的一个基础。总结起来,德国所"仰视追捧"的中国形象之"美好"与"可敬"主要有三个方面:一是从马可·波罗时代开始的对于物质中国的惊叹,体现为延续至今的对于中国景物、风俗、美食、艺术等的强烈兴趣;二是从莱布尼茨时代开始的对于政治中国的礼赞,包括18世纪理想化了的伦理道德文明之都和1960年代朝圣者的"毛主义乌托邦";三是从歌德时代开始的对于文化中国的借鉴,后来发展为卫礼贤、黑塞、德布林、托马斯·曼以及诸多当代德国汉学家对于中国传统文化中"现代欧洲的良药和救赎"价值①的挖掘和诠释。而德国所"敌视抵制"的中国形象之"邪恶"与"可怕",也有对应的三个方面:一是从后期传教士、来华商人日记中便开始的对饥荒瘟疫、贫穷落后、肮脏混乱的中国形象的反感;二是从黑格尔、赫尔德时期开始的对"家长政府"、"停滞轮回"的中国文化的批判;三是种族主义和意识形态视野下对于"集权暴力"的红色政权和无处不在的"蓝蚂蚁"般中国人形象的恐惧。

"改革开放"时代的到来,意味着与世隔绝近三十年的神秘中国终于打开了一个窗口,同时也意味着新一轮中国形象的建构。德国人期望对这个遥远东方古国和潜在巨大市场拥有更深入、具体的了解,并且不满足于从中国公开报刊渠道获得的官方报道,而渴望接触更全方位、多角度的民间信息。1980 年代的文学作品恰恰适应了他们的这一需求,其翻译数量在 1979 年至 1987 年之间急剧增长,以单行本或者合集等形式在不同出版社出版,1987 年是迄今为止德国译介中国文学作品数量最高的一年。从"伤痕"到"反思"到"改革",从"寻根"到"先锋"到"新写实",从"朦胧派"到"新生代"到"新新人类",新时期文学各个阶段、潮流、类型、风格的代表作品几乎都拥有德译本以及程度不一的论述文章或者零散点评。而这些译作和相关评论因为填补了德国此前的中国经验空白,成为这一轮中国形象建构中一个重要的思想资源和推断依据,它们所呈现和诠释的当代中国风貌给予原有的中国形象以冲击、反省、丰富和调整,进而实现了某种程度的重构。

德国 1980 年代之前的中国形象,无论是 1950 年代联邦德国官方宣称的"野心勃勃、极富侵略性、意图称霸全球"的中国,还是 1968 年抗议运动中左翼宣告的"看到未来和希望"的中国,或者更早以前时而是地狱、时而是天堂的极端中国,大多是基于种族主义、意识形态或者自我精神需求的一种想象与虚构。然而 1980 年代以后,这些想象与虚构开始被日新月异的通讯交通方式、频繁的实际接触以及大量中国当代文学作品的传播所逐渐改变。比如从 1960 年代末开始的对"文化大革命"的极度神化(在此过程中必然包

---

① 　Richard Wilhelm：*Die Seele Chinas*，Frankfurt：Insel Verlag，1980，S. 347.

含对冷战时期被妖魔化了的中国形象的反拨），在遭遇了一系列反映"文革"历史的文学作品之后，开始得以清算和反省。清算从暴露"文革"真相开始，《伤痕》、《班主任》、《于无声处》、《假如我是真的》①等作品的翻译和传播，成为击碎"文革"传奇和解构中国神话的利器，使德国人意识到"美好中国的假象后面隐藏着一个巨大的混乱不堪的国家"②。被译介至德国的相关作品还有《布礼》、《最宝贵的》、《天云山传奇》、《芙蓉镇》、《人啊，人》、《干校六记》、《随想录》③等，这些作品成为德国深入了解中国社会问题和精神状况的资源性文本，并以此建构起"文革"噩梦过后痛楚、反思、文明空白和人道主义缓慢复苏的中国形象。随后译介至德国的中国"先锋文学"、"寻根文学"、"新写实文学"和"通俗文学"，又呈现出转型期从古老走向现代的中国形象——一个试图挣脱"文革"阴影却又总是陷入新的矛盾、一个在不断变革与回归传统的纠结中挣扎探索的中国形象。值得一提的是中国当代的女性作家，她们的女性身份、对中国社会的现实书写、对中国人心路历程的独特剖析，使得她们的创作在中国形象建构中颇具分量。张洁的《沉重的翅膀》④是德国最为畅销的中国当代小说，为德国读者带去了一个向现代化国

---

① 《伤痕》、《班主任》收入 Jochen Noth：*Der Jadefelsen. Chinesche Kurzgeschichten* (*1977—1979*)，Frankfurt：Sendler，1981，S. 131 - 142；《于无声处》收入 Martin Krott：*Politisches Theater im Peking Frühling*，1978，"Aus der Stille" von Zong Fuxian. Übersetzung und Kommentar Bochum：Brockmeyer，1980；《假如我是真的》收入 Rudolf G. Wagner：*Literatur und Politik in der Volksrepublik China*，Frankfurt：Suhrkamp，1983，S. 105 - 176，S. 354 - 367.

② Miriam and Ivan London：The Other China，*Worldview*，May June，July 1976.

③ 《布礼》收入 Irmtraud Fessen-Henjes：*Das Auge der Nacht*，Zürich：Unions verlag，1987，S. 7 - 117；《最宝贵的》收入 Inse Cornelssen und Sun Junhua：*Wang Meng. Lauter Fürsprecher und andere Geschichten*，Bochum：Brockmeyer，1989，S. 139 - 147；《天云山传奇》收入 Eike Zschacke：*Die wunderbare Geschichte vom Himmel-wolken-berges*，Berlin：Verlag Volk und Welt Berlin，1981；《芙蓉镇》见 Peter Kleinhempel：*Hibiskus，oder Vom Wandel der Beständigkeit*，Verlag Volk und Welt Berlin，1986；《人啊，人》收入 Monika Bessert，Renate Stephan-Bahle：*Die grosse Mauer*，München：Hanser Verlag，1987；《随想录》见 Helmut Martin：*Gedanken unter der Zeit*，Diederichs Eugen，2007；《干校六记》见 Helmut Martin und Christiane Hammer：*Die Auflösung der Abteilung für Haarspalterei. Texte moderner chinesecher Autoren*，Rowolht：Reinbek bei Hamburg，1991，S. 68 - 76.

④ 《沉重的翅膀》见 Michael Kahn-Ackermann：*Schwere Flügel*，München：Carl Hanser，1985，Berlin：Aufbau Verlag，1986.

家艰难过渡的"改革中国"形象；王安忆笔下的旖旎上海和细腻气质、池莉笔下的激情武汉和冷热生存，为德国带去了各具韵味的城市个性以及"情调中国"与"世俗中国"的形象①；卫慧、棉棉笔下世纪末光怪陆离的都市生活和混乱复杂的情感体验，则为德国带去了和当代西方青年几乎没有差异的一批中国"新新人类"的形象②……

　　然而，中国当代文学在对德国 1980 年代以前的中国形象进行上述反省重构的同时，又不可避免地显示出了原有中国形象的深刻烙印与持续影响。一方面，原有的中国形象构成了德国读者对于中国 1980 年代文学的文化预设和阅读期待，导致出版社不得不出于市场的考虑，去找寻那些更迎合普通读者东方想象的作品。另一方面，原有中国形象也是德国的中国当代文学翻译者和研究者们理解中国的知识储备和评价标准之一，这让他们在解读和诠释 1980 年代文学时，选择了那些更符合他们的预设和推断的立场角度，而基于这一学术背景的译介研究成果显然又进一步加固了原有的中国形象。也就是说，1980 年代文学在德国的传播与接受，不同程度地延续了原有的中国形象。具体而言，这种延续主要体现在三个方面。一是对于中国风物的持续兴趣，冯骥才《神鞭》里的市井生活，邓友梅《烟壶》里的民间技艺，陆文夫《美食家》里的中国饮食文化，莫言的山东高密乡，苏童的枫杨树乡，马建、马原、阿来等作家笔下的西藏世界③……对德国读者散发着永恒魅力。二是对中国政治事件的强烈关注，这一关注既体现在对于 1980 年代

---

①　王安忆作品评论见 Ulrike Solmecke：*Zwischen äußerer und innerer Welt. Erzählprosa der chinesischen Autorin Wang Anyi 1980—1990*，Berlin：Projekt Verlag，1995；池莉作品评论见 Thomas Sturm：Zwischen den Diskursen. Die chineseche neorealistische Erählung，*Oriens Extremus* 40(1997)，S. 102 – 152.

②　卫慧、棉棉作品评论见 Beate Geist：*Die neue Menschheit in chinas Großstädten. Eine Untersuchung zur chinesichen Gegenwartsliteratur*，Hamburg：Institute für Asienkunde，2003，S. 60 – 65.

③　《神鞭》见 Helmut Martin：*Die lange Dünne und ihr kleiner Mann*，Projekt Hannelore Salzmann，1994；《烟壶》见 Günter Appoldt：*Das Schnupftabakfläschchen*，Peking：Foreign Languages Press，1990；《美食家》见 Ulrich Kautz：*Der Gourmet*，Diogenes，1983；莫言的山东高密乡系列、苏童的枫杨树乡系列以及马建的《亮出你的舌头或空空荡荡》、马原的《拉萨河的女神》、阿来的《尘埃落定》等西藏系列小说都有德译本。

作家右派家庭、知青身份、流散体验等生命经历的特别重视与充分阐释,也体现在对于显露或隐含在文本中的政治立场和意识形态的竭力挖掘,比如顾彬对于格非的《迷舟》、苏童的《罂粟之家》中某些细节的格外专注,并将其解读为中国严格审批制度下的"政治正确策略"①,虽说不失为一种思考路径,却也有过度阐释之嫌。三是对中国传统文化的独特青睐,德国汉学界对丰子恺《缘缘堂续笔》中的道家式生存、汪曾祺《受戒》中的"原始人道主义精神"、阿城《棋王》中的"无为与存在的完全统一"②格外重视,并将这种来自"他者"的异域视野与文化启示,当作缓解他们自身精神困境的一种寄托与期望。总之,中国 1980 年代文学在德国的译介和传播对于德国 1980 年代之前的中国形象,存在着既反省重构、又继承延续的复杂关系,二者并生共长、互为因果、循环往复、螺旋上升,并因此产生了既一脉相承又与时俱进的新一轮中国形象。

三、紧密渗透与相对游离的不同阶段

中国当代文学在德国的译介和传播与 1980 年代之后德国的中国形象建构之间,经历了从紧密渗透到相对游离的不同阶段。以波鸿鲁尔大学的卫礼贤翻译中心和德国图书销售交易协会的统计数据为据,1995 年被看作划分这两个阶段的一个分水岭(当然不是绝对的)。在此之前,中国新时期文学作品在德国的翻译数量呈增长状态,1979 年至 1987 年持续上扬并于 1987 年达到最高点,之后有所回落,到 1990 年代初又再次经历了小高潮,译介至德国的这些作品对这一时期德国的中国形象建构起到了至关重要的影响、渗透和转变作用。而在此之后,当代文学在德国的翻译和销售数量严重下降,1995 年陷入低谷后再也难以回升,这些作品在新的中国形象建构中尽管仍是诸多活跃因素之一,但已逐渐处于相对游离的地位。那么,中国

---

① 顾彬:《20 世纪中国文学史》,范劲等译,上海:华东师大出版社,2008 年,第 347 – 349 页,第 355 – 356 页。

② 汉雅娜:"处于现代化痴迷之中的文化交流",李雪涛译,《德语世界的汉学发展:历史、发展、人物和视角》,郑州:大象出版社,2005 年,第 645 – 647 页。

当代文学的德译何以在 1980 年代如此深刻地影响了中国形象的建构？而这一紧密关系又何以在 1990 年代之后逐渐弱化呢？

我们回顾一下历史上德国的中国形象建立与中国文学译介之间的关系，便会清楚地看到，影响中国形象建构的最初和最主要的文本，往往都是直接出自欧洲人之手。《马可·波罗游记》德译本的出版常被看作中国形象在德国的形成之始，而这一文化事件也勾勒出了 20 世纪以前中国形象的经典建构途径，那就是：欧洲人（包括旅行家、传教士、商人、官员、作家、思想家等）通过自身的写作（包括游记、日记、书信、思想著作、文学创作、中国文学的仿作等），将遥远中国的形象或据实描绘、理性归纳，或虚构想象、感性创造，而这些文本历经数年，在法语、拉丁语、德语、英语等不同语言世界中翻译传阅，最终形成了中国形象在欧洲的世纪性思潮。其中，中国文学作品的译本最早出现在 17 世纪的英国和法国，在随后几十年中转译至德国，包括《诗经》、戏曲《赵氏孤儿》、小说集《今古奇观》等。相比此时与中国相关的历险小说、旅行小说、虚构信函以及盛行于 18 世纪的中国题材的各式仿作而言，中国文学在德国的译介数量和影响都颇为有限，对中国形象建构的辐射力也是非常次要、边缘的。

20 世纪以后，卫礼贤翻译的中国儒家经典（《大学》、《论语》等）和道家经典（《道德经》、《庄子》等）、弗兰茨·库恩翻译的中国古典长篇小说（《红楼梦》等）、晚清长篇小说（《儿女英雄传》等）对于中国文化价值在德国的重新发现以及中国形象在德国的生动化、具体化都起到了延续至今的重要作用。"二战"后两德分裂，中国文学的译介和传播受到意识形态的严格控制，1950 年代中国现当代文学的德译本数量明显增多，茅盾、巴金、老舍、丁玲、萧军等作家的作品均在此时翻译出版——这些都是同在社会主义阵营中的民主德国翻译家们的功劳，出于文学的魅力，更出于政治的需求，"在民主德国，翻译者们一开始就给自己定下了这样的目标：要让说德语的读者熟悉中国的现当代文学"①。1960 年代中苏关系破裂以后,东德的中国现当代文学翻译工作也随之断裂,相反一直与共和国处于冷漠敌对状态的联邦德国,受到"1968 年抗议运动"的影响,开始对中国重新产生兴趣,又因为 1949 年以后中国与西方世界的隔绝状态,更加对当代中国充满热望。

这个包裹得严严实实的中国,被 1978 年的"改革开放"撬开了数道缝隙,德国人对当代中国主观上的强烈好奇和客观上的经验空白,使得他们难以抑制在这些缝隙中寻找真相(至少是他们认为的"真相")的冲动和兴奋。当代文学作品无疑是 1980 年代走进中国的最佳媒介,中国人压抑得太久的思想和激情开始爆发在文学阵地,此起彼伏,层出不穷,文学是 1980 年代的中国文化生活的绝对主角。当然,除了对于所谓"真相"的追逐,德国对当代中国的渴望和热情还来自另外两个重要方面:一是对中国实行开放政策以后即将成为世界工厂和欧洲最大经贸合作伙伴的预期,这一经济驱动力导致德国书店里当代中国纪实文本远比虚构文本更为畅销;二是后工业时代里德国人种种难以在其自身文化中获得解决的精神困惑,被寄希望于从中国文化中寻求救赎,这使得那些蕴含着中国传统文化的当代文学作品在德国更受青睐。

文化交流、经济交往和自身精神产生的种种需求,已经足以解释 1980 年代文学在德国的大量译介、传播和接受,但论及这些作品对德国的中国形象建构的紧密渗透力和强大影响力,很大程度上还要归功于在这场跨文化交流里中德双方所努力营造的对话基础。就德国而言,德国专业汉学在经历了几十年的曲折发展之后,1980 年代进入了繁荣期,人员众多、规模庞大、课题涉及广泛、思考深入,德国汉学的发展为 1980 年代文学的翻译和研究提供了学术资源、研讨氛围、出版经费、翻译人才等各种有利条件。就中国而言,中国外文局、相关学者和译者在文化输出方面做出了卓有成效的努力,如《中国文学》杂志和其主编杨宪益先生建议出版的"熊猫"丛书,为中国

---

① Eva Müller:"Chinesische Literatur in der DDR",in Hsia, Adrian/Siegfrid Hoefert (hg.), ernöstliche Brückenschläge: zu den deutsch-chinesischen Literaturbezuehungen im 20. Jahrhundert, Frankfurt: Peter Lang, 1992, S. 199 - 210.

当代文学在德国（以及其他西方国家）的传播和接受起到了不可忽视的作用（尽管该丛书仅有少量德文版，但其大量的英文、法文版作品同样为德国了解和接受中国文学提供了一个窗口，很多德语译者因此与中国当代文学结缘）。

然而，在经历了 1987 年的译介制高点之后，新时期文学作品在德国的翻译数量和影响力开始逐年下降，中国当代文学在德国的中国形象建构中地位也随之弱化。辉煌不再的原因首先应该归结为传播渠道的不畅和译介水平的局限。一方面，中国当代文学作品数量浩如烟海，小说篇幅大多很长，汉学家、译者阅读量有限，通常是经人介绍或推荐才会接触到某一作品，真正有艺术创造力的作品未必被他们翻译，甚至可能从未听说。另一方面，对于德国普通读者而言，对中国文学的兴趣主要集中在那些记录社会发展和政治变动的作品、以神秘方式表现中国的传记作品、以"在中国大陆遭禁"作为噱头的情色作品等，多数德国出版社出于市场效益会选择迎合读者，这大概也能解释像卫慧、棉棉、虹影这些作家，这边被顾彬骂作"垃圾"、那边被出版社隆重推出的强烈反差了。同时，"中国学"在德国尽管比早年热闹了不少，但文学翻译对于译者的双语水平和艺术感受力要求颇高，真正愿意、也有能力从事文学翻译的人才毕竟数量极少，加之翻译工作不受重视、收入低廉，很多热爱中国文学事业的译者不得不忍痛割爱、另谋高就。这些现实难题导致真正优秀的中国当代文学不为人所知，或者为人所知却不为人所译，或者为人知、为人译却难以译出原文韵味，又或者译得精彩却因经费、宣传策略、社会大环境等原因没有引起应有的关注和反响。同样的困境在中国翻译界尤其是德语翻译界中也大量存在，尽管近年来文化输出越来越被重视，但真正落实到具体的政策、人才、经费等，仍然显得捉襟见肘、杯水车薪。

1980 年代以后当代文学传播影响力在德国急剧下降的另一个重要原因则是时代主题的转变与大众传媒的兴起。20 世纪两次中国文学翻译高潮（1920 年代和 1980 年代）的出现都与当时的"中国热"密切相关，1990 年代以后，德国社会的时代主题逐渐转移到与其自身生活更加密切相关的问题的探讨,如对两德统一进程的反思、欧洲一体化利弊的权衡、绿色环保生活的倡导,等等。中国一方面以超速发展的经济令人刮目相看、暗自惊叹,另一方面在文化上又渐遭冷落、风光不再,常常只能以神秘学说或异国情调来获取海外读者的青睐。在德国书店的中国书架上,最受欢迎的是关于太极、气功、风水之类的工具书以及其他实用类书籍,当代文学的译本少得可怜,编辑们也不愿意在文学书上冒险,他们往往先参考美国的翻译和销售状况,再决定是否引进版权,并且常常直接从英文转译。另一方面,便捷的交通工具、高速的信息传播方式、大众传媒的兴起,极大地丰富了人们走近中国的实时资料和获取途径,报刊、电视、网络等反应及时、图文并茂的传播很大程度上代替了1980年代中国文学作品的对外媒介功能。从这个角度而言,当代文学译介与中国形象建构之间关系的日渐游离,也是纸质文本与信息化、传媒化生活方式的日渐游离的社会生活状态的一个缩影。如何在这一大环境下将科技发展的优势运用到中国当代文学对外输出的实际操作中,是我们必须积极面对和重点思考的问题。

四、他者接受与自我观照的交错心理

中国当代文学在德国的译介和传播以及与此相关的中国形象建构,表面上取决于翻译者的文本选择和研究者的阐释角度,但事实上,无论是译介工作本身还是译介成果的接受,都不仅仅由翻译者、研究者自身的喜好或者能力决定,而是处在一个由译者、学者、书评撰稿人、出版商、书商、主编、编辑、出版许可证管理人员等组成的复合作用体当中。

如前文所述,这些人员和机构大致分属于两个不同的体系,而这两个体系基本上与中国当代文学在德国的两种译介渠道相对应。一是学院渠道,包括大学体制内相关的汉学研究机构、学者、图书馆藏书、杂志期刊等,二是民间渠道,包括大学体制外相关的民间组织、基金会、出版社、自由译者等。与前者相关的是大学学科设置、科研经费、学术方向及其背后的国家意志和战略考量,与后者相关的是谋生(或者兴趣、责任)、出版社、读者及其背后的市场大手和商业规则。1990年代以前学院渠道影响更大,1990年代以后随着汉学学科的经济学转向、教师职位的精简、科研经费的压缩,商业化而非学术化的民间渠道的社会影响增大。1980 年代学院渠道对朦胧诗、伤痕文学、改革文学的特别关注,以及对万象更新的中国形象的建构,与 1970 年代以后蓬勃发展、遍地开花,或传承、或新建的德国大学汉学系分不开,更与自 1972 年以来中德双边关系的恢复和"改革开放"后中德经贸伙伴关系的确立等政治经济形势分不开。而近年来民间渠道对"政治"、"情色"、"遭禁"等书籍标签的极大热忱,以及对"人权受损地"、"经济终将超过美国"等中国形象的建构,包括出版社为一些遭禁作家或"美女作家"设计安排的巨幅海报、巡回朗诵、签名销售等一系列宣传造势,与德国读者对中国政治和中国女人的暧昧兴趣分不开,更与图书生产全球化趋势下已获考验的市场效应(主要指美国市场)和商业回报分不开。

由此可见,1980 年代中国当代文学在德国的译介与 1980 年代之前的中国形象之间既反省重构、又继承延续的复杂关系,与 1980 年代之后中国形象建构之间或紧密渗透、或相对游离的不同阶段,除了受到"中国怎么样"的影响(前面已经着重分析)以外,更受到"德国怎么样"的影响。

事实上,中国形象的历次建构,都与德国自身的社会政治状况和民族文化诉求密切相关。"人们最需要通过创造一个'非我'来发泄不满和寄托希望,富于创见的作家和思想家总是要探寻存在于自己已知领域之外的异域,长期以来,中国正是作为这样一个'他者'出现的。"①德国文化精英历史上每一次大规模地集中眺望东方和"中国热"的兴起,总是由于他们自身感受到了某种生存困境却又难以从同质文化中找到出路,于是便充满期待地试图从遥远东方的异质文化中获取心灵慰藉与思路启发。而中国文学在德国的译介和传播,也折射出了这种文化心理,他们期望从新时期文学中汲取的,除了关于当代中国真实场景的种种信息,还有就是与日耳曼文化相异的因素,并借此展开对中德文化差异部分的诠释,获得一种对于自身文化互补

---

① 乐黛云:"世界文化总体对话中的中国形象",史景迁:《文化类同与文化利用》,北京:北京大学出版社,1990 年,第 8 页。

互参的中国途径。例如他们对于阿城《棋王》中道家生存智慧、天人合一思想的推崇，正是德国在现代化进程中远离自然、背弃自然、失去自然的忧患意识的反映，他们在王一生无为而为的淡定处世方式中寻觅到了医治现代病的希望，《棋王》类型的文本因而也得到了德国汉学界和图书界的颇多肯定。例如他们对于杨炼将"祖国的古朴原始与西方现代美学相结合"的诗风的赞誉，一方面因为杨炼的诗歌与他们自身对于人类原始灵魂的寻求相一致，另一方面又与从海德格尔到希尼等人的思想精神相契合，杨炼等当代诗人在德国汉学界的声名也因此远胜于国内绝大多数小说家。可以说，德国人是在认识、译介和建构中国的路上，发现了给予德国问题以希望的曙光，或者说，为了解决德国的问题，他们才找到了中国，译介中国文学，建构中国形象，并试图经由中国再返回自我、思考自我。

根据上面的分析，我们似乎可以得出这样的结论：中国当代文学在德国的传播以及中国形象的建构，实际上是由相互关联的两个因素决定的：一个是中国新时期文学的创作及其所展现的中国形象与中华民族心灵史，另一个则是德国学者、译者们的翻译传播及其所处时代的文化思潮与历史语境。德国人试图通过对中国当代文学的译介与研究，探寻和揭示中国自 1980 年以来真实的生存图景和精神历程，并以此为镜获得对他们自身的一种精神观照和反思。事实上，翻译家戴得尤斯还说过这样的话："只有通过深入体会异国语言的精神，我们才会发现我们自己语言的美妙之处和种种可能性。"①这个结论不仅适用于语言，也适用于社会文化，德国对中国当代文学的翻译和研究，正是中国"他者"形态和德国自我状况共同作用和交错影响的结果。

如果说，前面对于当代文学与德国的中国形象之间复杂关系的梳理，佐证了中国当代文学对外传播的重要价值，对于当代文学与中国形象建构之间影响阶段的分析，增加了中国当代文化对外输出的参考策略，那么，对于

---

① Karl Dedecius: *Vom Übersetzen. Theorie und Praxis*, Frankfurt: Suhrkamp Verlag, 1986, S. 176.

德国译介中国当代文学的过程中这种"他者接受"与"自我观照"交错心理的揭示，则多少为我们客观评价和选择借鉴德国汉学的中国当代文学翻译研究成果提供了一种视野和方法。既不狭隘敌视，也不盲目追从，以他者为镜，观察和反思"他们眼中的我们"，由此获得反省自身创作与批评的新思维路径和参与国际学术对话的新话语资源。

第五章　影响中国当代文学在德译介
##　　　与研究的内在因素

德国的中国当代文学译介与研究,一方面如上文所分析的,不可避免地受到了中德政治经济、社会运动以及中国在德国的形象等外在因素的制约;另一方面,也更多地由其内在因素所决定。德国汉学之独特性的内在根本,即在于他们对德国学术传统的继承和对中国文学传统的尊重。

对于前者的继承主要体现在德国汉学与欧洲思潮的种种关系,其中与中国当代文学的译介与研究关系最为密切的,是理论上阐释学传统的深远影响,这是他们通过译介、研究中国当代文学进而解释当代中国的一个理论背景。对后者的尊重主要体现在他们对于中国文学中"异"的因素的重视与青睐,通过对中德文化中差异部分的阐释,获得一种对于自身文化互补互参的东方途径。包括20世纪德国历史上几次"中国热"尤其是"道家热"的兴起以及从歌德到顾彬的"世界文学"观及其与中国文学的互动关系,等等。在这里,汉学不仅仅是对象,更是方法,通过汉学这一途径思考的最终还是德国问题。德国汉学与其起点文化——德国(欧洲)之间的密切关系,以及对其终点文化——中国独特性的特别关注,成为影响中国当代文学在德国译介与研究的重要内在因素。

第一节　诠释学传统的深远影响

诠释学传统对于当代德国汉学深具影响,是影响中国当代文学在德国译介和研究的内在因素之一。诠释学源于希腊的语言学和中世纪的圣经注释学,并受到文艺复兴时期对《圣经》的重新理解、注释运动的推动,是在翻译、理解和解释的过程中形成的一套对于意义解释的理论体系和方法论。当代诠释学是在德国哲学家施莱尔马赫（Friedrich Schleiermacher）、狄尔泰（Wilhelm Dilthey）、海德格尔（Martin Heidegger）和伽达默尔（Hans-Georg Gadamer）等人的影响下不断形成发展起来的。作为一门关于意义的理解和解释的科学，诠释学当然对文学翻译和文学研究起到了推波助澜的作用。在海德格尔转向语言的启示下，伽达默尔在他的哲学诠释学中强调主体间（译者和原作者）通过翻译对象（源语文本）达到互相沟通、对话，从而得到译者对源语文本现实化、显现化的结果。深受诠释学传统浸润和滋养的德国汉学学者，通过对中国当代文学的译介与研究，实现对源语文本的跨语言、跨文化的解释，进而完成对当代中国的某种解释。对中国当代文学的译介与研究，不仅是德国汉学试图理解中国文学、与中国这个"他者"进行跨文化对话的过程，同时也是德国读者从"他者"身上寻找获得自我发展的异文化启示的过程。

一、文学翻译：理解的对话模式

中国和德国之间原本遥远的空间距离，因为网络、通讯、视频等技术的发展，可以在数秒之内变得忽略不计。因为交通工具的发达，如今可以在数个小时之内抵达。如果不要求面对面的接触，那么所需的时间更短。然而，不同文化之间的互相理解，却是一个超越了科学技术可能性的问题。德国对于中国的"理解"，通过媒体介绍而早已形成的关于"异域胡人"或者"红色中国"的想象，似已成为弄假成真的客观观察。来中国旅游为德国人提供了一系列直接观察的形式，但这种极其简单的模式只能停留在感官体验上，最常提及的是中国美食、地方民俗和旅游景点——当然这些体验同样宝贵。然而，想要深入理解中国，对于不具备相应语言和文化知识的人而言，几乎是不可能的。如果说只有掌握中文才是通往中国文化的唯一渠道，显然言过其实，但在体验异域文化的所有途径中，语言以及由之衍生的文字无疑是非常重要的一种形式，它不仅是了解现在，同时也是了解早已无法经历的过去的一种渠道。这时，翻译显然不可或缺。

关于翻译这一由一种文字到另一种文字的转换过程,伽达默尔在《真理与方法》一书中提出了理解的对话模式,认为解释者与文本之间形成了一种"我"与"你"的"生命伙伴"关系,而这种生命伙伴关系体现的是"问"和"答"的辩证法结构,因而,对文本的解释过程就是与文本进行对话的过程。伽达默尔的对话模式为文学翻译研究提供了新的理论视角,这不仅标志着翻译的独白时代的结束,同时也标志着翻译的对话时代的开始。然而在现实生活中,翻译者的境遇常常较为尴尬,因为他们作为媒介者往往被原作者的大名所掩盖,因而丝毫不引人注目。即使译者工作得到最高的肯定,人们也仅从审视原著的角度出发而赞扬他的译文与原著"形神相符",并能够"保持"原文的语言风格以及表达方式。这无疑是对翻译工作再创造部分的轻视,至少在具有理解、评价和对话的多重可能性的文学翻译方面,译者往往与作者进行着几乎同等的创作活动。围绕"理解"这个复杂问题,以及与之相关而产生的对于中国这个"他者"景况和文化的阐释,译者或汉学家所需要的不仅仅是实现两个文本、两种语言的转换之技巧,更需要促进两个民族、两种文化的对话之智慧。

在德国汉学学者对于中国当代文学的翻译中,涉及两个无关翻译技巧、却比技巧更为重要的问题。第一个重要问题是,应当翻译什么,原文是否值得翻译,在浩如烟海的中国文学作品里该如何选择?

中国文化汗牛充栋的文字遗产对于现代中国人影响深远,其数量之众常常使得很多海外汉学专业人士瞠目结舌。如果是古代文学的作品,这个选择题相对比较简单,因为历史已经在多个层面完成了过滤的工作,哪些作品经历了时间的考验,哪些作品被历史遗忘,一目了然。然而对中国当代文学作品的翻译选择却艰难许多。当代文学作品数量众多,篇幅宏大(中文翻译成德文以后,页数往往是原文的三倍之多,所以中国的长篇小说翻译成德文之后读者寥寥,因为书本实在太厚),并且每年都以极快的速度增长。于是大多数汉学家对于作品的认同和选择常常借鉴或委托他人的意见,最后集中于少量熟悉的作家或评论家的写作或推荐。现在很多汉学学者不翻译当代作品的原因,主要是数量太多,无从选择,篇幅太长,无力阅读。进入大学学科设置的汉学是迄今为止最有能力对中国的文字遗产以及文学创作进行观察的机构,但因为中国文学数量之众,它已难以胜任这个工作。

在这浩如烟海的文学作品中,只有少之又少的部分得到关注,并且通过翻译而获得"加冕"。中国当代诗歌的德语译者之一顾彬的经历可以作为一个佐证。在接受记者采访被问到"翻译中国作品标准是什么"时,他回答说:"基本上是认识的中国学者、文学家推荐的,我可能从来没有翻译过不是中国作家介绍的作品。"①《今天》的相关文章也可以证明这一点。留在大陆的中青年诗人与他们的"前辈"(比他们年长几岁)相比,在国外的接受显然没有"前辈"们集中,尽管这些"前辈"在国内也许不过是无名小辈,却拥有"世界文学家"的盛誉,实在让人称羡不已。这导致有些不服气的"守巢"诗人们也纷纷争取在流亡刊物上发表作品,以增加自己的海外影响力,希望因为获得某个汉学家的青睐而得以扬名国际。②

第二个问题是,如何翻译,翻译好坏的标准是什么,译者和文本之间的关系是怎样?

译者与文本之间的关系问题一直是一个有争议的问题。西方的翻译历史与《圣经》翻译密切相关,因此,译者必须绝对忠实地翻译《圣经》,进而应该忠实地翻译所有的文本。中国的翻译源于佛经翻译,因此中国译者也采取了同样的态度:译者们尽可能通过直译的方式来忠实于原文。于是在中西方翻译史上,译者与文本之间的关系在很长一段时间里都是从属关系——原作者拥有绝对的权威,而在翻译过程中,译者要竭尽全力地捕捉原作者的意义,对原作者的忠实成为译者最大的愿望与追求。这种翻译观实际上就是认为翻译只不过是译者在倾听原作者的"独白",然后忠实地将其表达出来的过程。然而,在翻译实践中,尤其在文学翻译中,这种绝对忠实是不可能的。伽达默尔的对话模式认为,当译者致力于翻译文学作品时,他

---

① 孙展:"顾彬:中国作家应该沉默20年",《中国新闻周刊》,2007年第11期,第71页。

② 参见 William J. F. Jenner 的书评, The August Stepwalker("八月的步行者"), *The Australian Journal of Chinese Affairs*(《澳大利亚中国事务》), No. 23, January 1990, S. 193 - 195。

也就是在致力于回答"文本在说什么"这个问题。而文本对解释保持开放这一事实又决定了这个问题是一个开放的问题,会有多种可能的答案,为了寻求最终的答案,译者不得不继续与文本对话直至达成一致,即达成"视域融合"。在回答"文本在说什么"这个问题的同时,翻译在向着更准确、更优美的方向变化着。然而,什么是准确,什么是优美,这也不是一个客观的问题。普通读者以为翻译是在两种不同语言之间进行转换的过程,那些不经常翻译的人,常常相信完美的译本是可能的。但在译者那里,翻译远远不仅是在两种语言之间的"转换问题",翻译涉及用另一种语言来理解和表达的问题,涉及和另外一种文化的阐释和对话。

那么,文学翻译在德国人更好地了解中国的过程中的作用是什么?德国社会中汉学界之外的大多数人对于亚洲的认知是比较偏激和狭隘的,它直接导致了亚洲文学的边缘化以及读者圈的狭小。中国当代文学的德译本,作为一种对于当代中国的理解与诠释,有助于健康优美的中国文化在海外的传播,进而有助于德国的"神秘中国"、"特异中国"等形象的消除。而只有当这种神秘性消失的时候,德国读者对于中国的猎奇心理和认知偏见才会减少,中国文学阅读者的范围才会扩大。

二、"误读"中的跨文化对话

在当代诠释学理论的研讨中,阅读行为成了一个热门的课题。在旧的传统观念中,阅读只是被动的接受行为,读者必须保持超越的美感距离去接受某作品所传送的信息。可是,如果承认阅读行为涵盖理解和诠释这两个层次(前者是读者按作品的指示去建立意义,而后者是读者将该意义加以阐释),那么,理解和诠释的过程能否做到将个人的主观成见完全搁置一边?什么是正确的理解和诠释?什么是错误的理解和诠释,即所谓"误读"?是否存在诠释的权威?作者扮演了什么角色?

对普通人说来,阅读原本是个很简单的问题。因为我们有两个权威可以遵循:作者的权威和具有权威性的诠释者的权威。从小学到大学,学生被要求正确理解作者在文本中所表达的意思,教师往往是具有权威性的诠释者。读经典著作,也早已有权威性的诠释作为普通读者的阅读指南。然而,那个以作者或文本为中心的时代正在逐渐成为历史。罗兰·巴特(Roland Barthes)在《作者之死》中推翻了传统所赋予作者的权威角色,授予读者诠释的权利,爱德华·萨义德(Edward Said)则在《作品·世界·评者》中指出,作品一旦公之于世,就成了读者诠释的对象。于是,"正确阅读"(Right reading)和"误读"(Misreading)之争,"竞争性阅读"(Competitive reading)和"创造性阅读"(Creative reading)之论,使文学作品的阅读和诠释进入了一个新时期。

具体到中国与德国的文学阅读与文化交流实践中,常常出现两种极端倾向,一是"完全等同的阐释模式",二是"完全不同的阐释模式"。

第一种倾向如在"文化大革命"期间,西欧记者和学者们总是被要求以正确的方式反映"新中国"。这种意在求得等同理解的不切实际的要求,经常导致一些理所当然的非理性判断,如"只有中国人才了解中国"或者"外国人懂什么"。这里出现的问题有两个方面:第一,绝对理解;第二,同义反复。某人试图理解别的一些人,被期望重建那些人对自己的理解,这叫作"等同的阐释模式"①。这把完全的可比性视为当然,并且允许完全通过一个人自己的文化来理解"他者",于是,"他者"就不过是自我在远方的回声而已。波恩学派就曾批判美国主流汉学一味寻找中国文化与西方文化契合部分的思路,试图用西方标准阐释一切的中国事物,使中国成为西方在远方的回声,而不是一个有着自身独特文化的有别于西方的"他者"。

第二种倾向是"完全不同阐释模式":东方是东方,西方是西方,两者永远不会交汇。② 这种倾向认为,一种相互的理解,既不可能,也不是必须的。以顾彬对中国当代文学提出尖锐批评的事件为例,这里不讨论顾彬的具体

---

① 参见 Ramadhar Mall: lnterkulturelle Philosophie und die Historiographie("跨文化哲学与史学"),Brocker, Manfred/Nau, Heino Heinrich (Hrsg.): *Ethnozentrismus*(《民族中心主义》),Darmstadt: Wissenschaftliche Buch gesellschaft Brocker,1997, S. 69 – 89.

② Chris Patten: Never the Twain Shall Meet? Adapting Kipling to a Globalized World("两者永不相遇吗? 全球化境遇下的吉卜林"),*AS Newsletter*(《新闻快报》),March 27, 2002.

观点,只讨论人们对他这一行为的反应,就可以看出这样的"完全不同阐释模式"在中西对话中普遍存在。很多中国学者的回应是,顾彬是德国人,他不了解中国,也无法读懂中国文学,他可以做他的学问,但不要对中国当代文学指手画脚——这不是典型的认为相互理解"既不可能"、"也不需要"吗?

为了避免这两种极端情况,跨文化的诠释学强调人们不仅想理解别人,也想被人理解,强调聆听和理解、阅读和翻译的重叠部分。可是,重叠不会是完全重叠的,总有一些部分是不重叠的,即"他者"有一些方面,不理解或者必然误解。然而我们不须为此担忧,因为任何理解都是解释,我们的理解总是会不同,因此我们的解释也会不同。即使汉学家对中国、对中国当代文学的观点不可避免地存在着误解,那也是在一定程度的理解基础上产生的,误解也是一种理解。中国学者当然没有必要对汉学家的观点亦步亦趋,但如果因为自身的狭隘而全然拒绝对这些观点的了解与理解,那么就会关闭理解与反省自我的一条重要途径。

第二节　从歌德到顾彬的思想传统

德国汉学学者对于中国文学传统的尊重,主要体现在他们对于中国文学中"异"的因素的重视与青睐,通过对中德文化差异部分的阐释,获得了一种对于自身文化互补互参的东方途径。这样的研究路径与思想传统,贯穿于从歌德到顾彬的中国观和方法论。歌德是"世界文学"概念的提出者,顾彬是近几年来在中国学界和媒体都炙手可热的海外中国文学研究者,歌德的"世界文学"理论对于"同"和"异"两个概念的界定,正是顾彬等德国汉学家研究中国的一个重要学术背景与思想资源。顾彬和以他为代表的"波恩学派"所一直倡导的"和而不同"的汉学精神,作为反思欧洲的一种途径,在跨文化对话的起点、方式和终点三个问题上,体现了对歌德"世界文学"思想传统的继承。

一、歌德的"世界文学观"

对于作家和思想家歌德而言,其晚年对中国文学独具慧眼的青睐,来得并不突兀,正如他一生对宇宙人生、政治文艺乃至自然科学等诸多课题都充满了探索的热忱并且成就斐然。他在关注东方文学的同时所逐渐形成的"世界文学"理想,也正如他的其他一些预言式的判断一样,至今仍影响深远。

在欧洲18世纪"狂飙突进"的历史语境中,歌德对中国文化并非一见钟情。那个年代里,大多数德国精英对启蒙运动家塑造的中国形象并无好感,"当哈曼与赫尔德对启蒙者的世界提出根本性质疑时,他们总是对启蒙运动的老生常谈以及中国给予尖刻讽刺"①。歌德和中国文化典籍最初的接触可以追溯到他在斯特拉斯堡时期阅读的《四书》拉丁文译本。受到赫尔德的影响,青年歌德与中国古典哲学思想格格不入,对儒家片面强调理性以及在此基础上建立起来的人生观并不赞同。

转机出现在1781年,这一年歌德在读了一篇法国人写的中国游记之后,开始对儒教感兴趣,同年又读了杜哈德的文集《中国详志》,并且注意到里面所引用的《诗经》诗歌。1796年他读到第一本中国小说《好逑传》,1817年读到英译本中国戏剧《老生儿》,1827年读到英译本小说《花笺记》及其附录《百美新咏》,以及法译本中国故事选集和另一本小说《玉娇梨》。同年,在仿照《花笺集》写作几首小诗以"中国诗"为名发表之后,歌德又创作了极具中国诗歌韵味的组诗《中德四季朝暮吟》,被其研究者认为是歌德"研究中国的硕果"②。

晚年歌德对中国文学的再次发现,不仅为他的诗歌创作注入了不同以

---

① 　Ernst Rose：*Blick nach Osten—Studien zum Spätwerk Goethes und zum China bild in der Deutschen Literatur des Neunzehnten Jahrhunderts*(《东方展望：歌德作品与19世纪德国文学中的中国形象研究》)，Bern，Peter Lang Verlag，S. 57.

② 　Wolfgang Bauer：Goethe und China：Verständnis und Mißverständnis("歌德与中国：理解与误解")，*Goethe und die Tradition*(《歌德与传统》)，hrsg. Von H. Reiss，Frankfurt am Main，Athenäum Verlag，1972，S. 187.

往的东方气质,更为他"世界文学"理想的形成提供了独特的素材和思路。是年 77 岁高龄的歌德以长年来对其他民族文学的关注和钻研,意识到不同民族的跨文化交流是世界文明进步的大势所趋,发出了"民族文学在现在算不得很大的一回事,世界文学的时代快来临了"①的预言。中国文学对这一预言构成了一种有力的注解与佐证:"它们(指中国小说)并不像你想的那么古怪。中国人在思想、行为和情感方面几乎和我们一样,使我们很快就感到他们是我们的同类人。只是在他们那里一切都比我们这里更明朗,更纯洁,也更合乎道德。"②

歌德对中国文学的这段评论,呈现出他基于中国小说阅读体验之上的关于"世界文学"两个重要概念的界定:

第一个是"同"的概念。中国人和德国人是"同类人",中国文学与德国文学之间存在着"思想、行为和情感等方面"共同的"人类性",东西方彼此理解和接受的价值观念和行为方式是"世界文学"得以成立的基础。"同"的概念也可以从歌德 1828 年对托马斯·卡莱尔(Thomas Carlyle)《德国故事》(German Romance)的评论中得到进一步的印证和阐释,"在世界的交流与对话中,各种文化的共性日趋明显……只有属于全人类的文学才是真正有价值的文学"③。由此可见,"同"作为"全人类文学"范畴的一个界定,既是一种现实存在和未来趋势,也是一种评价标准和价值取向。

第二个是"异"的概念。"世界文学"视阈下的中国文学,在蕴含东西方互相认可的"同"的因素以外,更反映了与欧洲民族"异"的风土人情和文化气质,按照歌德所描述的,中国小说里展现的生活相比德国社会"更明朗,更纯洁,也更合乎道德"。歌德的"世界文学"理论明确了这种"异"的价值,这是跨文化交流中激发阅读冲动、丰富阅读感受和增添阅读收获的根本原因。在 1798 年 1 月 6 日给席勒的信中,歌德将一个中国学者与一个耶稣教会士

---

① 爱克曼:《歌德谈话录》,朱光潜译,北京:人民文学出版社,1982 年,第 113 页。
② 爱克曼:《歌德谈话录》,朱光潜译,北京:人民文学出版社,1982 年,第 113 页。
③ Goethe Werke(《歌德文集》),Band12,Hamburger Ausgabe,Deutscher Taschenbuch Verlag,1981,S. 351,S. 92,S. 10.

的谈话称为"美好的哲学谈话",因为他从这场谈话所展现的"中国人敏锐的思想中获得了一个好的想法"①。1813 年歌德谈及自己晚年将目光转向中国的重要动机时,"异"的因素进一步得到强调:"在政治世界中出现某些巨大的威胁时,我会毫无顾忌地去向那最遥远的地方。所以我打算,从卡尔斯巴特回来后,即要认真地致力于对中国的研究。"②歌德读到的中国文学作品不过是些并无盛名的平庸之作,他却能从中挖掘出中国人喜怒哀乐与德国人情感心灵的颇多相通点,以及中文简洁优雅的表现形式与德语文学追求的契合处,并且由此催生了"世界文学"的理想。一方面,这是一种中西交流中较为常见的原本和译本产生传播差异的现象,另一方面,也可以看出,歌德作为一个并不通晓汉语的德国人,为了从"最遥远的地方"获取灵感和启发,在把握中国文化脉搏、体悟中国人生活情趣和感受中文语言韵味等方面所付出的极大心力。

如果说法国人撰写的中国游记,促使歌德开始摆脱成见、走近中国,那么 1798 年接触到的道家与佛家思想,则为他塑造了一个"全新的、充满智慧的中国形象",东方式的处世哲学给德国头脑造成了极大的精神冲击,成为他对中国文学文化刮目相看、开怀接纳再到热情追逐的转折之关键。事实上,德国的中国形象常常处在神圣化和妖魔化的两个极端,而中国形象被再造的过程,往往与德国自身的社会政治状况和民族文化诉求密切相关。德国文化精英历史上每一次大规模地集中眺望东方和"中国热"的兴起,总是由于他们自身感受到了某种生存困境却又难以从同质文化中找到出路,于是充满期待地试图从遥远东方的异质文化中获取心灵慰藉与思路启发。歌德对于中国文学与文化由贬到褒的态度转变,正是缘于中国文化的独特性为德国人思索自我问题提供了一种异域的思想资源。因此,"世界文学并不意味着各民族的思想变得一致起来,只是期望他们相互关心,相互理解,即

---

①　*Briefwechsel Zwischen Schiller und Goethe in Den Jahren 1794 bis 1805*(《歌德与席勒于 1794 至 1805 年间的通信》),München:Carl Hanser Verlag,1990,S. 484.

②　*Goethes saemtliche Werke*(《歌德全集》),Band 30,Stuttgart und Berlin,1902 ,S. 276.

使不能相亲相爱,也至少得学会相互容忍"①。认识和宽容其他民族的文化个性,一方面与歌德提倡的美育理想一脉相承,并将启蒙思想家倡导的宗教宽容,深化成了不同民族之间的文化宽容;另一方面也是跨文化交流的必然要求,"异"的因素作为东西方文化互通有无的基本条件,不仅不被"世界文学"所排斥,而且被寄予了极高的肯定和尊重。从歌德的角度而言,是他在思考德国问题的路上,遇到了中国,而中国文化相对于欧洲文化的"异",给予了他灵感启发和另辟蹊径解决德国问题的曙光。他对中国的观照,从一种原始的好奇心理,转化为吸纳借鉴异邦的自觉需求,"世界文学"的理想和跨文化交流的诉求也就应时而生。

与德国经由中国文学("他者")反思自我的途径相似,歌德期望德国文学和文化能成为其他民族思考自身问题时所借鉴的"他者",并由此获得世界范围的生命力和影响力。"科学与艺术属于全世界,在它们面前国界也会消弭……德国人不要自我禁闭,而应海纳世界,以此影响世界……因此我乐意与他国相交,并建议所有人也有相同作为。"②在警示和号召之外,歌德更在 1827 年 1 月 27 日给友人施特莱克福斯(Adolph Friedrich Carl Streckfuß)的信中表达了对于德国在"世界文学"时代的民族自信:"我深信一种世界文学正在形成,所有的民族都心向往之,并因此而做着可喜的努力,德国人能够和应该做出最多的贡献,在这个伟大的聚合过程中,他们将会发挥卓越的作用。"③尽管歌德时代的德国文学并不具备推进"世界文学"的现实条件,但对于"世界文学"的形成和发展,歌德拥有一种前瞻性的眼光。尤其对于把德国文学与文化主动纳入世界体系,从而给予其他民族以启示,歌德更体现出一种难能可贵的自觉的文化姿态,他的"世界文学"理论

---

① Katharina Mommsen:Goethe und China in ihren Wechselbeziehungen("歌德与中国的联系"),*Goethe und China—China und Goethe*(《歌德与中国,中国与歌德》),Euro-Sinica Band 1, S. 30.

② Woldemar Freiherr von Biedermann, ed.:*Goethes Gespräche*,(《歌德访谈》),Band 2, Leipzig:Biedermann, 1889—1896, S. 43 - 46.

③ Gero von Wilpert:*Sachwörterbuch der Literatur*(《文学术语词典》),Kröner Verlag, 1979, S. 315.

对德国汉学乃至欧洲汉学的发展影响深远。

二、顾彬及其"和而不同"的汉学观

对于当代汉学家顾彬而言,青年时期与中国文学的偶然相遇,促使其人生轨迹发生了极大改变,在"世界文学"视野里翻译和研究中国文学从此成为他的毕生事业。这个着迷的过程似乎更有种命运的意味,就像他无意之间的"垃圾论"①,以及其他更多被误解、放大、断章取义的话语,使他注定成为近年来中国媒体乃至学界最为关注的汉学家之一。

与歌德对中国文化辗转曲折的心路历程恰好相反,顾彬在邂逅中国文学之后,便挥别了明斯特大学的神学生涯,开始了他的汉学学者之路:1969年转入波恩大学专攻汉学,1973年以论文"论杜牧的抒情诗"获得波恩大学博士学位,1974年至1975年在北京语言大学进修汉语,1976年至1985年在柏林自由大学任教,期间以论文"空山——中国文人的自然观"获得教授资格(1981年),1985年开始任教于波恩大学,1995年担任波恩大学汉学系主任教授至退休。从顾彬的学术年谱,可以看出他与波恩大学的深厚渊源,事实上,作为"波恩学派"(Bonner Schule)的掌门人,顾彬多次在各种会议发言和文章中使用这一称呼,强调其独特的汉学思想和所代表的一种抗衡美国精神的欧洲理性。

"波恩学派"从陶策德(Rolf Trauzettel)到顾彬一直倡导一种"和而不同"的汉学精神,将中国和欧洲看作两个平等的对象,在肯定二者共同之处的同时,更侧重中国的"不同"之处,是对歌德"世界文学"理论中"同"与"异"两个概念的延续与深化。"和"表明中西文化的阐释模式并非"完全不同",二者之间存在超越民族和文化的"人类性",对应歌德"世界文学"理论中"同"的部分,强调两种文化的对等意义和跨文化对话的可能,针对的是中西文化交流中的某种偏激观念——"东方是东方,西方是西方,两者永远不会

---

① 2006年底,顾彬接受"德国之声"的采访,在点评卫慧、棉棉等"美女作家"时,认为她们的作品"不是文学,是垃圾",该言论被《重庆晨报》转载,断章取义为"中国当代文学是垃圾",在媒体和学界引起强烈反响。

交汇","只有中国人才能理解中国人",等等。"不同"表明中西文化的阐释模式并非"完全等同",二者各自拥有独特性,对应歌德"世界文学"理论中"异"的部分,拒斥对"他者"文化做绝对理解和比附式比较研究,主张世界民族文化的多元性和跨文化对话中东西方之间的双重历史意识。

顾彬在他的中国当代文学批评中反复提及和实际执行的"世界文学"标准①,在国内学者中颇具争议,其批判者常常质疑他的标准在中文领域的公允性,认为这些标准充满了潜意识的"欧洲中心主义",是与歌德"世界文学"理论背道而驰的视野和方法论。事实上,歌德"世界文学"理论中对"异"的认同与宽容、尊重与借鉴,成为后来德国汉学乃至欧洲汉学传统的一种,也是顾彬等学者研究中国的重要学术背景与思想资源。顾彬和以他为代表的"波恩学派"所一直倡导的"和而不同"的汉学精神,作为反思欧洲的一种途径,恰恰是反"欧洲中心主义"的,很大程度上呼应和延续了歌德"世界文学"的思想传统。

顾彬在评价中国当代文学时所执意纳入的"世界文学"参考体系,所坚持履行的"语言表现力、形象塑造力、精神穿透力"②的评价标准,是"波恩学派""和而不同"的学术精神中"和"的一种表现。尽管顾彬对中国当代文学的批评话语很犀利,这些犀利之辞也不乏偏见与漏洞,但他仍是海外汉学家中为数不多的试图把中国当代文学当作平等对象的严肃学者。他一边以严厉措辞表达着对中国当代小说创作水平的焦虑和愤懑,一边又勤奋地翻译了大量当代诗歌进入德语世界,同时以其虔诚和执着完成了十卷本的《中国文学史》。不像很多汉学学者,至多是把中国当代文学当作第三世界国家的意识形态和民族寓言加以解读。或如某些译者,在与出版社的一次次利益合谋中,不惜哗众取宠、颠倒是非,将中国当代文学选择性地翻译给西方图书市场,只求迎合西方读者关于东方的既定想象和期待视野。应该说,顾彬

①　在关于中国文学的访谈中,顾彬多次声称他的标准是"世界文学的标准"。在他的著作《20世纪中国文学史》的前言和导论中,他也明确使用了"世界文学"的概念。

②　Wolfgang Kubin: *Die chinesische Literatur im 20. Jahrhundert*, Vorwort, VIII. S. 10, S. 33,中文版参见顾彬:《20世纪中国文学史》,范劲等译,上海:华东师范大学出版社,2008年。

对于当代文学的密切关注和严厉批判恰恰表明,他在努力跨越把中国文学当作政治解读、殖民想象、异域猎奇或者乌托邦幻影的阶段,而试图把它们看作与欧洲文学、世界其他民族文学"同"的一分子来要求、解读和批评。

　　而考察这个"同"的一分子的视野和标准,并不是顾彬的中国反驳者所认为的"欧洲中心主义"的,恰恰相反,顾彬特别注重中国文化与欧洲文化"不同"的另一极的世界价值。"如果因为中国的思想不同于欧洲的思想,就认为它不如欧洲的思想有价值,那么实际上是把欧洲的价值体系看作世界普遍通行的唯一价值标准⋯⋯所有的话语和思想都是一种建构,都有它们特定的时间和时代,面对永恒,我们不能说,欧洲的价值是否能承载未来,是否会在某一天被其他价值超越。"①事实上,顾彬据以否定中国当代小说的四种尺度和参照②,即以歌德作品、里尔克诗歌为代表的欧洲经典文学,以李白诗、苏轼词为代表的中国古代文学,以鲁迅作品为代表的中国现代文学,以及以北岛、王家新的创作为代表的中国当代诗歌,显示出他的"世界文学"标准是一个动态的、开放的、纵横交错的而非"欧洲中心"单一视角的评价体系。在顾彬的"世界文学"评价体系里,中国当代文学之所以遭受批判,是因为在他看来,它们既没能达到欧洲经典文学"同"的规则下的应有水准(比如他对"新写实"小说和通俗文学缺乏美感或责任感的批判),也没能如李白诗、苏轼词、鲁迅作品和部分中国当代诗歌一样在思想和语言方面代表着与欧洲经典文学对等的"异"的中国文化个性(比如他认为卫慧等"美女作家"笔下的上海都市生活已经与德国大城市生活毫无异处)。

　　自从 1988 年在为《波恩汇报》所写的文章中第一次使用"波恩学派"这个名称以来,顾彬多次论证他的反"欧洲中心主义"的独特方式——"反对那种在一切文化中寻找同样东西的普遍主义思想⋯⋯从中国本身去了解中

---

① 顾彬:"略谈'波恩学派'",张穗子译,《读书》,2006 年第 12 期,第 118 页。这也是顾彬 2005 年在台湾辅仁大学举办的"位格和个人概念在中国与西方:Rolf Trauzettel 教授周围的波恩汉学学派"第三届国际汉学会议上的发言之一。

② 关于这四个尺度的归纳,参考王彬彬:"我所理解的顾彬",《南京大学学报(哲学·人文科学·社会科学)》,2009 年第 2 期,第 77 - 78 页。

国,而不是按照西方的模式来了解中国的经典"①。这种基于对美国主流汉学普遍主义思想批判之上的论证途径,体现的是"和而不同"精神中的"不同"。狄百瑞(William de Bary)、杜维明(Tu Weiming)等美国主流汉学家认为,在中西方文化普遍传播的当今社会,应该选择某些西方话语体系作为重述儒家思想的参照系,使得任何中国思想都能在西方价值体系中找到相应的位置,以达到中国传统思想与西方主流价值的融合汇通。这是美国汉学对中国文化中的"异"的观照方式,对中国传统文化在西方的传播和接受起到了很大的促进作用,但被顾彬看作对中国文化独特性的一种潜在的巨大消磨与吞噬,中国成了西方在远方的回声,而不是一个有别于西方的"他者"。顾彬认为这种普遍主义的汉学思路实质上是对中国文化个性的漠视与抹杀:"中国并不是因为具有欧洲文化的一切元素才伟大,其之所以是受人尊敬的,恰恰是因为其在根本上是与欧洲相异的、独特的……如果从只有一种理性主义、一种伦理学、一种人权等出发的普遍主义概念来看中国,表面上是把中国放在与欧洲同等的层次上进行比较,实际上中国却为此付出了高昂的代价。"②

顾彬是这样定义"异"这个词的:"'异'可以用来表示自己所不了解的一切,与'异'相对的乃是自己。"③在这里,"异"不仅仅是与"同"相对立的另一极,也作为"他者"与"自我"构成一对整体概念,二者除了对立关系之外,还有一种互生互存的关系。"异"是一种必然的存在,没有"异"也就无所谓"同",有"同"而无"异",便没有了世界的多样性和文化的多元性。一个民族文化中"异"的部分,是其他民族最有可能获得参考和借鉴的所在,也是跨文化交流和对话的最大价值所在。顾彬和"波恩学派"非常注重中国文化中的这种"异",认为中国作为一个不同于欧洲文明的"异域",拥有无法按照欧洲逻辑来进行归类的独特文化,为欧洲提供了观照和寻找自我的一面"镜子"。

中国文学和文化对于顾彬反思德国的"镜子"意义,主要体现在两个问

---

① 顾彬:"略谈'波恩学派'",张穗子译,《读书》,2006 年第 12 期,第 118 页。
② 顾彬:"略谈'波恩学派'",张穗子译,《读书》,2006 年第 12 期,第 118 页。
③ 顾彬:《关于"异"的研究》,曹卫东译,北京:北京大学出版社,1997 年,第 13 页。

题上。一是对于德国诗歌外部表现形式的对照反省。顾彬最初对中国文学的兴趣缘自李白的诗（庞德英译本），发现"诗中充满了生动新奇的意象，这些意象在西方诗歌中是没有的"①，中国古代诗歌意象独特的陌生感使他希望更多地了解中国文学。了解的深入又促发了反省的灵感，中国诗歌琳琅满目的意象世界，在带给顾彬全然中国化的诗歌境界和生命体验的同时，也为他反思德国诗歌的表现形式提供了新的精神资源。读了杜牧的诗以后，顾彬想到了德国的诗歌："很长的一段历史时期，德国的诗先是'思'，然后才是'诗'，所以哲理诗很多。而中国古代的诗，却是以意象为主，好像诗中没有思想，也没有感情，其实思想感情都融注、渗透在诗中的人物或山水景物中去了。"②

二是对于中国文学内在精神的选择性借鉴。和很多汉学家一样，顾彬非常重视中国传统文化中"天人合一"的自然观和乐天知命的人生态度对于德国当代社会的积极作用。顾彬对苏轼最为称道的不是他的飞扬文采，而是他的豁达心态，"苏东坡经受了一次次的贬谪，仍然保持着内在心态的平衡……他善于诗化人生，享受人生。今天的知识分子就很少这种风采气度"③，与此类似，对于表现了这种传统思想的中国现当代作品，顾彬也给予了格外的关注，比如，他对阿城的小说《棋王》就评价很高，认为王一生在苦难中的生活乐趣"和某种超时间性的、永恒的、内在的价值相关……小说庆祝的是灵性的胜利"④，（王一生）"不仅变成了一种个人百折不挠的意志的象征，进而也捍卫了自由精神活动的独特范围"⑤。中国文化中这种不同

---

①　陶文鹏、陈才智："'我喜欢中国古典意象诗歌'——德国汉学家顾彬访谈录"，《文学遗产》，2007年第2期，第151页。

②　陶文鹏、陈才智："'我喜欢中国古典意象诗歌'——德国汉学家顾彬访谈录"，《文学遗产》，2007年第2期，第152页。

③　陶文鹏、陈才智："'我喜欢中国古典意象诗歌'——德国汉学家顾彬访谈录"，《文学遗产》，2007年第2期，第152页。

④　顾彬：《20世纪中国文学史》，范劲等译，上海：华东师范大学出版社，2008年，第343页。

⑤　汉雅娜（Christiane Hammer）："处于现代化痴迷之中的文化交流——中华人民共和国的文学及在其中的作者和德语图书市场政策的作用"，李雪涛译，收入张西平、李雪涛、马汉茂、汉雅娜主编《德国汉学：历史，发展，人物与视角》，郑州：大象出版社，2005年，第646页。

于西方的"天人合一"的意识，歌德在他的中国文学读后感中就曾提及，"他们（指中国人）还有一个特点，人和大自然是生活在一起的"。这一意识与"进取型"的欧洲文化形成一种良性互补，有助于处于现代化迷失中的欧洲人将自我与自然、与世界的关系调适为一种和谐状态，顾彬等汉学学者正是从这一东方哲学中看到了医治他们自身精神失落的希望。

三、顾彬对歌德思想的继承

前人的精神遗产对于后来研究者的影响，有时是出于研究者的自觉接受，有时是以潜移默化的方式融入研究者的知识储备和理论预设当中，有时两种方式交叉重叠，难分界线。顾彬的汉学研究，或者在更大程度上受到的是德国现代哲学如海德格尔、伽达默尔等人的影响，但单就"世界文学"这一观念而言，他在有意或无意间均体现出了对歌德"世界文学"理论和思想传统的继承和发扬。

首先，从歌德到顾彬的中国研究，无论是"同"的视野还是"异"的选择，其跨文化对话的起点都是欧洲。歌德精通多种语言，在转向中国文学之前，早已熟悉欧洲各个历史时代的文学作品，并且大量地翻译和戏仿这些作品，他的诗剧《浮士德》可以看作欧洲文学传统的一个汇集。顾彬亦通晓欧洲的历史和宗教，能用希腊、拉丁等古典语言阅读欧洲典籍，他做汉学研究的哲学思想和方法理论主要来自欧洲，更为关键的是，他的汉学事业的评价机制和预期影响也更多地发生在欧洲。因此，尽管他们的跨文化交流对象是中国，从知识论的角度而言应该属于地道的"东学"，但在日耳曼理论背景中成长起来并最终成为其精英分子的歌德和顾彬，始终处在欧洲文学和学术体系之中，从方法论的角度来说他们所做的是正宗的"西学"。这种学术双重性也为国内学者的顾彬解读提供了两个方向的可能性：一方面，其文化阐释的独特视角和资料考证的海外渠道能给予我们以反思自我的启发和补充；另一方面，海外汉学是中国文学国际化的一个重要途径，顾彬作为西方当代最活跃的汉学家之一，认识和熟悉其背后的欧洲学术体系，将有助于我们把握与国际同行对话的契机。由此可见，条分缕析地寻找和厘清顾彬中国文学阐释中的种种缺失与漏洞，固然重要，也是批评视野中"同"的一种表现，但更重要的，则是在"宽容"的基础上，主动进入国际汉学话语圈，对其"异"的研究思路和话语方式予以科学的借鉴和有效的介入。

其次，从歌德到顾彬的中国研究，无论是要将中国文化转化成欧洲人能够理解的"同"，还是要保持中国文化中原有的不同于欧洲的"异"，主要通过翻译这一跨文化对话的方式得以实现。歌德不懂中文，但他对中国的了解来自欧洲各语种对中国文学的翻译版本，他对于翻译在德国文化发展中的双向交流作用，更具有清醒的认识，"任何一个掌握并研究德语的人，都处在世界各民族竞相提供其物品的市场中，他起着翻译的作用，同时也在一定程度上丰富自己"①。顾彬精通中文，先后翻译出版了鲁迅、茅盾、丁玲、北岛、杨炼、翟永明等作家和诗人的作品，对于 20 世纪中国文学在德语世界的传播贡献卓越。他尤其强调翻译工作的创造性，认为译者"不是语言工匠，不是阐释者，不是中间人，而是创造者"②。不同语言的文学和文化如果不经翻译，就无法被理解，但如果完全转化成了"同"而不保留"异"，跨文化对话也就失去了意义。翻译正是处于这一现实悖论下的高难度创造性活动，它既要克服"差异"，又要表现"差异"，看似只是不同语言的接触、碰撞和转换，但实质上承载的是不同文化之间的理解、交流和对话。

第三，从歌德到顾彬的中国文学研究，无论是"同"的挖掘还是"异"的借鉴，其跨文化对话的终点仍是德国。歌德对"世界文学"趋势的强调从正反两个方面展开，如果德国人能认识和顺应这一潮流，那么"未来的世界文学中，将为德国人保留一个十分光荣的席位"③，反之，"德国人如果不跳开周围环境的小圈子朝外面看一看，就会陷入那种学究气的昏头昏脑"④。歌德的"世界文学"理论显然最终针对的仍是德国自身的文学和文化发展。阅读

---

① *Goethe Werke*，Band12，Hamburger Ausgabe，Deutscher Taschenbuch Verlag，1981，S. 351，S. 92，S. 10.

② 蒯乐昊："顾彬：首先是诗人然后是其他"，《南方人物周刊》，2006 年第 15 期，第 61 页。

③ *Goethe Werke*，Band12，Hamburger Ausgabe，Deutscher Taschenbuch Verlag，1981，S. 351，S. 92，S. 10.

④ 爱克曼：《歌德谈话录》，朱光潜译，北京：人民文学出版社，1982 年，第 113 页。

中国文学实际上是通过穿越中国的迂回道路来反思欧洲，按顾彬的话说："西方人把视线移向东方的目的是想通过东方这个'异'来克服他们自身的异化。"①可见，歌德和顾彬的中国研究，归根结底都是在探索中西文化之间的差异性，通过对中西文化中差异部分的阐释，获得一种对于自身文化互补互参的东方途径。在这一文化途径中，中国不仅是对象，也是方法，而欧洲不仅是起点，也是终点。

---

① 顾彬：《关于"异"的研究》，曹卫东译，北京：北京大学出版社，1997年，第13页。

结　语

　　1980 年代以来,中国当代文学因其对于中国社会变迁和中国人心路历程的真实反映,受到了德国读者尤其是汉学学者的重视,加之德国政府机构的支持和出版市场的推崇,使得中国当代文学在德国的译介与研究成果颇为丰硕。尽管已有一些德国学者和中国学者在文章中,偶尔提及相关情况,但从跨文化的角度对中国当代文学在德国的译介与研究情况做出系统归纳和总体评价的论述却很少见。因此,本书的论题不仅具有一定的学术价值和现实意义,而且也存在较多的发掘空间。

　　本书以"德国汉学视野下中国当代文学的译介与研究"为研究对象,讨论中国当代文学在德国的译介成果、研究视角和思维方式。期望通过对相关情况的梳理和分析,走近不同于中国本土的德国研究途径,获得域外资料的补充和异质文化思维的启发。另一方面,中国因与西方迥然相异的文化而成为德国人反观自我的一个"他者"、一面镜子。对中国当代文学在德国译介与研究情况的深入,当然也有助于我们对日耳曼文化学术体系这个"他者"的认识。探讨中国当代文学在德国的译介与研究,观察另一种视角里面的自己,经由德国、反思自我,理应有助于促进当代文学创作与研究的发展和繁荣。德国人试图通过对中国当代文学的译介与研究,揭示和呈现中国自 1949 年以来真实的生存图景和心路历程,并以此为镜获得对他们自身的一种精神观照和反思。本书亦试图通过对另一种思维方式的借鉴,获得对我们自身学术研究和精神生活的新的观察视角和反省途径。

　　相关论述主要从以下三方面展开:

　　一是介绍德国汉学视野下中国当代文学的译介与研究相关资料和详细情况。通过对德国译介中国文学的两种体系——学院体系与民间体系的深入考察和详细描述,全面系统地归纳和梳理了两个体系的译介研究状况,并在此基础上对这两个体系的独立运作与互动交叉的情况,以及影响这些中国文学译介研究者的汉学传统与现状做了细致分析。

中国当代文学在德国的翻译主要通过两种渠道:一是大学学者,包括大学体制内相关的汉学研究机构、学者、图书馆藏书、杂志期刊;二是民间自由翻译者,包括大学体制外相关的民间组织、基金会、出版社、自由翻译者等。而这两种体系的翻译对象虽然有时重合,但更多的则是各行其是;他们的译介评论有时一致,但大多数时候相距千里。这种反差与两种译介体系受到不同的因素制约有密切关系。与前者相关的是大学学科设置、学者学术兴趣及其背后的国家意识形态和民族文化反思,与后者相关的是译者的个人生计、文学偏好、出版社意志、读者反映及其背后的市场大手和商业规则。与此同时,两个体系内的译介研究者又都深受德国汉学传统的影响。今天的德国汉学,研究人员众多,机构规模庞大,研究选择课题涉及面广泛而精细,无论是与其自身过去的薄弱实力相比,还是与现今欧洲其他国家的汉学力量相比,都无愧为世界的"汉学重镇"。而德国汉学的传统(如研究对象厚古薄今、研究方法因循守旧等)和现状(如学派林立各自为政、汉学人才晋升困难、德国影响力式微等),成了促进或制约德国汉学学者的中国文学译介研究的重要因素。

二是通过对德国汉学视野下中国当代文学译介与研究的全局考察和个案分析,揭示德国学者关注中国当代作家、作品的兴趣点和倾向性。

对于德国汉学视野下中国当代文学的译介与研究的全局考察从五个方面展开。第一个方面,是两个政权的迥异状况。"二战"后,德国分裂成民主德国(东德)和联邦德国(西德),分属于"冷战"中的社会主义阵营和资本主义阵营,在此后的四十多年里,受到中苏关系、中美关系的影响,与中国外交关系的瞬息万变。民主德国经历了与中国从亲密合作到冷冻割裂的风起云涌,联邦德国则发生了对中国从隔绝抵制到狂热追捧的姿态变迁。这种双边关系几乎决定了两德汉学界的走向,在中国当代文学问题上体现为不同时期截然不同的译介立场和研究反馈。第二个方面,是翻译和研究两项工作的并行不悖。德国汉学对于中国当代文学的"翻译"和"研究",是有着密切关系而又相对独立的两个范畴。德国对中国当代文学的翻译历经了1950年代、1980年代和1990年代初三个高潮阶段,但研究者的关注视角并没有显示出与这三个时期翻译热度的绝对一致,展现了研究的独立性。第三个方面,是政治、文化和市场三种不同视野和取向。两德对于中国当代文学作品的翻译随着1980年以后的中国文学浪潮而活跃起来,几乎每一次重要的文学潮流都有代表作家作品被译介至德国。在德译文本世界里我们可以体验到汉学学者们在政治、文化和市场不同视野下对中国当代文学的价值取舍。第四个方面,是诗歌体裁的独尊命运。与饱受诟病的当代小说相比,中国当代诗歌在德国的认可度更高,受到了广泛而深刻的关注。尤其是朦胧诗派和后朦胧诗派,得到了德国汉学界的诸多译介、研究与肯定赞誉,也突显了诗歌这一体裁在德国文学评论界的独尊地位。第五个方面,是中国与德国两个主体的共同作用。德国人对中国当代文学的译介与研究的兴趣,来自中国这个"他者"与德国这个"自我"两个主体的共同的作用。无论是翻译工作本身还是对翻译成果的接受,都不仅仅由翻译者自身的喜好或者能力决定,而是处在一个复杂作用的复合体当中,既受到德国和中国的经济、政治和文化关系的影响,又受到德国社会对中国及其文化的感知的影响,而这两个方面又是互为条件的。

对于德国汉学视野下中国当代文学译介与研究的个案分析主要从两个方面展开。第一个方面,是对被接受的典型个案分析。张洁和阿城的创作作为两种被德国读者接受的代表,具有中国当代文学在德国传播与接受的样本意义。张洁的小说《沉重的翅膀》是迄今为止德国销量最大的中国当代小说,这个作品的题材、张洁本人的女性身份和人生故事、作家在民族寓言书写中的现代主义情感体验,使她成了和时代潮流呼吸与共的中国女性的象征。张洁代表了在德国备受欢迎的中国作家的一种类型。而阿城受到褒扬的原因,则与其"右派"家庭背景、知青身份与小说同名电影的对外传播,作品中传统技法和现代意识的融合,以及"天人合一"的道禅神韵和无为淡定的处世哲学等都有关系,这使得阿城作品拥有了被德国汉学界多样解读和不断诠释的丰富内涵,暗合了德国读者对于现实中国与传统中国的不同阅读期待,成为受到欢迎的中国作家的另一种类型。第二个方面,是对遭批判的两种倾向的分析。德国汉学对于中国当代文学的批判,比较集中地表现在对其缺乏独立品格、过于"政治化"和"商业化"这两种倾向的批评上。在某些汉学家看来,政治化写作和商业化写作,是影响中国当代文学水准、束缚中国当代文学发展的两大顽疾。

三是解析影响中国当代文学在德国的译介与研究的外部因素和内部因素。

德国汉学对中国当代文学的译介与研究,不仅是对中国或者中国文学本身的反映,同时也是德国社会运行发展状况的一个投影。影响中国当代文学在德国的译介与研究的外部因素包括三个方面。一是在 20 世纪百年历史中,两国政治格局、经济发展、外交政策对于德国汉学发展的影响,这些影响直到今天仍然以各种方式持续于汉学研究中,并且辐射着中国当代文学的译介和研究。二是德国汉学与欧洲思潮的种种关系,特别是精神上与 1968 年欧洲学生抗议运动的复杂联系,这里蕴含有他们走近中国以及中国当代文学的重要精神渊源。三是长久以来尤其是 20 世纪之后德国的中国形象,成为中国文学作品在德语世界译介和传播的一个重要的互动因素。原有的中国形象很大程度上决定了德国译者对中文作品的选择和阐释,以及读者对德文译本的接受和反馈,相应地,隐含着固有形象的中国文学译介必然会参与到之后的中国形象建构中,新的译介研究成果又会在某种程度上更新之前的中国形象,如此循环往复,螺旋上升。

德国汉学对中国当代文学译介与研究更多地受到其内部因素的影响。德国汉学之独特性的内在根本,即在于对德国学术传统的继承和对中国文学传统的尊重。对于前者的继承主要体现为理论上阐释学传统的深远影响,这是德国汉学家通过译介、研究中国当代文学进而解释当代中国的一个理论背景。对后者的尊重主要体现在他们对中国文学中"异"的因素的重视与青睐,从歌德到顾彬的"世界文学"观及其与中国文学的互动关系,都是通过对中德文化中差异部分的阐释,以获得一种对于自身文化互补互参的东方途径。

　　本书期望通过这些与中国当代文学在德译介研究相关的第一手英文、德文研究资料、访谈记录和统计数据的整合梳理、比较分析和归纳演绎，为"德国汉学视野下中国当代文学的译介与研究"这一论题的深入做了一些基础工作；也试图通过对中国当代文学在德译介与研究以及与此密切相关的德国汉学情况的深入考察，展现海外汉学和日耳曼学术文化体系的一个方面，并经由德国、反思自我，促进当代文学创作与研究的发展和繁荣，为更好地把握与西方及国际同行对话和交流的契机，更好地将中国文学和文化成果推向世界，贡献绵薄之力。

参考文献

Anja Gleboff，Marianne Liebermann，Folke Peil vergriffen：*Baumkönig—Kinderkönig—Schachkönig*（《树王，孩子王，棋王》），Berlin Projekt Verlag，1996.

Ba Jin(巴金)：*Gedanken unter der Zeit*（《随想录》），übers. Helmut Martin，Diederichs Eugen，2007.

Bei Dao：*Gezeiten*（《波动》），Frankfurt：S. Fischer Verlag，übers. Irmgard E. A. Wiesel，1990.

Bei Dao(北岛)：*Notizen vom Sonnenstaat*（《太阳城札记》），Hanser Verlag，顾彬译并作后记，1991.

Bei Dao(北岛)：*Straße des Glücks Nr. 13. Die Kurzgeschichten*（《幸福大街 13 号：短篇故事集》），übers. Eva Klapproth，Frankfurt：S. Fischer Verlag，1992.

Bei Dao（北岛）：*Tagtraum*（《白日梦》），übers Wolfgang Kubin，Hanser Verlag，1997.

Can Xue（残雪）：*Dialoge im Paradies*（《天堂里的对话》），übers. Wolf Baus，Berlin Projekt Verlag，1996.

Carolin Blank und Christa Gescher：*Gesellschaftskritik in der Volksrepublik China. Der Journalist und Schriftsteller Liu Binyan*（《中国人民共和国的社会批判》），Bochum：Brockmeyer，1991.

Carolyn S. Pruyn(普因)：*Humanism in Modern Chinese Literature，The case of Dai Houying*（《中国现代文学中的人道主义：以戴厚英为例》），Bochum：Brockmeyer，1988.

Chen Kaige（陈凯歌）：*Kinder des Drachen*（《少年凯歌》），übers. Stefan Kramer Hu-chun Kramer，Köln：Kiepenheuer，1994.

Chen Danyan（陈丹燕）：*Neun Leben：Eine Kindheit in Schanghai*（《九生》，即《一个女孩》的德译本），übers. Barbara Wang，Zürich：Nagel & Kimche Verlag，1995.

Chen Jo-his（陈若曦）：*Die Exekution des Landrats Yin und andere Stories aus der Kulturrevolution*（《尹县长的处决和其他文革故事》），übers. Melina Yam，Hamburg：Knaur，1979.

Chen Jo-his（陈若曦）：*Heimkehr in die Fremde*（《归》），Horlemann Verlag，1983.

Chen Rong（谌容）：*Zehn Jahre weniger*（《减去十年》），übers. Petra John，Verlag Volk und Welt Berlin，1989.

hg. Cheng Ying：*Frauenstudien. Beiträge der Berliner China-Tagung 1991*（《女性研究：柏林 1991 年中国研讨会论集》），München：Minerva，1992.

Dai Houying（戴厚英）：*Die grosse Mauer*（《长城》，即《人啊，人》）übers. Monika Bessert，Renate Stephan-Bahle 译，München：Hanser Verlag，1987.

Deng Youmei（邓友梅）：*Das Schnupftabakfläschchen*（《烟壶》），übers. Günter Appoldt，Peking：Foreign Languages Press，1990.

Die barfüßige Ärztin. Klassenkampf und medizinische Versorgung. Chinesissche Bildergeschichte（《赤脚医生，阶级斗争和医疗保健》），Berlin，Oberbaumverlag，1973.

Duo Duo（多多）：*Der Mann im Käfig. China，wie es wirklich ist*（《笼中的男人：真实的中国》），übers. Be He，La Mu，Verlag im Freiburg，Basel，Wien 出版，1990.

Duo Duo（多多）：*Heimkehr：Erzählungen*（《回家：短篇小说集》），übers. Irmtraud Fessen-Henjes，Stuttgart：Edition Solitude Verlag，1997.

Duo Duo（多多）：*Wegstrecken*（《里程》），übers. Jo Fleischle，hg. Hans Peter Hoffmann，Dortmund：Projekt Verlag，1994.

Dr. Franz Kuhn(1884—1961)：*Lebensbeschreibung und Bibliographie seiner Werke*，hg. Hatto Kuhn und Martin Gimm，Wiesbaden，Steiner，1980.

Eva Müller：*Eine Welt voller Farben. 22 chinesische Portraits*（《色彩缤纷的世界：22 个中国人的自述》），Aufbau Verlag，1987.

Ernst Schwarz：*Das gesprengte Grab. Erzählungen aus China*（《崩开的墓穴：中国短篇小说》），Berlin neu leben verlag，1989.

hg. Eva Klapproth，Helmut Forster-Latsch und Marie-Luise Latsch：*Das Gespenst des Humanismus. Opppsitionelle Texte aus China von 1979 bis 1987*（《人道主义的幽灵：1979 到 1987 年中国的反对派文本》），Frankfurt：Sendler，1987.

Eva Müller：*Abschied von der Mutter*（《世界上最爱我的那个人去了》），Unions Verlag，2000.

Ernst Schwarz：*Schu Ting*（《舒婷诗集》），Berlin neu leben verlag，1988.

Fang Weigui（方维规）：*Das Chinabild in der deutschen Literatur 1871—1933*（《德国文学中的中国形象（1871—1933）》），Frankfurt/ M. / Bern/ New York，Peter Lang，1992.

Farqouhar：*Food and Sex in Post-socialist China*（《食和性在后现代主义中国》），Durham and London：Duke University Press，2002.

Feng Jicai（冯骥才）：*Ach!*（《啊!》），übers. Dorothea Wippermann，Köln：Eugen Diederichs Verlag，1985，Verlag Volk und Welt Berlin，1989.

Feng Jicai（冯骥才）：*Die lange Dünne und ihr kleiner Mann*（《冯骥才选集》），hg. von Helmut Martin，Projekt Hannelore Salzmann，1994.

Feng Jicai（冯骥才）：*Drei Zoll goldener Lotus*（《三寸金莲》），übers. Karin Hasselblatt，Herder Verlag，1994.

Folker E. Reichert：*Begegnung mit China，die Entdeckung Ostasiens im Mittelalter*（《遇见中国：在中世纪发现东亚》），Jan Thorbecke Verlag，1992.

Frauen in China，Erzählungen（《中国妇女：短篇小说集》），hg. Helmut Hetzel，München：dtv，1986.

Gao Xiaosheng（高晓声）：Die Drachenschnur. Geschichten aus dem chinesechen Alltag（《风筝飘带：中国日常生活中的故事》，即黄河文艺出版社1987年版《高晓声代表作》的德语译本），hg. Andreas Donath，Darmstadt u. Neuwied Verlag，1981.

Gao Xiaosheng（高晓声）：*Geschichten von Chen Huansheng*（《陈奂生的故事》），Eike Zschacke 译并作序，Göttingen：Laamuv，1988.

Gao Xingjian（高行健）：Der Berg der Seele（《灵山》），übers. Helmut Forster-Latsch，Marie-Luise und Gisela Schneckmann，Frankfurt：Fischer Verlag，2001.

Gao Xingjian（高行健）：*Nächtliche Wanderung. Reflektionen*（*sic*！）*über das Theater*（《夜游：对于戏剧的思考》），übers. Martin Gieselmann，Neckargemünd：Edition Mnemosyne，2000.

Gao Xingjian（高行健）：*Das Buch eines einsamen Menschen*（《一个人的圣经》），übers. Natascha Vittinghoff，Frankfurt：Fischer Verlag，2004.

Gao Xingjian（高行健）：*Das Nirwana des "Hundemanns" und andere chinesische Stücke*（《"野人"的涅槃和其他中国剧本》），hg. Irmtraud Fessen-Henjes，übers. Ania Gleboff，Berlin：Henschel，1993，S. 77－130.

Gao Xingjian（高行健）：*Die Busstation*（《车站》），hg. Chang Hsien-Chen und Wolfgang Kubin，übers. Arbeitskreis Moderne Chinesesche Literatur，FU Berlin，Bochum：Brockmeyer，1988.

Glemens Treter：*China neu erzählen. Su Tongs Erzählungen zwischen Vergangenheit und Gegenwar*（《重新叙述中国：介于过去和当代之间的苏童叙述》），Dortmund，Projekt Verlag，1999.

Gu Cheng（顾城）：*Eine dekonstruktive Studie zur Menglong-Lyrik*
（《顾城——一个对于朦胧诗的解构研究》），übers. Hans Peter Hoffmann，
Frankfurt：Peter Lang Verlag，1983.

Gu Cheng（顾城）：*Gu Cheng-Quecksilber und andere Gedichte*（《顾
城——〈水银〉及其他》），hg. Hans Peter Hoffmann，Bochum：
Brockmeyer Verlag，1990.

Gu Hua（古华）：*Hibiskus, oder Vom Wandel der Beständigkeit*（《芙
蓉，或永恒之变》，即《芙蓉镇》），übers. Peter Kleinhempel，Verlag Volk
und Welt Berlin.

Han Dong（韩东）：*Die Poesie des Südens. Eine vergleichende Studie
zur chinesischen Lyrik der Gegenwart*（《南方的诗：关于中国当代诗的一个
比较研究》），Dortmund：Projekt Verlag，2000.

Harnisch，Kubin：*In Hundert Blumen. Moderne chinesische
Erzhlungen. Zweiter Band*，*1949—1979*（《百花齐放：中国当代小说
1949—1979》）Frankfurt/M.：Suhrkamp，1980.

He Yuhuai，*Cycles of Repression and Relaxation*：*Politico-Literary
Events in China 1976—1989*（《紧缩与放松的循环：1976 至 1989 年间中国
文学政治事件报告》），Bochum，Universtätsvelag Brockmeyerk，1992.

hg. Heiner Roetz und Ines-Susanne Schilling：*China in seinen
biographischen Dimensionen*（《中国传记之维》），Harrassowitz.

Hei Ma（黑马，原名毕冰宾）：*Das Klassentreffen oder Tausend
Meilen M-ühsal*（《孽缘千里》），übers. Karin Hasselblatt，
Eichborn，2002.

Hei Ma（黑马，原名毕冰宾）：*Verloren in Peking*（《混在北京》），
übers. Karin Vähning，Eichborn，2000.

hg. Heinz-Dieter Assemann und Karin Moser：*China's New Role in
the International Community*：*Challenges and Expectations for the 21st
century*（《中国在国际社会中的新角色：21 世纪的挑战和期待》），Peter

Lang Frankfurt，2005.

Herbert Frank：*Sinologie an deutschen Universitäten，mit einem Anhang über die Mandschustudien*（《德国大学的汉学研究》），Franz Steiner Verlag，1968.

Herbert Frank：*Sinologie*（《汉学》），A. Francke AG. Verlag，1953，S. 21.

Helmut Vittinghoff：*Chinawissenschaften zwischen Deutschem Reich und Drittem Reich*（《德意志帝国和第三帝国之间的中国汉学》），in Helmut Martin / Christiane Hammer，*Chinawissenschaften*，1999.

hg. Helmut Hetzel：*Frauen in China Erzählungen*（《中国妇女：短篇小说集》），München：dtv，1986.

Hong Ying（虹影）：*Der chinesische Sommer*（《背叛之夏》），übers. Karin Hasselbatt，Berlin：Aufbau Taschenbuch Verlag，2005.

Hong Ying（虹影）：*Der Pfau weint*（《孔雀的叫喊》），übers. Karin Hasselblatt，Berlin：Aufbau Tb Verlag GmbH，2007.

Hong Ying（虹影）：*Die chinesische Geliebte*（《K》），übers. Martin Winter，Berlin：Aufbau Verlag，2004.

Hong Ying（虹影）：*Tochter des großen Stromes*（《饥饿的女儿》），übers. Karin Hasselblatt，Berlin：Aufbau Verlag，2006.

Ida Bucher：*Chinesische Gegenwartsliteratur. Eine Perspektive gesellschaftlichen Wandels der achtziger Jahre*（《中国当代文学：80 年代社会变迁的视角》），Bochum：Brockmeyer，1986.

Illustrator：*Marco Polo A Journey Through China*（《马可·波罗游记》），Franklin Watts，2008.

Julius Grill：*Lao-tszes Buch vom höchsten Wesen und vom höchsten Gott*（《老子学说——最高的天性和最高的善》），Tübingen，1919.

James Legge：*The Text of Taoism*（《关于道教的学说》），New York，1891.

Karl Jaspers: *Lao-tse*, *Nagarjuna*, *Zwei asiatische Metaphysier*（《老子和龙树——两位亚洲神秘主义者》），München，1993.

Kathrin Ensinger: *Leben und Fiktion. Autobiographisches im erzählerischen Werk der chinesischen Autorin Lin Bai*（《生活与虚构：女作家林白小说当中的自传因素》），Münster：LIT，1999.

Karl Dedecius: *Vom Übersetzen*，*Theorie und Praxis*（《翻译的理论与实践》），Frankfurt/M.，Suhrkamp Verlag（suhrkamp taschenbuch 1258），1986.

Li Guowen（李国文）：*Gartenstraße 5*（1983），übers. Marianne Liebermann，Berlin：Projekt Verlag，1989.

Lu Wenfu（陆文夫）：*Der Gourmet*（《美食家》），Ulrich Kautz 译并作后记，Diogenes，1983.

Lu Yanzhou（鲁彦周）：*Die wunderbare Geschichte vom Himmel-wolken-berges*（《天云山传奇》），Eike Zschacke 译并作后记，Berlin：Verlag Volk und Welt Berlin，1981，Bornheim-Merten：Lamuv Verlag，1983.

Mian Mian（棉棉）：*Deine Nacht mein Tag*（《糖》），übers. Karin Hasselblatt，Köln：Kiepenheuer & Witsch，2004.

Mian Mian（棉棉）：*La la la*（《啦啦啦》），übers. Karin Hasselblatt，Köln：Kiepenheuer & Witsch，2000.

Mo Yan（莫言）：*Das rote Kornfeld*（《红高粱家族》），übers. Peter Weber-Schäfer，Reinbek bei Hamburg：Rowohlt Tb. Verlag，1993.

Mo Yan（莫言）：*Die Knoblauchrevolte*（《天堂蒜薹之歌》），übers. Andreas Donath，Reinbek bei Hamburg：Rowohlt Tb. Verlag，1997.

Mo Yan（莫言）：*Die Schnapsstadt*（《酒国》），übers. Peter Weber-Schäfer，Reinbek bei Hamburg：Rowohlt Verlag，2005.

Mo Yan（莫言）：*Trockener Flu*（《透明的红萝卜》），übers. Susanne Hornfeck u. a.，Berlin：Projekt Verlag，1997.

Mo Yan（莫言）：*Trockener Fluß and andere Geschichten*（《枯河及其他

故事》），übers. Susanne Hornfeck，Berlin：Projekt Verlag，1997.

Monica Basting：*Yeren. Tradition und Avantgarde in Gao Xingjians Theaterstück "Die Wilden"*（《野人：高行健剧本〈野人〉(1985)中的传统与先锋》），Bochum：Brockmeyer，1988.

hg. Neder：*China in seinen biographischen Dimensionen*（《中国传记之维》），Harrassowitz.

Qiu-hua Hu：*Literatur nach der Katastrophe. Eine vergleichende Studie über die Trümmerliteratur in Deutschland und die Wundenliteratur in der Volksrepublik China*（《劫后文学：德国废墟文学和中华人民共和国伤痕文学的比较研究》），Peter Lang，1991.

Raffael Keller：*Die Poesie des Südens. Eine vergleichende Studie zur chinesischen Lyrik der Gegenwart*（《南方的诗：关于中国当代诗的一个比较研究》），Projekt Verlag，2000.

Rainer Schwardz：*Gewohnt zu sterben*（《习惯死亡》），Berlin：edition，1994.

Reinhard May：*Exorienelux，Heidegger werk unter Ostasiatischen Einfluß*（《东方影响下的海德格尔学说》），Stuttgart，1989.

Reinhold Jandesek：*Das fremde China. Berichte europäischer Reisender des späten Mittelalters und der frühen Neuzeit*（《中世纪和现代中国的欧洲报告人》），Centaurus，1992.

Rolf Trauzettel："Personen-und Individuumsbegriff in China und im Westen：Zwischen Immanenz und Transzendenz"，《辅仁大学第三届国际汉学国际研讨会论文集》，台北：辅仁大学出版社，2006.

Shu Ting und Gu Cheng（舒婷、顾城）：*Zwischen Wänden. Moderne chinesische Lyrik*（《一堵堵墙之间：中国现代抒情诗》），übers. Rupprecht，München：Simon & Magiera，1984.

Shu Ting（舒婷）：*Archaeopteryx*（《双桅船》），übers. Christine Berg，Dortmund，Projekt Verlag，1996；该诗集的另一德文版本 Shu

Ting：*Archaeopteryx*（《双桅船》），übers. Ernst Schwarz，Berlin：Neues leben Verlag，1988.

Su Tong（苏童）：*Die Opiumfamilie*（《罂粟之家》），übers. Peter Weber-Schäfer，Reinbek bei Hamburg：Rowohlt，1998.

Su Tong（苏童）：*Reis*（《米》），übers. Peter Weber-Schäfer 译，Reinbek bei Hamburg：Rowohlt，1998.

Su Tong（苏童）：*Rote Lateme*（《红灯笼》，即《妻妾成群》德译本），Stefan Linster 译自法文，München：Goldmann Wilhelm，1992.

Su Tong（苏童）：*Rouge. Frauenbilder des chinesischen Autors Su Tong*（《红粉：中国作家苏童的妇女形象》，即《红粉》德译本），übers. Susanne Baumann，Dortmund：Projekt Verlag，1996.

hg. Stühle Susanne Göße und Valerie Lawitschka：*Chinesische Akrobatik—Harte*（《中国杂技——坚硬的椅子》），Tübingen：Konkursbuch，1995.

Sabine Kojma：*Bilder und Zerrbilder des Fremden. Tibet in einer Erzählung Ma Jians*（《异域的形象，以及歪曲的形象——马建一篇小说中的西藏》），Bochum：Brockmeyer，1992.

Tu Weiming：*Dialogue among Civilizations：the message of China's rise to the world*（《文明间的对话：中国崛起给予世界的信息》），in Dongyin qiusuo（Search in Japan），Beijing：Social Sciences Document Publication House，2003.

Ulrike Solmecke：*Zwischen äußerer und innerer Welt. Erzählprosa der chinesischen Autorin Wang Anyi 1980—1990*（《在内外两重世界之间：中国女作家王安忆的小说 1980—1990》），Berlin Projekt Verlag，1995.

Umberto Eco：*Das offene Kunstwerk*（《开放的艺术作品》），Frankfurt，1973.

Valerie Lawitschka，Paul Hoffmann，Jürgen Wertheimer 编：*Die Glasfabrik. Gedichte chinesisch-deutsch*（《玻璃工厂》），Tübingen：Konkursbuch，1993.

Wang Meng（王蒙）：*Das Auge der Nacht*（《夜的眼》），übers. Irmtraud Fessen-Henjes，顾彬作后记，Zürich：Unionsverlag.

Wang Meng（王蒙）：*Rare Gabe Torheit*（《活动变人形》），übers. Ulrich Kautz，Frauenfeld：Waldgut，1994.

Wang Meng（王蒙）：*Der Schmetterling*（《蝴蝶》），übers. Klaus B. Ludwig 译，Peking：Verlag für fremdsprachige literatur，1986.

Wang Anyi（王安忆）：Kleine Lieben（《荒山之恋》），übers. Karin Hasselblatt，Hanser Verlag，1988.

Wang Shuo（王朔）：Herzklopfen heißt das Spiel（《玩的就是心跳》），übers. Sabine Peschel，Diogenes，1995.

Wang Shuo（王朔）：Oberchaoten（《顽主》），übers. Ulrich Kautz，Diogenes，1997.

Wei Hui（卫慧）：Marrying Buddha（《我的禅》），übers. Susanne Hornfeck，München：Ullstein Verlag，2005.

Wei Hui（卫慧）：Shanghai Baby（《上海宝贝》），übers. Karin Hasselbatt，München：Ullstein Verlag，2001.

Widmer and David Wang（王德威）：*From May Fourth to June Fourth：Fiction and Film in 20th-Century China*（《20 世纪中国小说和电影研究》）.

William de Bary：*The Liberal Tradition in China*（《中国的自由传统》），Hong Kong：The Chinese University Press and New York：Columbia University Press，1983.

William de Bary：*Asian Values and Human rights：A Confucian—Communitarian Perspective*（《亚洲价值与人权——从儒家社群主义的观点看》），Harvard University Press，1998.

Wolfgan Bauer：*China und die Hoffnung auf Glueck*（《中国人的幸福观》），München，1971.

Wolfgang Franke：*Die Entwicklung der Chinakunde in den letzten 50*

Jahren(《过去五十年的汉学发展研究》)，1952，in Helmut Martin/ Maren Echardt，Clavis Sinica，1997.

Wu Re Er Tu(乌热尔图)：*Sohn des Waldes*(《森林骄子》)，übers. Marie-Luise Latsch；Hulmut Latsch，Waldgut，1981.

Xi Chuan(西川)：*Die Diskurse des Adlers. Gedichte und poetische Prosa*(《鹰的话语——西川诗文集》)，übers. Peter Hoffmann，Projekt Brigitte Höhenrieder，2004.

Xiao Kaiyu(肖开愚)：Im Regen geschrieben. Gedichte(《写在雨天：诗集》)，übers. Raffael Keller，Frauenfeld：Waldgut verlag，2003.

Xiao Kaiyu（肖开愚）：Stille Stille（《沉默，沉默》），übers. Olaf Wegewitz，Raffael Keller，Wortraum-Edition，2001.

Xiaobing Wang-Riese：*Zwischen Moderne und Tradition. Leben und Werk des zeitgenössischen Schriftstellers*，*Zhang Chengzhi*(《现代和传统之间：当代作家张承志的生平和作品》)，Peter Lang，Frankfurt，2004.

Yang Lian(杨炼)：*Der Ruhepunkt des Meeres*(《大海停止之处》)，übers. Wolfgang Kubin，Stuttgart：Edition Solitude Verlag，1996.

Yang Lian（杨炼）：*Gedichte. Drei Zyklen*(《诗集：三个组诗》)，übers. Huang Yi und Albrecht Conze，Zülich：Ammann Verlag，1993.

Yang Lian(杨炼)：*Masken und Krokodile*(《面具与鳄鱼》)，übers. Wolfgang Kubin，Berlin Aufbau Verlag，1996.

Yang Lian(杨炼)：*Pilgerfahrt. Gedichte*(《朝圣：诗集》)，hg. Karl-Heinz Pohl，Innsbruck：Handpress，1987.

Ying Bian：*The Time is not Ripe. Contemporary China's Best Writers and Their Stories*(《时机并未成熟：中国当代作家及其小说》)，Foreign Language Verlag，1991.

Yu Hua(余华)：*Der Mann，der sein Blut verkaufte*(《许三观卖血记》)，übers. Ulrich Kautz，Stuttgart：Klett-Cotta，2000.

Yu Hua(余华)：*Leben*(《活着》)，übers. Ulrich Kautz，Stuttgart：

Klett-Cotta，1998.

Zha Xi Da Wa（扎西达娃）：*An den Lederriemen geknotete Seele. Erzähler aus Tibet*（《系在皮绳上的魂：西藏小说家》），hg. Alice Grünfelder，Zürich：Unionsverlag，2004.

Zhai Yongming（翟永明）：*Kaffeehauslieder*（《称之为一切》），übers. Wolfgang Kubin，Weidle，2004.

Zhang Jie（张洁）：Solange nichts passiert, geschieht auch nichts.

Satiren（《只要无事发生，任何事都不会发生》），übers. Michael Kahn-Ackermann，München：Hanser Verlag，1987.

Zhang Jie（张洁）：*Abschied Von der Mutter*（《世界上最疼我的那个人去了》），übers. Eva Müller，Berlin：Unionsverlag，2000.

Zhang Jie（张洁）：*Das Recht auf Liebe：Drei chinesische Erzählungen*（《爱，是不能忘记的》），Claudia Magiera 译并作前言，München：Simon & Magiera，1982.

Zhang Jie（张洁）：*Die Arche*（《方舟》），übers. Nelly Ma Michael Kahn，München：Frauenoffensive，1985.

Zhang Jie（张洁）：*Schwere Flügel*（《沉重的翅膀》），übers. Michael Kahn-Ackermann， München：Carl Hanser， 1985， Berlin： Aufbau Verlag，1986.

Zhang Xianliang（张贤亮）：*Die Hälfte des Mannes ist Frau*（《男人的一半是女人》），übers. Konrad-Herrmann，Berlin：Neues Leben Verlag，1990；übers. Petra Retzlaff，Frankfurt a. M. u. a.：Limes Verlag，1989.

Zhang Xianliang（张贤亮）：*Die Pionierbäume. Ein Roman der Volksrepublik China des Jahres*（《绿化树：1984 年中华人民共和国的一部长篇小说》），übers. Beatrice Breitenmesser，Bochum：Brockmeyer，1984.

Zhang Xinxin（张辛欣）：*Am gleichen Horizont*（《在同一地平线上》），übers. Marie-Leise Beppler-lie，1987.

Zhang Xinxin（张辛欣）：*Drei Gesprächsprotokolle*（《三套谈话记录》）

übers. Petra John, Otto Mann, Berlin Verlag Volk und Welt Berlin，1989.

Zhang Xinxin（张辛欣）：*Eine Welt voller Farben. 22 chinesische Portraits*（《色彩缤纷的世界：22 个中国人的肖像》，即《北京人——100 个普通人的自述》的德译本），übers. Eva Müller，Berlin：Aufbau Verlag，1987.

Zhang Xinxin（张辛欣）：*Traum unserer Generation*（《我们这个世纪的梦》），übers. Gaotkoei Horizont，Bonn：Engelhardt-Ng，1986.

Zhang Zao（张枣）：*Briefe aus der Zeit*（《春秋来信》），übers. Wolfgang Kubin，Eisingen：Heiderhoff，1999.

Heinz Ludwig Arnold：*Kritische Lexikon zur fremdsprachigen Gegenwartslitera tur*（《当代外国文学辞典》），München：Edition Text ＋ Kritik Verlag，1983.

Wolf Baus：*Can Xues Berichte aus der Wildnis*（《残雪：来自荒野的报告》），Dortmund：Berlin projeke verlag，1996.

Wolfgang Bauer："Deutsch-chinesische Beziehung in der Vergangenheit und die daraus zu ziehenden Lehren"（《德中关系的经验和教训》），in：Zeitschrift f. Kulturaustausch，1973.

Wolfgang Bauer：*Entfernung，Verklärung，Entschlüssung. Grundlinien der deutschen übersetzung aus dem Chineseschen in unserem Jahrhundert*（《距离、变形、决策、路线：本世纪的中文德语翻译》），Bochum Ruhr-Universtität.

hg. Christoph Buchwald und Karl Mickel：*Jahrbuch der Lyrik*（《诗歌年鉴》）1990/1991，Frankfurt：Luchterhand Literatur verlag，1990.

hg. Anders Hansson：*Chinese Concepts of Privacy*（《中国的隐私概念》），Leiden：Brill，2002.

hg. Frank Meinshausen：*Das Leben ist jetzt. Neue Erzählungen aus China*（《生活在此时：中国的新小说选》），Frankfurt：Surhkamp，2003.

Flemming Christiansen：*Die demokratische Bewegung in China—Revolution im Sozialismus？*（《中国的民主运动——社会主义中的革命？》），München：Simon & Magiera），1981.

Natascha Vittinghoff：*Geschichte der Partei entwunden. Eine semiotische Analyse des Dramas Jiang Qing und ihre Ehrmänner*（1991）*von Sha Yexin*（《摆脱党史：对沙叶新话剧的一个符号学分析》），Projekt Verlag，1995.

Martin Krott：*Politisches Theater im Peking Frühling 1978 "Aus der Stille"von Zong Fuxian. Übersetzung und Kommentar*（《1978 年北京之春的政治话剧——宗福先的〈于无声处〉：翻译和评论》），Bochum：Brockmeyer，1980.

Beate Geist：*Die neue Menschheit in chinas Großstädten. Eine Untersuchung zur chinesichen Gegenwartsliteratur*（《中国大城市中的"新人类"：中国当代文学研究》），Hamburg：Institute für Asienkunde，2003.

Monika Gänßbauer：*Trauma der Vergangenheit—Die Rezeption der Kulturevolution und der Schriftsteller Feng Jicai*（《过去的创伤——对文化革命的反思和作家冯骥才》），Doermund，project verlag，1996.

Wolfgang Kubin：*Die Chinesische Literatur im 20. Jahrhundert*（《20世纪中国文学史》），München：KG Saur，2005.

David S. G. Goodman：*Beijing Street Voice. The poetry and Politics of China's Democracy Movement*（《北京街头的声音：中国民主运动的诗歌和政治》），London，Boston：Marion Boyars，1981.

Heinrich Böll：*Das Heinrich Böll Lesebuch*（《废墟文学自白》），München：dtv，1983.

Birgit Häse：*Einzug in die Ambivalenz. Erzählungen chinesischer Schriftstellerinnen in der Zeitschrift Shouhuo zwischen 1979 und 1989.*（《进入暧昧：1979—1989〈收获〉杂志中的女作家》），Wiesbaden：Harrassowitz，2001.

Stefan Hase-Bergen：*Suzhouer Minnizturen. Leben und Werk des Schriftstellers Lu Wenfu*（《苏州袖珍画：作家陆文夫的生平和作品》），Bochum：Brockmeyer，1990.

Thomas Harnisch：*Chinas neue Literatur. Schriftsteller und ihre Kurzgeschichten in den Jahren 1978 und 1979*（《中国新文学：1978 和 1979 年间的作家和他们的短篇小说》），Bochum：Brockmeyer，1985.

hg. Llyod Haft：*Words from the west. Western Texts in Chinese Literary Context. Essay to Honor Erik Zurcher on his Sixty-fifth Birthday*（《来自西方的词语：中国文学语境中的西方文本——许理和 65 岁生日纪念文集》），Leiden：Centre of Non-Western Studies，1993.

E. D. Hirsch：*Validity in Interpretation*（《诠释的正确性》），Jr.，New Haven and London，Yale University Press，1967.

Klaus Kaden：*Die wichtigsten Transkriptionssysteme für die chinesische Sprache*（《中文的几种重要拼音体系》），Leipzig，Enzyklopädie Verlag，1975.

Jeffrey C. Kinkley（ed）. *After Mao：Chinese Literature and Society，1978—1981*（《毛以后时代：中国文学和社会，1978—1981》），Harvard University Press，1985.

Helmut Martin：*Translation of Chinese Literature from mainland China and from Taiwan：The German experience*（《中国大陆和台湾文学的德语翻译》）in Martin Helmut，Schöne Dritte Schwester，Dortmund，projekt verlag，1996.

hg. Helmut Martin：*Cologne-Workshop 1984 on Contemporary Chinese Literature*（《1984 年关于中国当代文学的科隆研讨会》），Köln：Deutsche Welle 出版，1986.

hg. Helmut Martin und Christiane Hammer：*Die Auflösung der Abteilung für Haarspalterei. Texte moderner chinesecher Autoren*（《现代中国作家文本的解构阅读》），Rowolht：Reinbek bei Hamburg，1991.

hg. Helmut Martin：*Bittere Träume. Selbstdarstellungen chinesescher Schriftsteller*（《苦涩的梦：中国作家的自述》），Bonn：Bouvier，1993.

Helmut Martin，Christiane Hammer：*Chinawissenschaften—Deutschspra-chige Entwicklungen：Geschichte，Personen，Perspektiven*（《德语世界的汉学发展：历史、发展、人物和视角》），Hamburg：Institut für Asienkunde，1999.

Mei Yi-tse Feueruerker：*Ideology，Power，Text，Self presentation and the Peasant "other" in Modern Chinese Literature*（《中国现代文学中的意识形态、权力、文本、自我表现与农民"他者"》），Stanford University Press，1998.

Rudolf G. Wagner：*Inside a Service Trade. Studies in Contemporary Chinese Prose*（《服务行业之内——中国当代散文研究》）Harvard-Yenching Institute monograph series 34. Cambridge，Mass.：Harvard University Press，1992.

Rudolf G. Wagner：*The Contemporary Chinese Historical Drama：Four Studies*（《中国当代新编历史剧——四个实例研究》）Berkeley University of California Press，1990.

hg. Rudolf G. Wagner：*Literatur und Politik in der Volksrepublik China.*（《中华人民共和国的文学和政治》），Frankfurt：Suhrkamp Publ，1983.

hg. Jochen Noth：*Der Jadefelsen. Chineseche Kurzgeschichten（1977—1979）*（《玉崖：1977—1979 年的中国短篇小说》），Frankfurt：Sendler，1981.

hg. Irmtraud Fessen-Henjes，Fritz Gruner，Eva Müller：*Erkundengen. 16 chinesische Erzähler*（《考察：16 位中国小说家》），Berlin：Verlag Volk und Welt，1984.

Zhao Yiheng（ed）. *The Lost Boat. Avant-grade Fiction from China*

《迷舟：中国的先锋小说》），London：Wellsweep，1993.

[德]歌德：《歌德谈话录》，朱光潜译，北京：人民文学出版社，1978。

[德]基希：《秘密的中国》，周立波译，上海：东方出版中心，2001。

[德]夏瑞春编：《德国思想界论中国》，陈爱政译，南京：江苏人民出版社译，1995。

[法]艾田蒲：《中国之欧洲》，许钧、钱林森译，桂林：广西师范大学出版社，2008。

[法]弗朗索瓦·于连、狄艾里·马尔赛斯：《〈经由中国〉从外部反思欧洲——远西对话》，张放译，郑州：大象出版社，2005。

[法]伏尔泰：《风俗论》，梁守锵译，北京：商务印书馆，1997。

[法]萨比娜·梅尔基奥尔-博奈：《镜像的历史》，桂林：广西师范大学出版社，2005。

[法]雅克·布罗斯：《发现中国》，耿昇译，济南：山东画报出版社，2005。

[美]邓恩：《从利玛窦到汤若望（晚明的耶稣会传教士）》，余三乐译，上海：上海古籍出版社，2008。

[美]米歇尔·拉蒙、[法]劳伦·泰弗诺编：《比较文化社会学的再思考》，邓红风译，北京：中华书局，2005。

[美]彭慕兰：《大分流：欧洲、中国及现代世界经济的发展》，史建云译，南京：江苏人民出版社，2006。

[美]史景迁：《利玛窦的记忆之宫：当西方遇到东方》，陈恒、梅义征译，上海：远东出版社，2005。

[英]明·威尔逊、约翰·凯利：*Europe Studies China*（《欧洲研究中国》），London：Han-Shan Tang Books，1995。

[美]爱德华·W.萨义德：《文化与帝国主义》，李琨译，北京：生活·读书·新知 三联书店，2003。

安文铸等编译：《莱布尼茨与中国》，福州：福建人民出版社，1993。

[德]奥斯瓦尔德·斯宾格勒：《西方的没落》，齐世荣等译，北京：商务印书馆，1963。

［德］卜松山：《与中国作跨文化对话》，刘慧儒、张国刚等译，北京：中华书局，2003。

［美］布热津斯基：《大趋势与大混乱》，中国社会科学出版社，1995。

昌切：《世纪桥头凝思——文化走势与文学趋向》，武汉：湖北人民出版社，2000。

昌切：《思痕集》，武汉：湖北人民出版社，2005。

常文昌主编：《中国新时期诗歌研究史料》，济南：山东文艺出版社，2006。

陈铨：《中德文学研究》，沈阳：辽宁教育出版社，1997。

陈向明：《旅居者和"外国人"——留美中国学生跨文化人际交往研究》，长沙：湖南教育出版社，1998。

［英］丹尼尔•贝尔：《资本主义文化矛盾》，严蓓雯译，北京：三联书店，1989。

杜维明：《儒家思想：以创造转化为自我认同》，北京：三联书店，2013。

冯契：《冯契文集（第十卷）：哲学讲演录•哲学通信》，上海：华东师范大学出版社，1998。

高鸿：《跨文化的中国叙事——以赛珍珠、林语堂、汤亭亭为中心的讨论》，上海：上海三联书店，2005。

高旭东：《跨文化的文学对话——中西比较文学与诗学新论》，北京：中华书局，2006。

［德］顾彬、刘小枫等：《基督教、儒教与中国革命精神》，香港：汉语基督教文化研究所，1999。

［德］顾彬：《关于"异"的研究》，曹卫东译，北京：北京大学出版社，1997。

［德］顾彬：《20世纪中国文学史》，范劲等译，上海：华东师范大学出版社，2008。

顾长生：《传教士与近代中国》，上海：上海人民出版社，1981。

何培中主编：《当代国外中国学研究》，北京：商务印书馆，2006。

胡庚申主编：《翻译与跨文化交流：转向与拓展》，上海：上海外语教育出版社,2007。

季水河:《多维视野中的文学与美学》,北京:东方出版社,2002。

季羡林:《留德十年》,北京:东方出版社,1992。

姜智芹:《当东方与西方相遇——比较文学专题研究》,济南:齐鲁书社,2008。

李平:《西方人眼中的东方文学艺术》,上海:上海教育出版社,2004。

李雪涛:《日耳曼学术谱系中的汉学——德国汉学之研究》,北京:外语教学与研究出版社,2008。

梁漱溟:《东西文化及其哲学》,上海:上海世纪出版集团,2005。

林语堂:《孔子的智慧》,西安:陕西师范大学出版社,2004。

林语堂:《吾国与吾民》,西安:陕西师范大学出版社,2003。

林语堂:《中国人的生活智慧》,西安:陕西师范大学出版社,2005。

林舟:《生命的摆渡——中国当代作家访谈录》,深圳:海天出版社,1998。

刘岩主编:《跨文化研究读本》,武汉:武汉大学出版社,2006。

[捷]马立安·高利克著,武晓明等译:《中西文学关系的里程碑》,北京:北京大学出版社,1990。

马树德编:《世界文化史故事大系·德国卷》,北京:语言文化大学出版社,1998。

孟华主编:《比较文学形象学》,北京:北京大学出版社,2001。

潘一禾:《西方文学中的跨文学交流》,杭州:浙江大学出版社,2007。

钱理群、温儒敏、吴福辉:《中国现代文学三十年》,北京:北京大学出版社,2001。

钱林森:《中外文学因缘》,南京:南京大学出版社,1989。

[比]乔治·布莱:《批评意识》,郭宏安译,桂林:广西师范大学出版社,2002。

秦家懿编译:《德国哲学家论中国》,北京:生活·读书·新知三联书店,1993。

任继愈主编:《国际汉学》第 7 期,郑州:大象出版社,2002。

[美]塞缪尔·亨廷顿:《文明的冲突与世界秩序的重建》,周琪等译,北京:新华出版社,1998。

沈定平:《明清之际中西文化交流——明代:调适与会通(增订本)》,北京:商务印书馆,2007。

[美]史景迁:《文化类同与文化利用:世界总体对话中的中国形象》,廖世奇等译,北京:北京大学出版社,1990。

谭桂林:《转型与整合——现代中国小说精神现象史》,西安:陕西人民教育出版社,2003。

陶东风、和磊:《中国新时期文学三十年(1978—2008)》,北京:中国社会科学出版社,2008。

王安忆:《心灵世界——王安忆小说讲稿》,上海:复旦大学出版社,1997。

王才勇:《中西语境中的文化述微》,上海:上海人民出版社,2004。

王宁、钱林森、马树德:《中国文化对欧洲的影响》,石家庄:河北人民出版社,1999。

王晴佳:《西方的历史观念——从古希腊到现代》,上海:华东师范大学出版社,2002。

王庆生:《中国当代文学》,武汉:华中师范大学出版社,2002。

王晓明:《所罗门的瓶子》,浙江文艺出版社,1989。

王攸欣:《选择·接受与疏离——王国维接受叔本华 朱光潜接受克罗奇美学比较研究》,北京:三联书店,1999。

卫慧:《卫慧精品集》,长春:时代文艺出版社,2000。

卫茂平:《中国对德国文学影响史序》,上海:上海外语教育出版社,1996。

吴孟雪、曾丽雅:《明代欧洲汉学史》,北京:东方出版社,2000。

许国璋:《许国璋论语言》,上海:外语教学与研究出版社,1991。

阎纯德主编:《汉学研究》,北京:中国和平出版社,1997。

杨乃乔：《东西方比较诗学——悖立与整合》，北京：文化艺术出版社，2006。

叶隽：《另一种西学——中国现代留德学人及其对德国文化的接受》，北京：北京大学出版社，2005。

张法：《跨文化的学与思》，重庆：重庆出版社，2006。

张家诚：《东方的智慧》，北京：当代中国出版社，2005。

张西平编：《欧美汉学研究的历史和现状》，郑州：大象出版社，2006。

张西平编：《他乡有夫子——汉学研究导论》，北京：外语教学与研究出版社，2005。

赵勇编：《歌德》，沈阳：辽海出版社，2004。

周宁：《去东方，收获灵魂——中华帝国的福音之路》，济南：山东画报出版社，2006。

周宁：《想象中国——从"乌托邦"到"红色圣地"》，北京：中华书局，2004。

周宁：《永远的乌托邦——西方的中国形象》，武汉：湖北教育出版社，2000。

朱谦之：《中国哲学对欧洲的影响》，福州：福建人民出版社，1983。